二十四節氣的詩詞密碼

章雪峰 著

前言

節氣與詩詞背後的文化密碼

節氣，是凝聚古人智慧的時空座標；詩詞，是承載古人才華的文字密碼。節氣與詩詞的完美結合，從《詩經》中的那句：「蒹葭蒼蒼，白露為霜。所謂伊人，在水一方。」就已經開始了。

此後，中國歷朝歷代的詩人們，不僅極爲重視二十四節氣，在節氣當天要飲酒作樂、吟詩作賦；而且深諳節氣轉換之間氣溫升降、季節變化、物候代謝、天地運行的道理，還會用詩的語言，在作品中描述和揭示這些道理。

典型的例子，就是蘇軾在〈冬至日獨遊吉祥寺〉一詩中寫下的那句：「井底微陽回未回」。這句詩，如果不瞭解古人的「冬至一陽生」理論，是無論如何也搞不懂在冬至日那天，水井底下是如何出現「微陽」這個東西的。同時，我們也不會意識到，原來在二十四節氣的變化之中，還蘊藏著古人「物極必反、盛極而衰」的人生智慧。

這些關於節氣的詩詞，集中體現了古人對於節氣這個時空座標的深刻理解，也集中體現了古人對於詩詞這個文字密碼的嫻熟運用。在詩人們的吟誦之間，節氣與詩詞般配得絲絲入扣，登對得門當戶對，令今天的我們歎爲觀止。所以，我以四季爲序，爲每一個節氣，選定了我認爲最般配、最登對的那首詩，然後把節氣和詩的故事，匯成了這本書。

本書中的二十四首詩，從創作時間看，唐詩多達十一首，占了近一半；還有北宋七首，南唐一首，南宋一首，元朝一首和清朝三首。

特別是對於身處元朝的微末文官，排名還在妓女之後、僅在乞丐之前的「九儒」讀書人——胡祗遹，我很高興能夠這樣記錄下他的詩篇，讓今天的讀者瞭解他的人生經歷和喜怒哀樂。

從詩作水準看，這二十四首詩也並不一致。既有杜甫「露從今夜白，月是故鄉明」這樣的名句名篇，也有乾隆皇帝「前日採茶我不喜」「今日採茶我愛觀」那樣的順口溜。當然，書中其餘二十三首詩的水準，都高於乾隆的順口溜，堪稱業界良心。就連乾隆皇帝的親爹雍正皇帝，詩作也高於順口溜水準。

從詩人身分看，有雍正、乾隆這樣的皇帝；有張九齡、元稹、武元衡、令狐楚、歐陽修、韓琦、張無盡這樣的宰相級人物；也有白居易、韓愈、徐鉉、梅堯臣、蘇軾這樣的部長級高官；還有杜甫、韋應物、韓翃、陸游、黃庭堅、文同、胡祗遹這樣才華橫溢卻長期屈處小吏、宦遊四方的詩人們。眞正一輩子從未出仕、甘爲平民的，只有世稱「詩書畫印」四絕的大才子、清朝「嶺南四家」之一的黎簡。

有一個詩人，一個人獨占了三首詩，搶了本書八分之一的地盤，這個詩人就是白居易。我分別在「夏至」、「大暑」、「霜降」三個節氣，選了他的三首詩：〈和夢得夏至憶蘇州呈盧賓客〉、〈夏日閒放〉、〈謫居〉。

不是因爲這三個節氣選不到其他的詩，而是因爲我本人著實愛他。不僅著實愛他的詩，而且極度愛他的爲人處世之道。

最愛的，就是他在〈與元九書〉中的這段話：「古人云：窮則獨善其身，達則善濟天下。僕雖不肖，常師此語。大丈夫所守者道，所待者時。時之來也，為雲龍、為風鵬，勃然突然，陳力以出；時之不來也，為霧豹、為冥鴻，寂兮寥兮，奉身而退。進退出處，何往而不自得哉！」

把白居易此段中的八個字「所守者道，所待者時」，換成我們今天的八個字，就是「堅守底線，等待時機」：爲人處世，首先要堅守自己的底線，然後再等待那個屬於自己的時機。

時機如果來了，那就大幹一場，「為雲龍、為風鵬，勃然突然，陳力以出」，小則爲所從事的事業立下一點功勞，大則爲國家社會進步貢獻綿薄之力；時機如果一輩子都不來，那也不要緊，我們還可以「為霧豹、為冥鴻，寂兮寥兮，奉身而退」，蒔花弄草、提籠架鳥，過好自己的小日子，直到生命的盡頭。

然而，抱定這樣的處世原則，最大的危險就在於：你可能一輩子也等不到屬於你的那個時機。白居易的一輩子，就沒有等來他的時機。

當他在長慶二年（西元八二二年）五十一歲時，終於意識到屬於自己的時機永遠也不會到來時，就在「所守者道，所待者時」八個字的指引下，開啓了自己「奉身而退」、蒔花弄草、提籠架鳥的人生最後歷程。

這一年，他正擔任中書舍人一職，在距離宰相只有一步之遙的時刻，突然自請外任，希望去杭州當刺史。然後在長慶四年（西元八二四年）五月，他如願以償當上了「太子左庶子分司東都」這樣的閒官。這一年，他才五十三歲。

從此直到以七十五歲高齡辭世，除了短暫出任蘇州刺史去過蘇州、出任秘書監去過長安以外，白居易一直待在東都洛陽沒有挪窩，安安穩穩、快快活活地「奉身而退」了二十多年。這期間，在首都長安官場上，「牛李黨爭」爭得頭破血流也好，「甘露之變」殺得血流成河也好，朋友同事出將入相也好，宰相王涯身首異處也好，都跟白居易沒關係。

你鬥你的心機，我過我的日子。

生活在今天的我們，就人生哲學而言，未必比這個一千多年前的白老爺子高明。這就是我接連選他三首詩，愛他愛得不行的理由。

說一千道一萬，其實就是想告訴諸君，雖然只有二十四個節氣，雖然只有二十四首詩詞，但「什麼樣的節氣，選誰的詩，選什麼樣的詩，甚至傳遞一點兒什麼樣的理念」，才好呈現到諸君的面前，予有深意存焉。

說一千道一萬，其實就是一句廣告詞：《二十四節氣的詩詞密碼》，你值得擁有。是為前言。

目錄

立春／唐・張九齡〈立春日晨起對積雪〉 008

雨水／唐・韓愈〈早春呈水部張十八員外二首（其一）〉 020

驚蟄／唐・韋應物〈觀田家〉 028

春分／清・黎簡〈村飲〉 038

清明／唐・元稹〈使東川・清明日〉 046

穀雨／清・乾隆〈觀採茶作歌〉 056

立夏／南宋・陸游〈立夏〉 066

小滿／北宋・歐陽修〈歸田園四時樂春夏二首（其二）〉 075

芒種／清・雍正〈插秧〉 084

夏至／唐・白居易〈和夢得夏至憶蘇州呈盧賓客〉 093

小暑／唐・武元衡〈送魏正則擢第歸江陵〉 102

大暑／唐・白居易〈夏日閒放〉 112

立秋／唐・令狐楚〈立秋日悲懷〉 124
處暑／元・胡祇遹〈宿無極縣（其一）〉 134
白露／唐・杜甫〈月夜憶舍弟〉 144
秋分／北宋・韓琦〈庚戌秋分〉 154
寒露／唐・韓翃〈魯中送魯使君歸鄭州〉 163
霜降／唐・白居易〈謫居〉 174
立冬／北宋・張商英〈立冬日〉 186
小雪／五代・徐鉉〈和蕭郎中小雪日作〉 195
大雪／北宋・梅堯臣〈次韻和王道損風雨戲寄〉 203
冬至／北宋・蘇軾〈冬至日獨遊吉祥寺〉 210
小寒／北宋・黃庭堅〈駐輿遣人尋訪後山陳德方家〉 220
大寒／北宋・文同〈和仲蒙夜坐〉 229
後記 237

立春

立春日晨起對積雪

忽對林亭雪，瑤華處處開。
今年迎氣始，昨夜伴春回。
玉潤窗前竹，花繁院裡梅。
東郊齋祭所，應見五神來。

庭院裡銀裝素裹，漫天雪花四處飄落

唐朝開元二十六年（西元七三八年）立春日的早晨，時任荊州大都督府長史、寫過「海上生明月，天涯共此時」的那個張九齡，在自己官邸起床後，驚訝地發現夜裡下雪了，而且還下得滿大的，庭院裡一派銀裝素裹的景象。

「今天，皇帝應該在長安城東郊舉行迎春祭祀大典了吧？」張九齡一邊感慨地想，一邊提筆，寫下了這首〈立春日晨起對積雪〉。

忽對林亭雪，瑤華處處開：立春日的早晨，忽然發現下雪了，庭院裡銀裝素裹，漫天的雪花還在四處飄落。

今年迎氣始，昨夜伴春回：原來我昨夜是伴著春天的氣息回到官邸的。而在長安，今年立春日則是首次執行皇帝去年十月一日的詔令，舉行迎春祭祀大典的日子。

張九齡說「今年迎氣始」，是因為去年十月唐玄宗李隆基剛剛下過一道聖旨。據《唐會要》卷十：「開元二十五年十月一日制：自今已後，每年立春之日，朕當帥公卿親迎春於東郊。」這個記載中的「朕」，就是唐玄宗李隆基。

其實，從漢朝開始，天子諸侯就有四時迎氣五郊之禮。其中立春之日，迎春於東郊，祭青帝勾芒。唐玄宗李隆基突然下這麼一道詔書，估計是此前的立春日大典，他並未親臨現場。於是這次表態，在開元二十六年的立春日他要親自迎春。

今年立春日之前，張九齡剛剛從外地巡視回來。去年冬天，張九齡在孟浩然、裴迪的陪同下，從荊州城出發，先到當陽紫蓋山、玉泉寺，登當陽城樓，然後進入松滋縣境內遊玩松滋耆闍寺，然後順流東下，到郢都紀南城、渚宮一遊，再轉回荊州城。所以，張九齡才在詩中寫「昨夜伴春回」。

玉潤窗前竹，花繁院裡梅：如玉的白雪，浸潤著窗前的翠竹；潔白的雪花落滿枝頭，與盛開的梅花相映生輝，更增麗色。

東郊齋祭所，應見五神來：今天，在長安東郊的齋戒祭祀之地，應該會見到五神降臨人間吧？

「五神」的說法，出自《禮記》：「春日其帝太昊，其神勾芒；夏日其帝炎帝，其神祝

融；中央曰其帝黃帝，其神后土；秋曰其帝少昊，其神蓐收；冬曰其帝顓頊，其神玄冥。」

張九齡現存詩歌二百二十二首，除三首四言詩、兩首雜言詩、四首七言詩外，其餘均爲五言詩。他的最高成就，也是五言詩。這首〈立春日晨起對積雪〉就是五言詩。

張九齡是具有盛唐氣象的詩人，也是唐朝及歷朝歷代文人景仰的一代文宗。明人胡應麟《詩藪》記載：「唐初承襲梁隋，陳子昂獨開古雅之源，張子壽首創清澹之派。」明人高棅《唐詩品匯》記載：「張曲江〈感遇〉等作，雅正沖淡，體合〈風〉〈騷〉，駸駸乎盛唐矣。」清人李重華的《貞一齋詩說》記載：「唐初人當以陳伯玉、張子壽為最。」直到清末，施補華的《峴傭說詩》仍然評價：「唐初五言古，猶沿六朝綺靡之習，唯陳子昂、張九齡直接漢魏，骨峻神悚，思深力遒，復古之功大矣。」這裡的「張曲江」、「張子壽」，都是指張九齡。「曲江」是他的籍貫，「子壽」是他的字。就連張九齡的頂頭上司唐玄宗李隆基也誇他：「張九齡文章，自有唐名公皆弗如也。朕終身師之，不得其一二，此人真文場之元帥也。」（《開元天寶遺事》）

張九齡罷相一小步，唐朝治亂一大步

立春日之前，孟浩然陪著張九齡外出巡遊時，詩作不少，可謂一路賦詩一路行：〈陪張丞相祠紫蓋山途經玉泉寺〉、〈陪張丞相登嵩陽

〈陪張丞相登荊城樓因寄蘇台張使君及浪泊戍主〉、〈陪張丞相自松滋江東泊渚宮〉、〈從張丞相遊紀南城獵戲贈裴迪張參軍〉、〈和張丞相春朝對雪〉等。

其中的〈和張丞相春朝對雪〉，就是直接唱和張九齡這首〈立春日晨起對積雪〉的。

值得注意的是，在這組詩的詩題之中，孟浩然一口一個「張丞相」，首首都有「張丞相」。其實，孟浩然那是在講客套話。此時的張九齡，早已不是丞相了。

張九齡是開元二十四年（西元七三六年）十一月二十七日罷相的。接替他的，正是他看不起、也鬥不過的著名奸相李林甫。與此同時，他同樣看不起的牛仙客，也被任命為宰相。對於李林甫，張九齡認為：「宰相系國安危，林甫非社稷之臣也。陛下若相甫，恐異日為社稷憂矣！」對於牛仙客，張九齡認為：「仙客，河湟一使典耳，擢自胥吏，目不知書，陛下必用仙客，臣實恥之。」

但唐玄宗李隆基不但任命此二人為宰相，還給了張九齡一個更大的「驚喜」。開元二十五年四月，時任監察御史的周子諒，上書彈劾牛仙客非才，並引讖書為證。此舉惹得李隆基大怒，命杖之朝堂，打得周子諒「絕而復蘇」之後，將其流放瀼州。周子諒剛剛走到藍田，就傷重而死。李林甫沒有放過這次機會，只在李隆基耳邊簡單一句：「子諒，張九齡所薦也。」張九齡就此被貶荊州。當年五月八日，遭貶的張九齡馳抵貶所。這才有了他和荊州、當陽、松滋等地的一番緣分。

既然張九齡早就已經罷相，那麼到了開元二十六年立春日，孟浩然仍然稱呼已經就任荊州大都督府長史的張九齡爲「張丞相」，顯然客氣和安慰的成分居多。

在孟浩然看來，甚至在唐玄宗李隆基看來，此時已被罷相的張九齡，是應該可憐的，是需要安慰的；從歷史上看，更應該可憐的，更需要安慰的，卻是此時此刻高高在上看不清形勢、揚揚得意而看不清自己的李隆基本人。

張九齡罷相，只是他個人的一小步，卻是唐朝的一大步。因爲，唐朝前後期的歷史，正以張九齡罷相這一事件，作爲分水嶺。從此以後，盛唐遠去，亂世降臨。

這本就是唐人自己的看法。唐憲宗時的宰相崔群就直接地說過：「世謂祿山反為治亂分時，臣謂罷張九齡、相李林甫，則治亂固已分矣。」當時的世人都說安祿山造反是唐朝治亂的分水嶺，而在崔群看來，張九齡罷相、李林甫入相，就已經是唐朝治亂的分水嶺了。此後無論安祿山反不反，唐朝都已經進入亂世。

宋人更是這樣認爲。編撰《資治通鑑》的司馬光認爲：「九齡既得罪，自是朝廷之士，皆容身保位，無復直言」；蘇軾也這麼看：「唐開元之末，大臣守正不回者，惟張九齡一人。九齡既已忤旨罷相，明皇不聞其過，以致祿山之亂。治亂之機，豈不謹哉！」

宋人晁說之曾賦詩曰：「閶闔千門

萬戶開，三郎沉醉打球回。九齡已老韓休死，無復明朝諫疏來。」詩中的「三郎」就是指唐玄宗李隆基。韓休死了，張九齡也已經罷相了，明天應該沒有令人討厭的諫疏呈上來了。這多好，李隆基的耳根兒，多清淨。

是的，張九齡已經老了。在荊州寫下〈立春日晨起對積雪〉之時，他已經六十一歲了。而開元二十六年的立春日，是他在荊州度過的第一個立春日，同時，也是他生命中倒數第三個立春日。張九齡的身體越來越差。開元二十七年下半年起，他就臥病在床。此時的他，開始思念家鄉韶州曲江的山山水水，開始想念始興南山下那片打算埋骨的林泉。

開元二十八年立春日過後，身體稍微好了一點，張九齡就向長安的李隆基發出了哀鳴：「讓我回家鄉看看，爲先人掃掃墓吧！」在李隆基同意後，張九齡即刻從荊州出發，啓程南返。途中經過湘中時，還有詩應答大詩人王維：「知己如相憶，南湖一片風。」

當他千里跋涉，終於回到朝思暮想的家鄉廣東韶關時，昔日雄姿英發的赳赳少年，雖然已位高爵顯，卻已變成了步履蹣跚的白髮老頭。「該是葉落歸根的時候了。」很難說，當時自感已經燈盡油枯的張九齡，有沒有這樣地暗示過自己。

五月七日，剛剛回到家鄉不久的張九齡，病逝於韶州曲江私第。李隆基聞訊後，「震悼其喪，褒贈荊州大都督，謚文獻」。此後，每當宰相向李隆基推薦傑出文士的時候，他就要問上一句：「風度得如九齡否？」

立春：唐朝的大日子

立春，是一年二十四節氣之首。《二如亭群芳譜》如是解讀：「立，始建也。春氣始而建立也。」

立春作爲節氣，形成於周朝。但是在立春這一天，正式舉行一系列的迎春禮儀活動，卻是在東漢形成的。

立春，在張九齡所在的唐朝，那可是個大日子。立春這一天，上到皇帝下到老百姓，至少有「祭春」、「鞭春」、「飾春」、「咬春」四個儀式感很強的活動需要參加。

「祭春」，主要是朝廷官方的活動，沒老百姓的事。《舊唐書·禮儀志》載：「武德貞觀之制，神祇大享之外，每歲立春之日，祀青帝於東郊。」這，就是「祭春」。

唐朝禮制中，強調了大中小三種祭祀的級別，「祭春」屬於大祀的一種，場面相當浩大。唐朝祭祀的這位「青帝」，是唐人崇拜的春神，是神話中的東方大神，是守望春天的春神，也是主管農事的神。

春神，被命名爲「勾芒」，傳說是三皇五帝之一少昊的叔叔，本名則叫「重」。這位神仙被命名爲「勾芒」的緣由則很有意思：春天到來之時，豆子出土的豆芽彎成「勾」形，青草出土的葉尖帶「芒」。因此，人們將「勾芒」視爲是春的象徵，於是，這位神仙也由此命名。春神個子不是太高，因爲按照規矩，祂的身高要象徵一年的三百六十日，所以只能身高三尺六寸，換算之後，也就是一點二公尺左右。除了身高以外，春神的形象是：「四方形人面」、

「鳥身」、「素服」，還有「腳踏兩龍」，也就是腳踏著兩條蛇。祂的崗位職責是管理草木生長，正是因爲這個重要的崗位職責，才被尊爲春神。

春神的來頭其實不小：一是祂的鳥身，說明祂是中華民族「玄鳥」崇拜、鳳崇拜的來源之一；二是史載春秋五霸之一秦穆公，就曾在自家宗廟裡見到了這位神仙。這說明春神也是秦國的祖先之神，而正是秦國在後來統一了中國。

當時，除了在京城由皇帝親自率領，舉行大型「祭春」儀式以外，帝國各地的行政長官如刺史、縣令等，也要主持舉行類似的小型「祭春」儀式，同時向百姓發放賑濟，勸課農桑。與「祭春」儀式一起舉行的，還有「鞭春」。「鞭春」這一儀式也起源於周朝，也是立春日的官方活動之一。與「祭春」有所區別的是，這個活動雖由官方主持，但鼓勵老百姓參與。那麼，「鞭春」怎麼鞭？

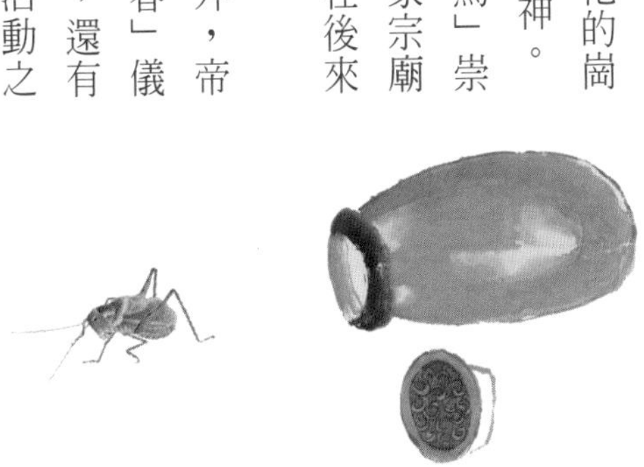

首先，要用泥土做一頭和眞牛一樣大小的土牛，同時土牛的籠頭、韁繩、牛鞭等，要一應俱全。需要說明的是，這個「牛鞭」，就是「鞭春」儀式所需要的道具，也是眞的用來趕牛的鞭。其次，拴牛的韁繩必須長達七尺二寸，因爲象徵著七十二節候。再次，土牛身上，還要塗上顏色。塗什麼顏色，則相當有講究。大詩人杜牧的爺爺杜佑所著的《通典》，說這個塗色的規矩是「各隨方色」。什麼叫「各隨方色」，就是根據各州縣與京城的相對方位，來確定土牛的顏色。

具體來講，東方塗成青牛，南方塗成紅牛，西方塗成白牛，北方塗成黑牛。順便要提一句，這個儀式傳承到了宋朝時，就把土牛的顏色，規定得複雜無比：「以歲之干色為牛首，支色為牛身，納音色為牛腹，以立春日之干色為牛角、耳、尾，支色為牛頸，納音色為牛蹄。」牛頭、牛身、牛腹顏色不同，甚至牛角、牛耳、牛尾、牛頸和牛蹄的顏色都各由天干、地支來決定。

道具齊活兒了，開始「鞭春」。「鞭春」在「祭春」之後緊接著進行。在唐朝前期，是由主持儀式的最高首長，或皇帝或刺史或縣令，拿著牛鞭，象徵地鞭打土牛三下，以催促牛兒勤勞地春耕，爲老百姓創造個好收成。「鞭春」之後，再將這個土牛保存七天，以便讓更多的老百姓看到，並提醒他們，該春耕了。

到了唐朝末年，這個「鞭春」就比較野蠻和火爆了。不是鞭打土牛三下，而是把土牛打成碎片，然後由在場的老百姓一哄而上，各搶一個碎土塊去撒到自己的田裡，據說這樣可以保佑自己的田地到秋天獲得大豐收。老百姓爭搶這土牛的碎土塊，又叫「搶春」。

這樣的野蠻做法，當然也有人看不慣。著有《刊誤》一書的唐人李涪就是其中之一。他在

書中說：「今天下州郡立春日制一土牛，飾以文彩，即以彩杖鞭之，既而碎之，各持其土以祈豐稔，不亦乖乎？」

唐人盧肇也是見過這種儀式的。他在〈謫連州書春牛榜子〉一詩中如此描述「鞭春」：

「陽和未解逐民憂，雪滿群山對白頭。不得職田饑欲死，兒儂何事打春牛。」

「鞭春」的儀式，從周朝到清朝，大地上一直在舉行。儘管儀式的規矩變化較多，但其中核心的鞭打土牛的儀式，則一直傳承了下來。

立春之日，還要「飾春」。所謂「飾春」，就是用與春天有關的裝飾物，來營造春天到來的氣氛。簡單地說，就是「人戴春勝，屋掛春幡」。勝，婦人之首飾也。春勝，就是立春這一天，美女們戴在頭上的象徵春天來臨的裝飾物。這些裝飾物，可以用紙、布、金、銀、玉等材料進行製作。美女們佩戴春花、春燕、春雞、春蝶、春蛾、春杆，小孩子則佩戴春娃。而當時的男子，也有在頭上佩戴春勝的。春勝，多數是用彩紙做的。剪綵爲燕，稱爲「春燕」；貼羽爲蝶，稱爲「春蝶」；纏絨爲杖，稱爲「春杆」。

唐人曹松在〈客中立春〉一詩中寫道：「土牛呈歲稔，彩燕表年春。」上一句說到了「鞭春」的土牛，下一句的「彩燕」就是「春燕」。

用絹製作成小娃娃的樣子，就是「春娃」，這是小朋友們的專用春勝，家長們以此爲他們祈福。另外還可以縫製一些小布袋，內裝豆子、穀子等雜糧，掛在耕牛角上，取意「六畜興旺、五穀豐登、平安吉祥」。

人用春勝裝飾，房屋則用春幡裝飾。春幡，就是把彩紙剪成懸掛或張貼用的小彩旗，以表達人們迎春的喜悅。春幡上寫的字兒，一般是「迎春」、「宜春」、「大吉」等吉利字，或是「春風得意」、「六合同春」等吉利話。這些春幡，可以貼在門楣之上，掛在院子花枝之上，從而使整個房屋或者庭院，呈現出一片春意濃濃的迎春氣象。

在立春日吃東西，叫吃「春盤」，又叫「咬春」。「春盤」最早見於東漢崔寔在《四民月令》中關於「立春日食生菜」的記載。「春盤」，又叫「五辛盤」、「辛盤」。哪「五辛」？蔥、蒜、韭菜、芸薹、胡荽。前三種好理解，後兩種中的「芸薹」是現在的油菜，「胡荽」就是現在的香菜。

「五辛」也是「五新」。唐人認爲，立春、春天適合吃這五種剛剛生長出來的新鮮蔬菜。中醫把食物和藥物的性味屬性，分爲辛、甘、酸、苦、鹹五味。其中的辛味，具有發散、行氣、行血的功能。比如麻黃、薄荷、木香、紅花、花椒、蒼術、肉桂等，都屬於辛味食物和藥物，上述「五辛」也是。立春之時，氣候由冬入春。在這個季節轉換的時節，聰明的古人選用辛味食物，以運行氣血、發散邪氣，對於調動身體陽氣、預防流感，保證身體健康，都是有積極作用的。立春吃「春盤」的道理，就在於此。當然，「春盤」之中，可能還不僅限於這五種新鮮蔬菜，而且可能因地域差異，蔬菜品種也會有所不同。

除了這「五辛」之外，只要是立春時節有的蔬菜，都可以進入「春盤」，以便讓全家人都嘗一嘗春天的滋味。這些蔬菜怎麼吃？切絲兒。杜甫在〈立春〉裡寫道：「春日春盤細生菜，……菜傳纖手送青絲。」後一句詩裡的「青絲」，顯然不是指美女們的頭髮，而是切成絲兒的綠色蔬菜。

當然，「春盤」也有配各類葷菜的，可以有魚也可以有肉，也是切絲或切片。北宋蘇東坡的春盤裡就有魚肉，他在〈春菜〉詩裡寫道：「爛烝香薺白魚肥。」南宋吏部侍郎方岳留下的〈春盤〉詩，告訴我們他吃的春盤裡有豬肉：「更蒸豚壓花層層」，「蒸豚」就是蒸熟的豬肉。「春盤」裡的菜，要配「春餅」吃，還可以配粥。「春餅」，就是小而薄的圓形軟麵餅。到了開吃的時候，這些蔬菜絲兒、肉絲兒、肉片兒，你每樣挑一點兒，用「春餅」一捲，就像現在北京烤鴨的吃法一樣，就算是吃「春盤」了。這也叫「春到人間一卷之」。現在南方的「春捲」，亦由此而來。

「春盤」不僅可以自己在家裡做，而且東漢以來，一直就有鄰里之間互相贈送的做法，叫作「饋春盤」。

上述的「春盤」是老百姓的家常做法，皇家的春盤則另有一番富貴氣象：據南宋周密在《武林舊事》中記載，當時皇宮中的春盤「翠縷紅絲，金雞玉燕，備極精巧，每盤值萬錢」。

「咬春」，還有一種說法，專指生吃蘿蔔。爲什麼要吃生蘿蔔？因爲蘿蔔和那「五辛」一樣，也屬於辛味食物，吃蘿蔔可通氣、消食，有利於身體健康。另外，民間也有傳說，吃蘿蔔可以解除春困。立春了，去吃個生蘿蔔，「咬春」吧。

雨水

早春呈水部張十八員外二首（其一）

天街小雨潤如酥，
草色遙看近卻無。
最是一年春好處，
絕勝煙柳滿皇都。

早春才是長安城一年中最美好的季節

唐長慶三年（西元八二三年）早春，雨水節氣前後，正在吏部侍郎任上的韓愈，叫人給自己的同事兼好友張籍送去了兩首詩。這是其中的第一首。

天街小雨潤如酥，草色遙看近卻無：早春的雨水，像酥油一般滋潤著長安城的街道；街道旁剛剛破土的草芽，遠看一片嫩綠，近看卻顯得零星稀疏。

最是一年春好處，絕勝煙柳滿皇都：早春才是長安城一年中最美好的季節，遠遠勝過柳色如煙籠罩全城的時候。詩題中的「水部張十八員外」，指的是張籍，就是寫下「還君明珠雙淚垂，恨不相逢未嫁時」的那個張籍。

在這裡，韓愈對張籍的稱呼有兩個。一個是「水部張員外」，一個是「張十八」。

張籍時任水部員外郎，也就是朝廷工部水部司的副司長，所以韓愈稱他爲「水部張員外」。張籍是從六品上的副司長，他的直屬上司是從五品上的「水部郎中」。

那麼，「張十八」又是什麼意思？

這就涉及唐朝時，社會生活中人們互相之間獨特的「行第」稱呼了。所謂「行第」稱呼，就是指同一個大家族內部的子弟，按照出生先後的排行次序來互相稱呼。

這是唐朝官場民間普遍流行的稱呼。唐人不分親疏貴賤，互相之間都是以「行第」稱呼爲時尚的。他們認爲這樣的稱呼，顯得親切隨便。

所以，杜甫是「杜二」、李白是「李十二」、白居易是「白二十二」、錢起是「錢大」、柳宗元是「柳八」、元稹是「元九」、王維是「王十三」、李商隱是「李十六」。這還不算，岑參又稱「岑二十七」，劉禹錫則稱「劉二十八」，高適更達「高三十五」。巧合的是，韓愈也叫「韓十八」，和張籍排行一樣。

陪伴韓愈到生命最後一刻的人

張籍「張十八」，是韓愈「韓十八」一生中最親密的朋友。

唐貞元十三年（西元七九七年）十月初，爲參加來年的科舉考試，張籍從家鄉和州北上汴州，在「慈母手中線，遊子身上衣」名句作者孟郊的介紹下，拜見了時任汴州觀察推官、比自

己還小兩歲的韓愈。自此，雙「十八」一見如故，一生長達二十八年的朋友交誼，就此開始。

《舊唐書・張籍傳》概括說，張籍「以詩名當代。公卿如裴度、令狐楚，才名如白居易、元微之，皆與之遊。而韓愈尤重之」。好朋友嘛，當然「尤重之」了。

這個「尤重之」，可是有具體內容的。別看張籍比韓愈還要大兩歲，但當時韓愈已經中第，而張籍則還是沒有中第的老百姓。韓愈對張籍「尤重之」，就從科舉考試開始。

當時，韓愈出於對張籍才學和人品的欣賞，欣然把張籍留在自己位於汴州的城西館中讀書，準備來年參加科舉考試。

在這段款留張籍讀書的日子，韓愈對張籍達到了「推食食之，解衣衣之」，出則連轡，睡則同房的地步。張籍在韓愈逝後所作的〈祭退之〉中寫道：「為文先見草，釀熟偕共觴」、「新果及異鮭，無不相待嘗」、「出則連轡馳，寢則對榻床」、「有花必同尋，有月必同望」。

張籍自己都感慨，韓愈對他，那真的是「骨肉無以當」。

第二年秋季，張籍在汴州參加地方州府的「鄉試」，試題是〈反舌無聲詩〉，一舉考得第一，榮獲「解元」稱號，並且取得了從汴州解送入京參加「省試」的資格。不負韓愈重託的張籍，果然於貞元十五年（西元七九九年）二月在長安，一舉中第。從此，心懷感恩的張籍，視韓愈爲亦師亦友的人物。《唐摭言》載：「韓文公名播天下，李翺、張籍皆升朝，籍北面師之。故愈〈答崔立之書〉曰：『近有李翺、張籍者，從予學文。』」

此後，韓愈對張籍的仕途發展，也是全力幫助。《舊唐書・韓愈傳》載，韓愈當時對張籍，「不避寒暑，稱薦於公卿間」。

元和元年（西元八〇六年），張籍擔任太常寺太祝後，「十年不改舊官銜」。又是在時任國子監博士的韓愈推薦下，張籍才得以調任國子監助教。

元和十五年（西元八二〇年），韓愈又在國子監祭酒任上，專門上奏〈舉薦張籍狀〉，公開稱讚他「學有師法，文多古風」，張籍才升爲國子監博士，再遷爲水部員外郎。

只有到這時，韓愈才能在詩題中稱呼張籍爲「水部張員外」。張籍一生寫給韓愈的詩共有七首；韓愈一生寫給張籍的詩，則有十八首，包括〈早春呈水部張十八員外二首〉這兩首。這兩首詩，是韓愈約張籍出去玩的詩。去哪裡玩？當然是曲江啦。可是這一次，張籍卻一再以公務繁忙、身體不適爲由推託。於是，韓愈就在〈早春呈水部張十八員外二首〉（其二）中批評他：「莫道官忙身老大，即無年少逐春心。憑君先到江頭看，柳色如今深未深。」

這首詩中的「江頭」，指的就是長安城南的曲江池頭。曲江，位於唐都長安東南隅，是當時集皇家禁苑、貴族園林、公共遊賞之地於一體的風景名勝之地。在當時，到長安不到曲江，等於白來一趟。這也是當時韓愈、張籍以及白居易經常遊玩的地方。

就在韓愈寫下〈早春呈水部張十八員外二首〉的前一年，即長慶二年（西元八二二年）的

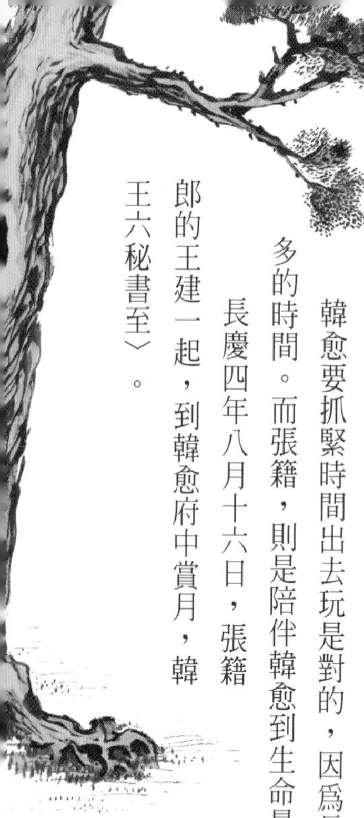

春天，已是兵部侍郎的韓愈，打算同時約上張籍、白居易兩人，一起去曲江遊覽。

結果這一次張籍來了，白居易卻沒來。韓愈不悅，寫下〈同水部張員外籍曲江春遊寄白二十二舍人〉，質問白居易：「曲江水滿花千樹，有底忙時不肯來？」您到底在忙些什麼，不肯來曲江一聚？

白居易沒辦法，只好寫來〈酬韓侍郎、張博士雨後遊曲江見寄〉解釋：「小園新種紅櫻樹，閒繞花枝便當遊。何必更隨鞍馬隊，沖泥蹋雨曲江頭。」我家小園種了紅櫻樹，平時沒事轉一轉就當春遊了。去曲江春遊的話，還要騎馬，趕上下雨又是水又是泥，何必呢？總之，我這人喜靜不喜動，您見諒。

到了長慶三年（西元八二三年）春天的雨水節氣，韓愈乾脆就不約白居易了，今年的春遊，他決定只約好友張籍，「攜手城南歷舊遊」了。

可沒想到，今年張籍也推三阻四。韓愈這下火大了，直接批評他「即無年少逐春心」。人生這麼短，此時不玩更待何時？

韓愈要抓緊時間出去玩是對的，因爲長慶三年的雨水節氣距離他的生命終點只有一年多的時間。而張籍，則是陪伴韓愈到生命最後一刻的人。

長慶四年八月十六日，張籍約了和自己一起並稱「張王樂府」，時任秘書郎的王建一起，到韓愈府中賞月，韓愈很是高興，爲之作詩〈玩月喜張十八員外以王六秘書至〉。

此後，韓愈就因病告假，一病不起。這年冬天，韓愈病重，張籍一直守候在他的病床邊，「門僕皆逆遣，獨我到寢房」。同年十二月二日，韓愈病逝於長安靖安裡府邸，年僅五十七歲。

彌留之際，韓愈以後事託付張籍：「公比欲為書，遺約有修章。令我署其末，以為後事程。」兩個多年好友，就此陰陽兩隔。

韓愈未及耳順之年就英年早逝，令人惋惜。關於韓愈早早逝去的死因，白居易曾在〈思舊〉一詩中提及：「退之服硫黃，一病訖不痊。」作爲韓愈的好友，白居易指出他早逝的原因，是因爲「服硫黃」。

說到韓愈「服硫黃」，今天的我們，很難理解古人們這樣的行爲：把某些金屬如鉛、汞、金、銀，或某些礦石如鐘乳石、雲母、硫等，經過加熱合成等手段，煉成所謂的「金石藥」「金丹」，然後大把大把地往自己嘴裡倒。

古人們當然也有自己的道理：他們這是受道家的影響，希望通過服食金丹，求得長生不老。《神農本草經》載：「食石者，肥澤不老。」《神農四經》也載：「餌丹砂、雄黃、雌黃、雲母，各可單服之，皆令人飛行長生。」於是，從先秦開始，服食金丹等「餌藥」行爲，就流行起來。

在魏晉名士中，「餌藥」風行一時。他們大量服食五石散，即以石鐘乳、石硫黃、白石英、紫石英、赤石脂等煉成的礦石粉末。這些礦石粉末均大辛大熱，服了之後毒副作用發作，就全身發癢，身熱心煩，坐臥不寧，性格暴躁，表現狂傲，必須得「寒衣、寒飲、寒食、寒臥、極寒益善」，或者「寬衣大帽，四處遊逛」。到了唐朝，「餌藥」達到了鼎盛時期。一代英主唐太宗李世民，年僅五十就一命嗚呼，其死因也是「餌藥」。包括他在內，唐朝有史料記載的因服食金丹而送命的皇帝，至少有六位之多。

唐朝皇帝都如此帶頭示範，所以文武百官、黎民百姓，服食者甚眾，喪身殞命者也比比皆是。韓愈就是其中一個。

韓愈「服硫黃」，見之於史料。宋代陶穀的《清異錄》：「昌黎公愈晚年頗親脂粉。服食，用硫黃末攪粥飯啖雞男，不使交，千日烹庖，名『火靈庫』。公間日進一隻焉。始亦見功，終致絕命。」這個記錄正說明，晚年的韓愈老爺子，爲了「親脂粉」而「服硫黃」，最終導致了早逝。

春雨貴如油

二十四節氣中，反映降水的節氣一共有七個，「雨水」是第一個。往後依次是：穀雨、白露、寒露、霜降、小雪、大雪。雨水節氣，標誌著中國大部分地區開始氣溫回升，冰雪融化。在降水形式上，表現爲降雨增多，降雪漸少。

《月令七十二候集解》載：「正月中，天一生水。春始屬木，然生木者必水也，故立春後繼之雨水。且東風既解凍，則散而為雨矣。」

《禮記．月令》載：「始雨水，桃始華。」東漢經學大師鄭玄注釋說：「漢始以雨水為二月節。」

「斗指壬為雨水，東風解凍，冰雪皆散而為水，化而為雨，故名雨水。」春天的雨，呼喚萬物甦醒，催促大地回春，孕育希望；春天的雨，或細如牛毛，或密如絲線，充滿詩意。所以，無論是在古人還是今人眼中，春雨都是珍貴的。用韓愈〈早春呈水部張十八員外二首〉中「天街小雨潤如酥」的詩句來說，就是「春雨貴如酥」；用老百姓的話來說，就是「春雨貴如油」。

驚蟄

觀田家

微雨眾卉新，一雷驚蟄始。田家幾日閒，耕種從此起。
丁壯俱在野，場圃亦就理。歸來景常晏，飲犢西澗水。
飢劬不自苦，膏澤且爲喜。倉稟無宿儲，徭役猶未已。
方慚不耕者，祿食出閭里。

驚蟄節氣一到，就要開始春耕了

大約在唐興元元年（西元七八四年）的驚蟄節氣前後，滁州（安徽滁州）城西的田家農民，忙碌著下田，開始新一年的春耕。

辛勤勞作的農民們，完全沒有注意到，在田地旁邊的小徑上，一直有一個人在觀察他們。這個人就是這些農民的父母官，時任滁州刺史的韋應物，唐詩名句「野渡無人舟自橫」的作者韋應物。

身爲父母官，韋應物看到田家農民如此辛苦，頗爲感慨，提筆寫下了這首〈觀田家〉。

微雨眾卉新，一雷驚蟄始：經過春天小雨的沐浴之後，花朵都煥然一新；一聲春雷響過之後，蟄伏在土中冬眠的動物都被驚醒了。

田家幾日閒，耕種從此起：驚蟄節氣一到，還沒過幾天冬閒日子的農民，就又要開始春耕了。

丁壯俱在野，場圃亦就理：健壯的青年都到地裡幹活了，留在家裡的人也在收拾家裡的場圃。

歸來景常晏，飲犢西澗水：等到他們從地裡回家，經常已經很晚了，可他們還得把牛牽到西澗喝水。

饑劬不自苦，膏澤且為喜：這樣又累又餓，他們自己卻不覺得苦，只要看到滋潤作物的雨水降下，就覺得歡喜。

倉禀無宿儲，徭役猶未已：就算農民們整天忙碌，家裡也沒有隔夜的糧食，朝廷的勞役仍然沒完沒了。

方慚不耕者，祿食出閭里：作爲從不耕種的人，我深感慚愧，自己的俸祿，就來自這些辛苦耕種的農民。

韋應物，中唐著名詩人。因爲他在後來曾出任過蘇州刺史，所以人稱「韋蘇州」。韋應物現存詩五百六十首。歷代學者評價韋應物的詩，大都是四個字——「自然平和」。特別是他那句「野渡無人舟自橫」，更是將他「自然平和」的風格，發揮到了極致。而〈觀田家〉這首詩也是娓娓道來的「自然平和」風格。

韋應物最高明的，就是像〈觀田家〉這樣的五言詩。他的五言詩現存約兩百七十首，《四

庫全書》總纂修官、清朝大才子紀曉嵐如是評價他的五言詩：「其詩七言不如五言，近體不如古體。五言古詩源出於陶，而溶化於二謝，故真而不樸，華而不綺。」

在今天看來，韋應物作爲唐朝詩人，似乎名聲不響。實際上，歷朝歷代，韋應物詩名之盛

超乎想像。還在唐朝，大詩人白居易就感歎韋應物的詩才無人能及：「近歲韋蘇州歌行，才麗之外，頗近興諷。其五言詩，又高雅閒淡，自成一家之體。今之秉筆者，誰能及之?」晚唐詩人司空圖將韋應物與王維相提並論：「王右丞、韋蘇州澄澹精緻，格在其中。」

宋朝大才子蘇軾對韋應物也甚是佩服：「發纖穠於簡古，寄至味於淡泊，非餘子所及也。」明人王世貞在《藝苑卮言》中將韋應物列爲冠軍：「韋左司平淡和雅，為元和之冠。」

更值得一提的是，韋應物的詩歌，或者說韋應物本人，時至今日仍時時被人傳誦的最大原因，還在於他詩歌中一以貫之的「居官自省」的愛民思想。作爲地方官，作爲朝廷賦役的執行者，他能在〈觀田家〉

悲憫地看到這些辛苦勞作的農民「倉稟無宿儲，徭役猶未已」，本就已經不容易了。而他還要進一步地對自己作爲「不耕者」感到羞慚——「方慚不耕者，祿食出閭里」，這就更加難得了。

不僅如此，他還在〈寄李儋元錫〉中感歎「邑有流亡愧俸錢」，覺得在自己治下還有百姓流亡，對不起朝廷給的薪水；在〈答王郎中〉中他「政拙愧斯人」，覺得自己拙於政事，導致增加了百姓負擔，所以很是羞愧。

也就是說，他的「居官自省」，不是偶爾喊喊口號，而是一以貫之的眞情流露；他不是偶爾矯情，而是在自己擔任地方官的生涯之中，時時處處都在自省，處處時時都在自警，提醒自己仁政，提醒自己愛民。

他的那一句「邑有流亡愧俸錢」，明人胡震亨在《唐音癸籤》中盛稱「仁者之言」。南宋大儒、同時也是詩人的朱熹，盛讚韋應物：「唐人仕宦多誇美州宅風土，此獨謂『身多疾病』、『邑有流亡』，賢矣！」

韋應物，是一個樹立了正確從政態度的唐朝地方官。韋應物，是大唐帝國的良心。

「不良少年」遠去，「帝國良心」歸來

按照正常發展，韋應物年少時，也應該是個品學兼優、勤奮上進的少年，然而，史實卻讓人大跌眼鏡。韋應物年少時，完全可以說是「不務正業」。

大約在開元二十三年（西元七三五年），韋應物出生餘長安京兆杜陵顯赫的韋氏家族。

韋氏在唐朝，世為三輔著姓，一貫有「城南韋杜，去天尺五」的說法。也就是說，長安城南的韋、杜兩大家族，距離皇帝、皇權的距離，也就一尺五左右。杜甫，就出身於「城南韋杜」中的那個「杜」，而韋應物，則出身於「城南韋杜」中的那個「韋」。雖然到了韋應物的父祖輩，家道已經式微，但他仍然在十五歲時，以門蔭資格，加上長得帥，「少壯、肩膊齊、儀容整美」，得補「三衛郎」，成為唐玄宗李隆基的侍衛之一。

所謂「三衛」，指負責侍衛皇帝的親衛、勳衛、翊衛。韋應物的「三衛郎」一共做了五年，那可是相當風光的五年。他當時的日常工作，是侍衛皇帝及嬪妃們，陪著祭祀、朝會、圍獵甚至洗澡：「直入華清列御前」、「歡遊洽宴多頒賜」。

史稱，「韋蘇州少時，以三衛郎事玄宗，豪縱不羈」。其實說「豪縱不羈」，還眞的是替韋應物謙虛。他自己後來在〈逢楊開府〉一詩中，是這樣具體描述的：「少事武皇帝，無賴恃恩私。身作裡中橫，家藏亡命兒。朝持樗蒲局，暮竊東鄰姬。司隸不敢捕，立在白玉墀……一字都不識，飲酒肆頑癡。」具體來說，就是當年一個大字都不識的他，仗著自己是皇帝侍衛，欺男霸女，橫行鄉里，賭博喝酒，惹是生非。

那麼，這樣一個「不良少年」，是如何逆襲成為「帝國良心」的呢？

有史料說是「玄宗崩，始折節務讀書」，只怕不確。唐玄宗李隆基死於寶應元年四月（西元七六二年），當時韋應物二十八歲，已經完成學業並且進入官場，身在河陽府從事任上了。

事實上，天寶十二年（西元七五三年），十九歲的韋應物在做了五年皇帝侍衛之後，終於進入太學，開始讀書了。韋應物自己也知道，自己讀書晚，「讀書事已晚，把筆學題詩」。

但他眞正的逆襲，並不是從此時的讀書開始的，而是在三年後爆發的「安史之亂」中開始的。

天寶十五年六月，長安陷落，唐玄宗李隆基逃往蜀地。當時身在太學的韋應物逃出長安，避居於武功寶意寺、梁州等地。

生在太平世，長在太平世的韋應物，此前從未見識過戰爭的嚴酷。「漁陽鼙鼓動地來」，不僅「驚破霓裳羽衣曲」，也驚破了韋應物的少年迷夢。他就像一個做夢的孩子，被徹底驚醒了。後來他在詩中寫道：「生長太平日，不知太平歡。今還洛陽中，感此方苦酸。」心境變化，可見一斑。

正是在武功寶意寺、梁州等地逃難期間，巨大的幻滅、巨大的打擊，促使韋應物不斷地思考和內省，他在太學讀書的基礎，爲他的思考和內省提供了正確的方向指引。

就是在此時，就是在此地，「不良少年」遠去，「帝國良心」歸來。此時的他，已完全變成了另外一個人。《唐語林》記載他：「立性高潔，鮮食寡欲，所居焚香掃地而坐。」

唐肅宗乾元二年（西元七五九年），二十五歲的韋應物再次出仕，被辟爲河陽府從事，唐

代宗廣德元年（西元七六三年）冬，爲洛陽丞。正是在洛陽丞任上，他懲辦不法軍士，卻反而被訟，「以撲抶軍騎……俱見訟於居守」。受此挫折之後，他乾脆辭官不做，閒居於洛陽同德寺。

大曆九年（西元七七四年）才又被推薦任官，歷河南府兵曹參軍、京兆府功曹參軍、攝高陵令、鄠縣令、櫟陽令、尚書比部員外郎，到建中三年（西元七八二年）夏，年已四十八歲的韋應物，出任正四品下的滁州刺史。

在滁州，首次出任州郡行政長官的韋應物，努力做一個合格的地方官。他「為郡訪凋瘵」，走遍了轄區內的山山水水，這才有了寫下〈觀田家〉一詩的機會。

他慚愧自己是不耕者，生怕自己「政拙愧斯人」，於是長年累月地加班，「終朝親簿書」，堅持簡政養民，仁政愛民。在韋應物的治理下，三年之後的滁州，「州民自寡訟，養閒非政成」。

興元元年（西元七八四年），韋應物的滁州刺史任滿罷職，可是他卻「昨日罷符竹，家貧遂留連」，甚至沒有盤纏回長安。後來，他來到了寫作〈觀田家〉一詩的西澗，閒居了將近一年，等待朝廷新的任命。

韋應物一生居官，廉潔自律得讓人詫異，也清貧自守得叫人心疼。他生命中的最後一站，在蘇州。貞元四年（西元七八八年）下半年，韋應物由朝廷左司郎中出任蘇州刺史。他在蘇州的政績，同樣得到了史書的讚揚：「韋公以清德為唐人所重，天下號曰韋蘇州，當貞元時為郡於此，人賴以安。」

貞元七年韋應物任滿，又沒有返回長安，而是寓居蘇州永定寺。「聊租二頃田，方課子弟耕」，昨天還是刺史，今天就是農民了，而且還是自己沒地，需要租地耕種的農民。大約在第二年，「大唐帝國的良心」韋應物，就在五十五歲的年齡，告別人世，悄悄地去了。

韋應物爲何在罷任之後，沒有返回自己的家鄉長安？當然還是因爲窮。他自己在詩中寫了：「家貧何由往，夢想在京城。」他是夢想著回到京城家鄉的，可是卻沒有錢回去。其實，即使他有錢回到長安，老家也是既沒人也沒房。這一點，他的詩中也寫了：「歸無置錐地」、「家貧無舊業，薄宦各飄颺」。他似乎一生都在租房子住，多次任滿閒居，都是租房或寓居佛寺。罷洛陽丞後寓居同德精舍，罷京兆府功曹參軍後寓居善福精舍，罷滁州刺史後租房閒居西澗，罷蘇州刺史後寓居永定寺。

可資對比的是，白居易賦閒之後，位於洛陽履道坊的白府，占地九千平方公尺；牛僧孺致仕之後，位於洛陽歸仁坊的牛府，占據一坊之地，大約三十一萬六千平方公尺。

韋應物一生只有一個妻子。他與妻子結髮二十年，清貧相守，患難相依，感情深厚。不幸的是，在大曆十一年（公元七七六年）他三十九歲時，妻子撒手仙逝。妻子去後，韋應物終身未再續弦。

在以後的日子裡，韋應物寫下了〈傷逝〉、〈往富平傷懷〉、〈出還〉、〈冬夜〉等十九首不同形式的悼亡詩，淒惻哀婉地深情懷念，那個一生都藏在自己心裡最柔軟地方的佳人。

韋應物一生，只有兩個女兒。妻子早逝後，他就與兩個女兒相依爲命。

大女兒出嫁楊家之時，韋應物應是考慮到自己官位不顯，妻子又早逝，女兒嫁後娘家無何借恃，所以在〈送楊氏女〉一詩中，反覆叮嚀女兒，要謹守婦道，善事公婆：「自小闕內訓，事姑貽我憂」、「孝恭遵婦道，容止順其猷」。一面是叮嚀，一面又是不舍：「兩別泣不休」、「別離在今晨，見爾當何秋」；回到家裡一看，小女兒捨不得姐姐遠嫁，一直在哭，「歸來視幼女，零淚緣纓流」。千年之後，我們再讀〈送楊氏女〉，分明看到一位慈愛的父親，佇立大江邊，向著遠去的女兒揮手送別，慈愛滿眼，熱淚滿眶。

萬物甦醒的季節

「驚蟄」節氣的到來，標誌著仲春時節的開始。「驚蟄」本叫「啓蟄」。但是，等到漢朝的漢景帝登基時，大臣們尷尬地發現，「啓」字犯了皇帝的名諱，因爲漢景帝姓劉名啓。於是大臣

們避「啓」改「驚」，「驚蟄」從此定名。

《夏小正》記載：「正月啟蟄。」《月令七十二候集解》中說：「二月節，萬物出乎震，震為雷，故曰驚蟄。是蟄蟲驚而出走矣。」

「仲春之月，萬物出乎震，震為雷，雷乃發聲，蟄蟲咸動，啟戶始出，故曰驚蟄。」

「蟄」是「藏」的意思，「驚蟄」，是指春雷乍響，驚醒了蟄伏在土中冬眠的動物。驚蟄節氣最典型的節氣標誌，就是乍響的春雷，也就是韋應物在〈觀田家〉中說的「一雷驚蟄始」。農諺有云「驚蟄始雷，大地回春」。「驚蟄」以後，天氣轉暖，氣溫回升較快，長江流域大部地區已可以陸續聽到滾滾的春雷之聲。

韋應物在〈觀田家〉中還說「耕種從此起」，確乎如此。「驚蟄」既是萬物甦醒、大地回春的節氣，也是春耕忙碌的時節。

每當驚蟄春耕時節，田家農民們雖然辛苦，但能夠在綠草茵茵、桃花盛開，黃鸝鳥鳴叫、布穀鳥飛來的田園風光之中耕作，也算老天爺夠意思，對農民不薄。

春分

村飲

村飲家家醵酒錢，竹枝籬外野塘邊。
穀絲久倍尋常價，父老休談少壯年。
細雨人歸芳草晚，東風牛藉落花眠。
秧苗已長桑芽短，忙甚春分寒食天。

在東風輕拂下，耕牛也枕著落花睡去

這首詩的作者是黎簡。

黎簡，是清朝乾嘉年間嶺南廣東的著名詩人。他與黃丹書、張錦芳、呂石帆一起，並稱「嶺南四家」。史稱他「足不逾嶺」，而「名動海內」。

清乾隆四十二年（西元一七七七年）春分節氣之後、寒食節日之前，世稱「詩書畫印」四絕的大才子，「嶺南四家」之一的黎簡，正在自己的家鄉廣東順德，拜訪「嶺南四家」之二、同爲順德人的好友黃丹書。在黃丹書的邀請下，是年三十一歲的黎簡和當地的鄉親們一起，聚會歡飲。酒酣之後，寫下了這首〈村飲〉。

村飲家家醵酒錢，竹枝籬外野塘邊：春分節氣之後，寒食節日之前，在村口籬笆之外，竹林下、野塘邊，家家戶戶都湊錢沽酒，歡呼聚飲。

穀絲久倍尋常價，父老休談少壯年：酒席上，大家談到稻穀、蠶絲的價格一直在漲。長此以往，怎麼受得了？然後父老們就開始回憶康熙年間自己少壯時期的物價眞是便宜，馬上就有年輕人出來制止。休談休談，喝酒喝酒。

細雨人歸芳草晚，東風牛藉落花眠：酒席在細雨濛濛之中結束了，人們紛紛回家；在東風輕拂下，耕牛也枕著落花睡去。

秧苗已長桑芽短，忙甚春分寒食天：秧苗已經插下了，正在生長，桑樹才剛剛發芽，養蠶也還早，春分與寒食之間，正是鄉親們閒著沒事喝酒的時候，忙什麼忙？喝！

黎簡喜歡美酒，也喜歡與鄉村父老一起「村飲」。包括這次，他自己還曾多次參與「村飲」。這個愛好，在他的詩中，也多有記錄：「村南社飲村北歸，花香酒痕沾布衣。」（〈紈檄兒〉）、「昨日微醉村酒歸，隔鄰一樹紅欹斜」（〈石榴花歎〉）、「為語花村舊風土，春來花下醉無歸」（〈寄藥房〉）。黎簡要不是曾經坐在「村飲」的桌上，這首詩裡的「穀絲久倍尋常價，父老休談少壯年」席間生動細節，他是無論如何也寫不出來的。

黎簡一生，留下兩千一百九十一首詩，分爲交遊詩、田園詩、山水詩、題畫詩四大類。〈村飲〉就是首田園詩。

黎簡在詩歌方面的成就，得到清朝眾多學者的讚許。清朝藏書家、學者王昶盛讚他爲當時嶺南詩人之冠；清朝經學家、文學家洪亮吉表示：「余於近日詩人，獨取嶺南黎簡及雲間姚椿，以其能拔戟自成一家耳。」

《清史．黎簡傳》對其詩的評價，堪稱蓋棺之論：「其詩由山谷入杜，而取煉於大謝，取勁餘昌黎，取幽於長吉，取豔於玉溪，取瘦於東野，取僻於閬仙，錘焉鑿焉，雕焉琢焉，於是成為其二樵之詩。」

黎簡，既是一位著名畫家，還是廣東繪畫史上第一位在本土畫壇成名，繼而產生全國影響的畫家。後世的嶺南畫派，視其爲先驅。

他的山水畫，融入了他自身對嶺南物候的感受，展現出了鮮明的嶺南地域特色：他大膽運用蒼勁淋漓的筆墨，描繪個人記憶中的嶺南風景；還將本土樹種木棉畫進了青綠山水，創造出「碧嶂紅棉」的畫題。黎簡以自己的創作和努力，促進了廣東山水畫傳統的形成。

據《廣東通志》載，其「畫直造元四家堂奧」，《順德縣誌》則稱「其畫由倪吳直窺董巨」。黎簡還在世時，畫作就已出名，「求書畫者趾相接」；甚至還有人爲了牟利而製作他的假畫而售賣，「其生前已有贋其書畫者」。他知道後憐其生計，並未深究。

在書法方面，黎簡的隸書秀勁舒放，縱橫跌宕，堪稱一

絕；在篆刻方面，他的作品淳厚蒼雄，自成面目。然而，就是這樣一位人稱「詩書畫印」四絕的多面手、大才子黎簡，長期以來沒有得到中國文學史應有的重視。

嶺南才子拒見「詩壇領袖」

乾隆十二年（西元一七四七年）五月十三日，黎簡生於廣西南寧。黎簡出身於書香門第。他的曾祖父黎秉忠和祖父黎超然，都是監生。父親黎晴山也是能詩的讀書人，但已經改行從商，到廣西南寧經營米業。所以，祖籍廣東順德的黎簡，出生於廣西南寧。

黎簡「十齡能賦詩屬文，稍長博綜群書，常操紙筆，獨遊巒洞間，遇勝處輒留題」。少年時期的黎簡，曾隨父親遊覽桂林山水，西入雲貴，北遊湘鄂。二十歲時，黎簡回到家鄉順德，與同郡處士梁若谷的長女梁雪成婚，婚後四年生長女黎瓊。乾隆三十六年（西元一七七一年）秋，黎簡又到廣西省親，侍奉生母，直到二十七歲那年才奉生母雷氏一起再回廣東。從此，黎簡一生足跡，未出廣東。他「足不逾嶺」的說法，就由此而來。

乾隆四十一年（西元一七七六年），黎簡為了謀生，開始在廣州西郊陳氏百尺樓授徒教學。在此前後，曾作〈城西雜詩〉，其中佳句傳誦一時，他的詩名就此開始傳播。

當時，廣州著名詩人張錦芳特別欣賞黎簡的詩，並引見黃丹書給黎簡認識，玉成二人成為終生摯友。這才有了第二年黎簡拜訪黃丹書，並且寫下〈村飲〉一詩的機緣。

乾隆四十三年（西元一七七八年），學政李調元視學廣東，激賞黎簡的〈擬昌黎石鼎聯句〉詩：「驚為奇絕，取置第一，補弟子員。」乾隆五十四年（西元七一八九年），又一任廣東學政關槐將黎簡選拔爲貢生，「關晉軒督學吾粵，先生受知，選拔為貢生」。至此，黎簡獲得了去北京參加考試的資格，只要考中進士，便可授予官職。

然而，黎簡就此止步。面對朋友們的多次勸說，無意仕進的黎簡賦詩：「南箕吾已不能揚，南橘生宜竄此鄉」，以「南箕」和「南橘」自喻，毫不猶豫地謝絕了朋友們的好意。

清人袁潔在《蠡莊詩話》中記載了黎簡參加科舉考試的一則逸事，試圖揭示黎簡一生無心科舉仕進的原因：「廣東拔貢黎簡簡民，才情駿發，狂率不羈。入鄉闈時，以搜檢太嚴，慨然曰：『未試以文，而先以不肖之心待之，吾不願也！』遂擲筆籃而去，從此不復應試。」

此事恐怕不確。一是據史料記載，黎簡曾於乾隆三十八年（西元一七七三年）在順德應過縣試，未聞擲籃而去之事；二是在科舉舞弊愈演愈烈的當年，搜檢太嚴是必須，不能說是有辱斯文之舉。若把黎簡終身歸隱的原因，歸結於如此小事，未免太小瞧他了。

換句話說，他並非受了什麼刺激而歸隱的，而是本來就立志於隱，矢志於隱，從不以功名爲念，甘願過著自食其力的清貧生活，靠當塾師及賣文賣畫的收入來維持生活。終其一生，黎簡都是清朝中葉的盛世隱士。

但是，黎簡雖然避仕，卻並不避世。他的隱逸，不是那種遠離塵世、離塵脫俗、不問世事、不入人間的隱逸。恰恰相反，他從未脫離社會和現實，從不逃避矛盾，從未游離於世俗之外，他一直與社會保持著密切而廣泛的聯繫，對現實生活始終關注，對社會陰暗面有著深刻的體察，對民生疾苦更有著深刻的體味。否則，他怎麼可能寫出〈村飲〉這首詩來？

黎簡頗有狂名，他自己也曾經自號「狂簡」。「意稍不合，雖巨金必揮去，緣是有狂名。」他幹過最狂的一件事，是拒絕與袁枚見面。

乾隆四十九年（西元一七八四年）四月，當時已有「詩壇領袖」之稱，年屆七十的袁枚由贛至粵，親自登門求見，黎簡竟然將袁枚拒之門外。更狂的是，黎簡還寫信直接責罵袁枚「看其詩與人品，皆卑鄙不堪」，悍然宣佈「我立行，自信與彼大徑庭」。狂，太狂了。

黎簡與妻子梁雪情深意篤。但是梁雪體弱多病，就在黎簡拒見袁枚的同年同月，於二十一日病故。黎簡悲痛萬分，以自己所鑄「長毋相忘」的銅印及所書八份《心經》爲殉。此後，他爲妻子寫下多首悼亡之作，包括〈述哀一百韻〉、〈不眠〉等。其中一首〈二月十三夜夢於邕江上〉寫道：「一度花時兩夢之，一回無語一相思。相思墳上種紅豆，豆熟打墳知不知？」詩中引用情人相戀時的紅豆典故來悼念亡妻，別具一番纏綿悱惻、深情哀婉，也可見詩人之至情至性。

自嘉慶三年（西元一七九八年）起，黎簡就「氣病時作」，經常臥病在床，又因家貧，「藥錢常不足」。嘉慶四年十一月七日，黎簡病卒，年僅五十三歲。

消失的社日節

春分，古時又稱爲「日中」、「日夜分」、「仲春之月」。

《月令七十二候集解》載：「二月中，分者半也，此當九十日之半，故謂之分。」董仲舒《春秋繁露》：「至於仲春之月，陽在正東，陰在正西，謂之春分。春分者，陰陽相半也，故晝夜均而寒暑平。」

也就是說，「春分」的「分」有兩個含義：一是一天時間白天黑夜平分，各爲十二小時，平分了晝夜；二是春分正好在春季三個月的中間，平分了春季。

春分節氣，也是歷朝歷代的皇帝，在自己都城的東郊，舉行祭日典禮的日子。所以，《禮記》說「祭日於壇」、「祭日於東」。唐朝的朝日壇，「廣四丈，高八尺」，皇帝祭日時則用青犢作爲祭品。

春分節氣前後，在中國古代，還要過一個今天已經消失但卻傳承達千年之久的盛大節日——社日節。社日節，源於三代，興於秦漢，傳承於魏晉南北朝，興盛於唐宋，衰微於元明清。社日起源於中華民族祖先對於土地的崇拜。《說文》：「社，地主也」；《禮記·郊特牲》：「社，祭

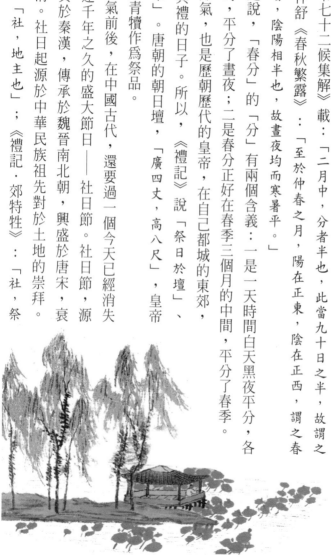

土」，所以「社」就是「土神」。社日節，顧名思義是以祭祀土神活動爲中心內容的節日。

周朝的社日節只有一個，時間就確定在春分節氣前後的仲春之月。這個時間的選擇，體現了古人的智慧：仲春之月，陽氣發動，萬物萌生，自然是祭祀土神的時機，符合土神的自然屬性。

秦漢時期，社日節出現了兩個：爲適應春祈秋報的需要，形成了春社與秋社兩個社日，「春祭社以祈膏雨，望五穀豐熟；秋祭社以百谷豐稔，所以報功」。春社時間一般在立春後第五個戊日，即春分節氣前後；秋社時間一般在立秋後第五個戊日，即秋分節氣前後。

與此同時，出現了官社與民社的區別。官社的社祀，隆重莊嚴，祭品豐厚；民社的社祀，則簡樸隨意，就是祭祀之後擺開桌子喝酒。唐宋是社日節的全盛時期。老百姓在社日節這一天的歡樂，也成爲唐宋社會富庶太平的標誌之一。唐宋的社日節，是一個熱鬧程度超越了中秋節、重陽節，全民參與的節日。婦女們來了，「今朝社日停針線，起向朱櫻樹下行」；小朋友們也來了，「太平處處是優場，社日兒童喜欲狂」。

然後大家一起祭神，吃社肉，喝社酒，歡聲笑語，「春醪酒共飲，野老暮相嘩」。這一天，無論男女老少，都是可以喝醉的：「桑柘影斜春社散，家家扶得醉人歸」、「村村社鼓隔溪聞，賽祀歸來客半醺」。

到了黎簡所在的清朝，雖然社日節已日漸消失，但在春分節氣前後的聚會喝酒，似乎還是按照慣例繼續舉行著。這才有了黎簡的這首〈村飲〉。

清明

使東川・清明日

常年寒食好風輕，
觸處相隨取次行。
今日清明漢江上，
一身騎馬縣官迎。

我和白居易相約去春遊

唐元和四年（西元八〇九年）的清明節氣當天，時任「監察御史、充劍南東川詳覆使」的大詩人元稹，正在出使東川的出差途中。

所謂「東川」，是指劍南東川節度使的駐地梓州（今四川省三台縣）。當時，劍南東川節度使的轄區，主要在四川盆地的中東部，大致包括重慶、三台、中江、安嶽、遂寧等地。

從頭銜都可以看出來，元稹這趟出差，可是名副其實的欽差大臣。他的目的地，正是梓州；他的主要任務，就是調查瀘州監軍任敬仲貪污一案。

元稹是三月七日從長安出發的。在路上走了十多天，在清明節這天行至漢江上游時，忽然想起往年自己在這個時候正在悠哉遊哉地春遊，可今年卻在途中風塵僕僕地趕路，這個差別，也太大了。於是，他提筆寫下了這首〈使東川・清明日〉。

常年寒食好風輕，觸處相隨取次行：往年寒食節氣的時候，在微風的吹拂下，我和白居易等人約在一起，一個接一個地騎馬出去春遊。

今日清明漢江上，一身騎馬縣官迎：今年清明日，只剩下我一個人出使東川，接受縣官們的迎接。

〈使東川．清明日〉，是元稹這次出差途中所寫的詩集《東川卷》中的一首。元稹此詩，還有一個自注：「行至漢上，憶與樂天、知退、杓直、拒非、順之輩同遊」。其中的「樂天」就是他最好的好朋友白居易，「知退」就是白居易的弟弟白行簡，「杓直」是李建，「拒非」是李復禮，「順之」是庾敬休。這詩，是回憶當年六人一起在寒食節出去春遊的情景。

元稹打下唐朝「大老虎」

寫下這首〈使東川．清明日〉的時候，元稹正處於一生中最風光的時刻。他是元和四年（西元八〇九年）二月，丁母憂服除之後，授官爲正八品上的監察御史的。在唐朝，這是一個負責「分察百僚，巡按郡縣，糾視刑獄，肅整朝儀」的官兒。別看級別只有八品，可是權力大：「御史為風霜之任，彈糾不法，百僚震恐，官之雄峻，莫之比焉。」

唐朝的縣官，即使是最低等級的下縣縣令，也是比監察御史高的從七品下的級別。但是，見到元稹，都得乖乖的。監察御史、查案大臣，哪個縣官膽邊生毛，還敢說自己級別高，還敢

不去迎接我們元大御史？所以元稹在〈使東川．清明日〉中得意地寫道：「一身騎馬縣官迎。」

長安距離梓州，有九百三十二公里的路程。在當時的交通條件下，元稹即使是走驛道前往，也是頗爲辛苦。因此，元稹這趟出差，長安的朋友們非常牽掛他。

誰是最牽掛元稹的人？當然是白居易。元白二人，就這樣你擔憂我，我牽掛你，於是就發生了神奇的一幕。三月二十一日，梁州漢川驛。出差的元稹，在此寫下〈使東川．梁州夢〉詩：「夢君同繞曲江頭，也向慈恩院院遊。亭吏呼人排去馬，所驚身在古梁州。」並且注釋說：「是夜宿漢川驛，夢與杓直、樂天同遊曲江，兼入慈恩寺諸院。」

三月二十一日，長安。沒有出差的李建、白居易、白行簡三人，眞的在遊曲江，還眞的去了慈恩寺！這天晚上，三人在一起喝酒。喝著喝著，白居易忽然停杯不飲，說：「今天元稹應該到達梁州了」，並揮筆寫下：「忽憶故人天際去，計程今日到梁州」！元稹是三月一日接到敕令，專程前去查辦任敬仲貪污一案的，這才有了寫下〈使東川．清明日〉的契機。

但爲了時任瀘州監軍的任敬仲而出差千里，在元稹的心中，是頗不以爲然的。這麼個「小蒼蠅」，哪裡值得自己這樣勞師千里、興師動眾？所以他在〈使東川．百牢關〉裡自嘲「自笑只緣任敬仲，等閒身度百牢關」，並且加注釋說：「奉使推小吏任敬仲」。「小吏」，也就是「小蒼蠅」的意思。

此時的元稹當然想不到，自己此行查辦貪污，只是爲了拍個「小蒼蠅」而來，哪知道最後竟然打了一隻「大老虎」。「大老虎」是誰？就是時任劍南東川節度使的嚴礪。在查處「小蒼蠅」任敬仲的同時，拔出蘿蔔帶出泥，元稹發現了嚴礪的貪污線索。在元稹的窮追猛打之下，最終發現了嚴礪的貪污事實。

「嚴礪擅籍沒管內將士、官吏、百姓及前資寄住塗山甫等八十八戶莊宅，共一百二十二所，奴婢共二十七人」，即嚴礪霸佔了一百二十二處住房和二十七個女人；「嚴礪又於管內諸州，元和二年兩稅錢外，加配百姓草共四十一萬四千八百六十七束，每束重一十一斤」，即嚴礪貪污了四百五十六萬多斤草；「嚴礪又於梓、遂兩州，元和二年兩稅外，加征錢共七千貫文，米共五千石」，即嚴礪貪污了七千貫錢和五千石米。

更叫人觸目驚心的是，不僅劍南東川節度使嚴礪本人涉案，嚴礪的多位部下如東川判官度支副使崔廷、東川觀察判官盧詡、東川節度判官裴俐也涉案。劍南東川節度使下屬十二個州的刺史，八人深度涉案。元稹意識到，這是一起自從大唐建立以來罕見的腐敗窩案。該案牽涉範圍之廣、涉案官員級別之高、貪污數額之大、百姓受害之深，都爲生平所僅見。元稹在把案情全部調查清楚之後，寫下了著名的〈彈奏劍南東川節度觀察處置等使嚴礪文〉，要求皇帝嚴肅查辦此案。此案首犯劍南東川節度使嚴礪運氣好，在元稹到達梓州之前就病死了。元稹要求對其進行終生追責，「謚以醜名，削其褒贈」。其餘涉案的各州刺史，則分別受到了貶官、降級、罰款的處分。比如瀘州刺史劉文翼貶崖州澄邁縣尉；榮州刺史陳當貶羅州吳川縣尉，由地州級的一把手「斷崖式」降級爲偏遠縣的警察局局長，處分還是很重的。

元稹這次在劍南東川查處腐敗窩案，特別是發還了老百姓被貪官們非法佔有的錢物，爲自己贏得了巨大聲譽，史稱「名動三川」。並且，「三川人慕之，其後多以公姓字名其子」。估計一時之間，劍南東川出現了很多名叫「稹」或名叫「微之」的幼兒。

肅穆與歡樂：唐朝清明的兩種情感氛圍

「清明」一詞作爲節氣，最早見於中國古籍《逸周書》。《逸周書·周月解》載：「應春三月中氣，驚蟄、春分、清明。」《逸周書·時訓》又載：「清明之日，桐始華。」《淮南子》載：「春分後十五日，斗指乙，則清明風至。」《國語》解釋說：「時有八風，曆獨指清明風為三月節，此風屬巽故也，萬物齊乎巽，物至此時皆以潔齊而清明矣。」

「春分後十五日，斗指丁，為清明，時萬物皆潔齊而清明，蓋時當氣清景明，萬物皆顯，因此得名。」

《歲時百問》則說：「萬物生長此時，皆清潔而明淨。故謂之清明」。

清明節氣一到，氣溫大幅升高，正是春耕春種的大好時節，故有「清

明前後，種瓜點豆」之說。在二十四節氣之中，既是節氣又是節日的，只有清明。明人劉侗、于奕正的《帝京景物略》記錄了明朝的清明節是如何度過的：「三月清明日，男女掃墓，擔提尊榼，轎馬後掛楮錠，粲粲然滿道也。拜者、酹者、哭者、為墓除草添土者，焚楮錠次，以紙錢置墳頭。望中無紙錢，則孤墳矣。哭罷，不歸也，趨芳樹，擇園圃，列坐盡醉。」

基本上已經等同於我們今天過清明節熟悉的「掃墓＋踏青＋宴飲」模式。換句話說，明朝人過的，已是清明節日，而非清明節氣。

所謂節氣，只是物候變化、時令順序的標誌；所謂節日，則包含著一定的風俗活動或紀念意義。兩者的區別，是顯而易見的。

史料表明，在唐朝之前，「清明」一直作爲二十四節氣中的一個而存在著，起著指導農業生產的作用；唐朝以後，才與上巳節、寒食節互相融合，從而形成了一個全新的清明節日。

至於具體的融合過程和變身方式，則相對複雜一些，先列個公式吧。

清明節日＝上巳節日＋寒食節日＋清明節氣

先別暈，我慢慢講，一個一個講，你就懂了。先說上巳節。

上巳節，即三月的第一個巳日。這個節日最早形於周朝及春秋時期，最早見於文字是在《後漢書．禮儀志》。上巳節的主要內容，是水邊祓禊、招魂續魄、祈子禳災及男女在水邊交友相會。所謂「祓禊」就是到水中洗個澡，以祓除過去一年中的污漬與穢氣。

秦漢時期的上巳節，除了上述「祓禊」節俗外，朝廷官方還經常舉行盛大宴會；到了魏晉時期，上巳節已固定於每年的「三月初三」，節俗則增加了「野外踏青、走馬騎射、曲水流觴、飲宴吟詠」等內容。

「天下第一行書」〈蘭亭集序〉，就是誕生於上巳節。當時是東晉永和九年（公元三五三年）的上巳節，王羲之與謝安、孫綽等一起過節，所以〈蘭亭集序〉中提到了「修禊」、「流觴曲水」、「一觴一詠」等上巳節的節日習俗。

上巳節在唐朝達到鼎盛，其節日習俗也已完全演變成爲踏青遊玩、臨水宴飲的娛樂內容。心情好的時候，唐朝皇帝還會在長安曲江舉行節日宴會，宴請文武百官，白居易就曾榮幸地參加過上巳節宴會，留下了〈上巳日恩賜曲江宴會即事〉一詩。

然而從宋朝起，上巳節就衰弱了。但是上巳節的春天踏青、宴飲的節日習俗，卻留下了。

再說寒食節。寒食節，一般是指冬至後的一百零五日，所以又稱爲「百五節」或「一百五」。寒食節的起源，至今有兩種說法：一是學術界認爲，寒食節起源於周朝的「改火」之制；二是民間認爲，寒食節起源於紀念春秋時的介子推。學術界的說法，自然是正宗說法。爲什麼已經有了火，還要「滅舊火、生新火」地「改火」？具體原因，《隋書·王劭傳》說得清楚：「臣謹案《周官》，四時變火，以救時疾。明火不數變，時疾必興。」古人相信，多年使用的舊火如果不滅掉更新，必會引發瘟疫等疾病。

怎麼「改火」呢？《周書·月令》有更火之文。「春取榆柳之火，夏取棗杏之火，

季夏取桑柘之火，秋取柞楢之火，冬取槐檀之火。一年之中，鑽火各異木，故曰改火也。」

唐朝沒有這麼複雜，而是將「改火」的普遍原理跟本朝的具體實際相結合，規定寒食清明之時「改火」，一年一次，大家方便。

「滅舊火」，就只能吃冷的熟食，即寒食節；「生新火」，就在清明日。據《輦下歲時記》載：「至清明，尚食內園宮小兒餘殿前鑽火，先得火者進上，賜絹三匹，金碗一口。」然後，皇帝將這從「榆柳」之上鑽木取火而得到的新火，賜給大臣們，謂之「賜新火」。《全唐文》中，就留有白居易的〈清明謝賜火狀〉和謝觀的〈清明日恩賜百官新火賦〉；《全唐詩》中，史延、韓浚、鄭轅、王濯等人更是留下了多首〈清明日賜百僚新火〉爲題的詩。

除了「改火」之外，唐朝寒食節的節俗，還增加了一項重要內容：掃墓祭祖。從唐玄宗李隆基開元二十年（西元七三二年）四月二十四日的敕旨來看，寒食節掃墓祭祖，興起於民間，由此開始得到了官方承認：「寒食上墓，禮經無文。近世相傳，浸以成俗。士庶有不合廟享，何以用展孝思？宜許上墓，用拜埽禮，於塋南門外奠祭，撤饌訖，泣辭，食餘於他所，不得作樂。仍編入禮典，永為常式。」

官方不僅承認，還專門放了假，讓大家有時間去掃墓祭祖。開元二十四年（公元七三六年）二月十一日敕：「寒食、清明，四日為假。」大曆十三年（西元七七八年）二月十五日敕：「自今已後，寒食通清明休假五日。」貞元六年（西元七九〇年）三月九日敕：「寒食清明，宜准元日節，前後各給三日。」假期給得越來越長了。

三看清明節氣。

清明節氣，每年的日期是固定的。這一點非常重要，奠定了清明節氣統一上巳節日和寒食節日的基礎。在唐朝，清明節氣不再是一個反映氣候變化的時序標記，不再是一個指導農事活動的經驗座標，而正式地成爲了一個節日。

五代時期王仁裕的《開元天寶遺事》記載了清明時節長安人出遊的場景：「長安士女遊春野步，遇名花則設席藉草，以紅裙遞相插掛，以為宴幄。」唐人陳鴻祖寫的《賈昌傳》也記載：「清明節，士開宴集於曲江亭。既撤饌，則移樂泛舟，又有月燈閣打球之會。」元稹的這首〈使東川．清明日〉回憶的，也是自己在長安時，跟白居易等人一起，「觸處相隨取次行」，出去玩。總之，唐人在清明節氣，就是玩玩玩、吃吃吃、喝喝喝。

據《唐會要》，到了唐朝大曆十二年（西元七七七年）二月十五日，朝廷頒佈敕令：「自今以後，寒食同清明。」這是官方明文規定，寒食與清明要融合發展了。三者融合的過程中，清明節氣日子固定而且唯一的特點，成就了以清明融合上巳、寒食的趨勢。道理很簡單：上巳節在三月的第一個巳日，不好記；寒食節在冬至後的一百零五日，也不好記。而要成爲全國大眾都喜聞樂見的大型節日，日子必須固定而且唯一，這樣才好記。回到前面那個公式：清明節日＝上巳節日（踏青宴飲）＋寒食節日（掃墓祭祖）＋清明節氣（固定日期）

正因如此，從唐朝開始，清明就兼具了掃墓祭祖中的肅穆和踏青宴飲中的歡樂這兩種截然

不同的情感氛圍。

換句話說，清明節時，在掃墓祭祖活動中，該肅穆要肅穆，該哭要哭；在踏青宴飲活動中，該歡樂要歡樂，該笑要笑。據《唐會要》記載，唐朝就有人在掃墓祭祖時，沒有絲毫悲傷肅穆的神情，招致朝廷的官方批評：「寒食上墓，復為歡樂，坐對松檟，曾無戚容。」

爲此，唐朝官方曾多次要求大家在掃墓祭祖時嚴肅點兒。唐玄宗李隆基就曾特地於開元二十九年（西元七四一年）下敕規定：「寒食上墓，便為燕樂者，見任官典不考前資，殿三年。白身人決一頓。」

是的，該處分就處分，該打屁股就打屁股，看你還笑不笑？

穀雨

觀採茶作歌

前日採茶我不喜，率緣供覽官經理；今日採茶我愛觀，吳民生計勤自然。
雲棲取近跋山路，都非吏備清蹕處，無事迴避出採茶，相將男婦實勞劬。
嫩荚新芽細撥挑，趁忙穀雨臨明朝；雨前價貴雨後賤，民艱觸目陳鳴鑣。
由來貴誠不貴偽，嗟哉老幼赴時意；敝衣糲食曾不敷，龍團鳳餅真無味。

今天的採茶朕很愛看

好詩，實在是好詩。畢竟並非所有人都敢把「我不喜」、「我愛觀」這樣的白話寫在詩裡。至於詩的作者，身分更是尊貴：他就是「詩人裡面最會當皇帝，皇帝裡面最會作詩詞」的乾隆皇帝。

乾隆二十二年（西元一七五七年）穀雨節氣之前，第二次南巡的乾隆來到杭州，在前往雲棲寺的途中，觀看茶農採茶、製茶的過程，並作〈觀採茶作歌〉詩一首。

前日採茶我不喜，率緣供覽官經理：前天觀看採茶朕並不高興，因為那都是官員們安排好了給我看的。

今日採茶我愛觀，吳民生計勤自然：今天採茶朕就很愛看，因為能夠看到茶農的眞實生活情況。

雲棲取近跋山路，都非吏備清蹕處：

這次朕特地走了一條靠近雲棲寺山邊的小路，避開了那些肅靜回避、戒嚴警蹕的地方。

無事迴避出採茶，相將男婦實勞劬：

這樣朕才能看到，茶農們無須回避只顧採茶，男男女女的茶民們都很辛苦。

嫩莢新芽細撥挑，趁忙穀雨臨明朝：

他們要趕在穀雨節氣之前，仔細採摘鮮嫩的茶葉。

雨前價貴雨後賤，民艱觸目陳嗚鏕：雨前茶價格貴，雨後茶價格便宜；茶農們生活艱難的眞實情況，朕駐馬在此看到之後，觸目驚心。

從這兩句詩來看，上次官員們安排的那次採茶，茶農們肯定穿著華貴、精神飽滿、紅光滿面，而與現在乾隆看到的情況大相徑庭。

由來貴誠不貴僞，嗟哉老幼赴時意：從來就是以誠實爲貴，而以作僞爲恥；朕不禁感歎這些茶農比那些官員還要深知這一點。

其實在第一次南巡時，乾隆就對地方官員的接待工作很不滿意。但直到第二次南巡結束之

後才說出來：「今歲南巡……地方有司較前更為熟練，比之乾隆十六年生手初辦大相徑庭。」乾隆還是大人有大量的，第一次南巡「生手初辦」，接待工作搞得不好，他沒有當場發作。而是在第二次南巡之後，官員們的接待工作得到改進才說。

敝衣糲食曾不敷，龍團鳳餅真無味：看到茶農們如此辛苦還只能破衣粗食，朕就是喝著「龍團鳳餅」這樣的頂級貢茶，都感覺沒有味道啊。

作爲專制王朝的皇帝，乾隆最後這兩句詩，無論是否發自內心，也都相當不容易了。

乾隆這裡提到的「龍團鳳餅」，起源於北宋，歷來就是奢華貢茶、頂級貢茶的代名詞。雖然乾隆詩裡說的是龍井茶，但是「龍團鳳餅」一開始並非指產於浙江的龍井茶，而是指產於福建建州的「建茶」。

北宋年間「龍團鳳餅」的奢華程度，歐陽修的〈歸田錄〉中有記錄可以證明：「茶之品莫貴於龍鳳，謂之『小團』，凡廿八片重一斤，其價值金二兩，然金可有而茶不可得。每因南郊、致齋，中書、樞密院各賜一餅，四人分之。官舍往往鏤金花其上，蓋其貴重如此。」

乾隆在此時此地，眼中看到的是浙江的龍井茶，手中寫出的卻是奢華的福建

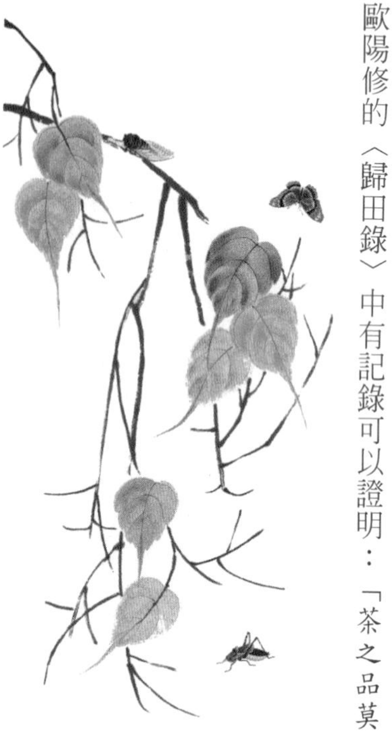

「龍團鳳餅」。

乾隆一生共留下了四萬兩千六一十三首詩，這個數量，大致相當於《全唐詩》的收詩總量。換句話說，乾隆皇帝一個人，就寫滿了唐朝幾千個詩人的份量。

僅就數量而言，乾隆是當之無愧的「寫詩冠軍」，他個人對此也頗爲得意。嘉慶三年（西元一七九八年），也就是在他逝世的前一年，八十七歲的他如此說道：「予以望九之年，所積篇什，幾與全唐一代詩人篇什相埒（相等），可不謂藝林佳話乎？」行，您老人家高興就好。

六下江南：乾隆皇帝的「自駕遊」

寫下這首〈觀採茶作歌〉時，乾隆正處於第二次南巡之中。

他於乾隆二十二年（西元一七五七年）正月十一日從北京出發，渡黃河至天妃閘（今江蘇淮陰市東），閱木龍（護堤的木欄）；抵蘇州後，和皇太后臨視織造機房；在杭州閱水上操練；回鑾時繞道江寧，祭明太祖陵；然後經運河北上，閱視洪澤湖、徐州、徐家集、荊山橋、韓莊閘等處河工；北上至曲阜，祭奠孔子；四月二十六日回到圓明園。第二次南巡，一共歷時一百零五天。

乾隆後來在〈御制南巡記〉中說：「予臨御五十年，凡舉二大事，一曰西師，一曰南巡。」可見南巡這事兒在乾隆心目中的重要程度。

公平來說，乾隆南巡還是做了幾件正經事的。察看河工，治理黃河水患，是乾隆南巡的第一目的。他自己說，「南巡之事，莫大於河工」。為了深入瞭解黃河水患的關鍵工程，他的前五次南巡，都親至清口、高家堰察看。只有最後一次南巡因年事已高，未能親臨現場。

就在寫下〈觀採茶作歌〉的第二次南巡時，乾隆還專程前往徐州，規劃黃河徐州段的修堤防汛事宜。當時，他先命河道總督白鐘山、張師載、嵇璜、高晉等人前往勘察，隨後又親臨現場察看。

對於徐州城已有石堤，他下令「應加幫以培其勢」；對於土堤，則下令「應接築以重其防」。此後的第三次、第四次南巡，乾隆又兩次前來察看黃河徐州段，命令將添築的石堤全部加高至十七層，加長達三十五公里。

「河湖要工所關尤巨，一切應浚應築，奏牘批答，自不如親臨相度，得以隨處指示也。」親臨現場，總勝於紙上談兵，乾隆的這一見解，無疑是高明的。

在浙江，定策修築海塘，也是乾隆南巡的又一個重大成果。海塘歷來就有柴塘、石塘的爭議。從名稱就可以看出，柴塘是用柴和土修築，花費較少，但防汛能力差；石塘則是用石材修築，花費巨大，又須徵用民田，但一勞永逸。

乾隆於二十七年（西元一七六二年）親臨海寧，瞭解實際情況之後，

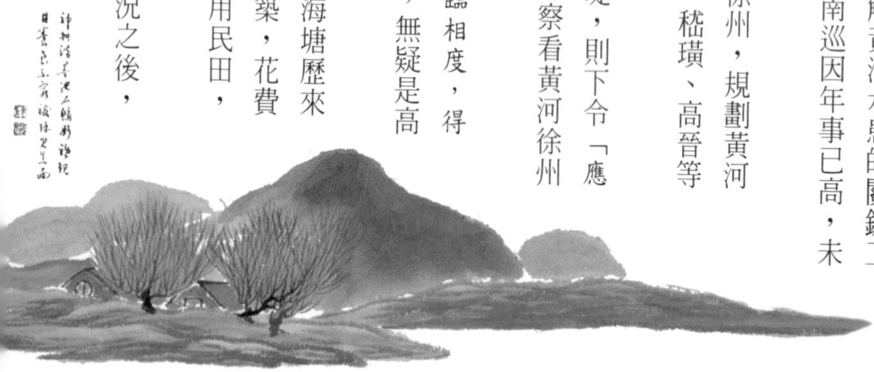

決定採取「前期改進柴塘，後期逐步增修石塘」的辦法，進行海塘建設。乾隆面對這一爭議已久的棘手問題，最後決定的這一辦法，既不輕易徵用民田，又不魯莽上馬大工程，非常務實，也非常內行。乾隆前後四次閱視海塘工程，並且這項浩大工程最終能在乾隆手上完工，切實發揮保護江南富庶之區的作用，他南巡時的定策之功，值得一記。因爲換了別人，既不可能做出如此務實的決策，也不可能做出如此昂貴的決策。清史學家孟森爲此稱讚乾隆：「持之二十餘年不懈，竟於一朝親告成功。享國之久，謀國之勤，此皆清世帝王可光史冊之事」。

當然，乾隆六下江南，也有「豔羡江南，乘輿南遊」、遊山玩水的因素。這點不可否認，也不必否認。事實上，他的每一次南巡，都相當於我們現在的「自駕遊」，當然，是「頂級奢華自駕遊」。

他自帶交通工具：如走陸路騎馬，上駟院御馬二十匹就帶在身邊；如走水路坐船，僅供他使用的御舟就有安福舫、翔鳳艇等五艘。御舟由掌管漕糧收貯的倉場衙門監造、保管，極盡奢華。杭州西湖等地，則由地方官另行置備御舟。

大臣每人給馬五匹，章京侍衛官員每人給馬三匹，護軍、緊要執事人員每人給馬兩匹，太監、拜唐阿（無品級的辦事人員）等二人三馬或一人一馬，如此共需動用馬五、六千匹。還需要雇用騾馬車四百輛，動用駱駝七、八百匹，以馱載紮營使用的黃布城、蒙古包及茶膳房用具等。

大臣的乘船，按品級每人配備兩艘或一艘，或者兩人一艘。每次需要徵用船隻四、五百艘。每天陸路約走五、六十里，水路約走八、九十里。經過的道路，皆潑水清塵，石橋石道皆用黃土鋪墊，水路碼頭則鋪棕毯；有的水陸路，還專門修有副路、副河、副橋，供辦差人員和運送物資使用。

自帶頂級廚師和食材：茶房用來產奶的乳牛七十五頭，膳房可供食用的羊一千隻、牛三百頭，均提前從北京運至沿途各地。

每天由北京或地方供應冰塊和泉水：在直隸用玉泉山泉水；在山東則將就用一下濟南珍珠泉水；在江蘇將就用一下鎮江金山泉水；在浙江將就用一下杭州虎跑泉水。

乾隆三十年（西元一七六五年）二月初八日的晚膳，正在第四次南巡的乾隆，因爲在路上，吃得比較家常和簡單：蓮子火燻鴨子、火燻蔥椒肘子、肥雞膾豆腐、蒸肥雞晾麃肉攢盤、葷素餡包子、棗爾糕老米麵糕、象眼棋餅小饅首、總督尹繼善進江米釀鴨子、燕窩燉白菜、雞絲葫蘆條、酒燉肉、上傳春筍爆炒雞、家常餅、銀葵花盒小菜、銀碟小菜、花椒醬、粳米膳、野鴨湯。至於巡幸各處，地方官員進獻山珍海味，那是必須的。這個菜單裡面，就有懂事的總督尹繼善所進獻的「江米釀鴨子」。

自帶一級警衛：鑾駕啓動前，早有兵部官員和地方大員，先行到所過州縣城內稽查清道；巡幸的船隊行進時，岸上也有官員騎馬沿河行走，以備隨時差遣；御舟用拉縴河兵三千六百人，分六班輪值；沿岸的支港河汊、橋頭村口，都安設圍站，派有兵丁守護，以防意外。

自帶微型政府：南巡之時，御前大臣、領侍衛內大臣隨侍，批本奏事處、軍機處、侍衛處、內閣兵部官員等也跟隨著。同時，兵部在沿途設站，備有快馬馳送奏章，防止皇帝陛下與帝國失去聯繫。

自建五星級旅館：南巡途中歷年陸續興建行宮三十處，行宮由官員管理；在沒有建行宮的地方，就搭黃布城和蒙古包住宿；每隔二、三十里設尖營，作為臨時停蹕的地方；在御舟住宿時，水上搭黃布水城，並備有四方帳房，遇有風浪或居住不便時可上岸住宿。隨從人員的住宿，每到一地就徵用四、五百間民房，按品級分「福祿壽」三等居住。

他的行程安排豐富：每到一地，就有人進呈方輿圖說、古蹟單，還附有歷史沿革、地理位置、人文風俗、古人題詠、本朝事蹟的詳細說明。基本上，比我們現在旅行社還要專業。除了巡視河工、閱兵等正常行程之外，當然還安排了西湖等著名景點的遊玩行程。這首〈觀採茶作歌〉，就是他在前往旅遊景點雲棲寺的途中所作的。

到第六次南巡結束時，七十五歲的乾隆終於戀戀不捨地寫詩表示：「六度南巡止，他年夢寐遊。」

乾隆當了太上皇以後，終於對自己的「頂級奢華自駕遊」表示出愧疚。據《清史稿・吳熊光傳》記載：「臣從前侍皇上謁太上皇帝，蒙諭：『朕臨御六十年，並無失德。唯六次南巡，勞民傷財，作無益，害有益。將來皇帝如南巡，而汝不阻止，必無以對朕。』」這是擔任直隸

總督的吳熊光對嘉慶皇帝說的話，想必他也沒有這個膽子揑造如此重要的太上皇聖諭。如此看來，乾隆最終還是想明白了。

穀雨茶：一年之中茶的最佳品

穀雨，是春季的最後一個節氣。穀雨穀雨，「雨生百穀」也。《月令七十二候集解》載：「二月中，自雨水後，土膏脈動，今又雨其穀於水也……蓋穀以此時播種，自下而上也。」《二如亭群芳譜》載：「穀雨，穀得雨而生也。」《通緯》：「清明後十五日，斗指辰，為穀雨，三月中，言雨生百穀清淨明潔也。」

穀雨節氣，也是國色天香的牡丹花盛開的時節。所以，牡丹花又叫「穀雨花」。

牡丹最早的文字記載見於東漢，原產於中國西部、北部地區及秦嶺一帶。古人對牡丹的最初認識，是它的藥用價值：「丹州延州以西及褒斜道中最多，與荊棘無異，土人取以為薪，其根入藥為妙。」隋唐時期，牡丹正式成爲觀賞植物。《隋志·素問》中的「清明次五日，牡丹華」，是隋朝已有牡丹種植的記載。

穀雨時節，除了「穀雨花」，還有「穀雨茶」。清明節氣到穀雨時氣之間，所採摘的新茶，叫作「穀雨茶」，是一年之中茶的最佳品。明朝的人，最重「穀雨茶」。屠隆在《考槃餘事》中說，採茶「不必太細，細則芽初萌而味欠足。不必太青，青則茶已老而味欠嫩。須在穀雨前後，覓成梗帶葉微綠色，而團且厚者為上」。

許次紓的《茶疏》指出：「清明太早，立夏太遲，穀雨前後，其時適中。」張源的《茶錄》進一步細分：「採茶之候，貴及其時。太早則味不全，遲則神散。以穀雨前五日為上，後五日次之，再五日又次之。」

爲什麼唐宋重「明前茶」而明清至今則重「穀雨茶」？這恐怕與不同時代的飲茶方式有關。唐朝是煎茶法，是把碾成細末的茶粉煎煮之後，連茶粉一起喝掉；宋朝是點茶法，是把碾成細末的茶粉放入碗中，用開水沖了之後，連茶粉一起喝掉。乾隆這首詩中提到的北宋「龍團鳳餅」，當時能夠上升爲頂級奢侈品，也與宋人的這種飲茶方式有關。

唐宋這兩種飲茶方式，規避了「明前茶」茶味較淡的特點；相反，如果用茶味較濃的「穀雨茶」，喝掉茶粉時就會覺得苦澀。所以，唐宋重「明前茶」。

到了明朝，人們的飲茶方式已跟我們今天一樣。今天這種只飲茶湯不吃茶葉的方式，當然會覺得「明前茶」味道偏淡，而「穀雨茶」恰到好處了。

穀雨節氣到了，趕緊去品品「穀雨茶」，看看「穀雨花」吧。

立夏

立夏

赤幟插城扉，東君整駕歸。
泥新巢燕鬧，花盡蜜蜂稀。
槐柳陰初密，簾櫳暑尚微。
日斜湯沐罷，熟練試單衣。

好春盡花落，燕子歸來

這是南宋開禧二年（西元一二〇六年）立夏當天，著名愛國詩人陸游在自己的家鄉越州山陰（浙江紹興）寫下的一首關於立夏節氣的詩。

赤幟插城扉，東君整駕歸：當城門插上紅色旗幟的時候，春天就結束了，身爲司春之神的東君，也是時候備好車馬，要啓程歸去了。「東君」，又稱「青帝」、「勾芒」，是傳說中的司春之神、東方大神，守望春天的春神，也是主管農事的神。陸游第一句詩的意思是說，立夏標誌著春天結束，所以到了立夏這天，主管春天的神「東君」就要腳踏兩條蛇，回到自己的住地去了。要等到明年春天，祂才會再次降臨人間。

泥新巢燕鬧，花盡蜜蜂稀：燕子銜來新泥累積成巢，嘰嘰喳喳地叫著；春盡花落，蜜蜂也變得稀少了起來。

槐柳陰初密，簾櫳暑尚微：炎熱的夏日在槐樹和柳樹之間，留下了日漸濃郁稠密的樹蔭，只有少量的暑氣才能夠通過窗簾進入室內，讓人感受到夏天的氣息。

日斜湯沐罷，熟練試單衣：日落之時，詩人沐浴完畢，換上了夏日的單薄衣服，準備迎接即將到來的炎夏。

寫下這首〈立夏〉時，陸游已是八十二歲高齡。

宋朝主戰派的風雨兼程，全部付諸東流

從整首詩來看，陸游寫〈立夏〉時的心情相當不錯。讓陸游在生命最後一段日子裡，還深感高興和鼓舞的，就是南宋史上備受爭議的「開禧北伐」。

陸游一生，總共經歷了南宋王朝的三次北伐。第一次是岳飛主持的「紹興北伐」。宋室南渡以後，北伐奪回中原、洗雪靖康之恥的呼聲，從未斷絕。南宋朝廷的第一次正式北伐，是在西元一一四〇年由著名將領岳飛主持的「紹興北伐」。眾所周知，這次北伐由於投降派秦檜的阻撓，在捷報頻傳、形勢大好的情況下，功敗垂成，痛失好局。

「紹興北伐」之時，陸游還小，最多只能在旁圍觀。第二次是張浚主持的「隆興北伐」。

陸游熱情支持、深度參與了「隆興北伐」。不僅因爲他與「隆興北伐」的主持者、「右丞相督視江淮兵馬」張浚頗有「世誼」，還因爲他當時已經四十歲，正當壯年，而且已經就任鎮江府通判，是正宗的朝廷命官，理應爲北伐大業做出貢獻。陸游「力說張浚用兵，頗思對恢復大業有所獻替」，然而不久，北伐失敗，張浚病死，陸游也被朝廷追究主戰責任，免職回鄉閒居。

「隆興北伐」失敗以後，宋金雙方達成了「隆興和議」。從那以後，宋金之間已有四十年未見刀兵了。「紹興北伐」時，陸游還小；「隆興北伐」時，陸游又時運不濟，一番辛苦付諸東流，丟官閒居；這一次，陸游終於在自己的垂暮之年，在生命最後的日子裡，迎來了新一次的「開禧北伐」，他能不高興嗎？

可是，對於陸游而言，兆頭不妙的是：「開禧北伐」的實際主持者，是韓侂冑。這是一個被寫入了《宋史·奸臣傳》的人物，他和萬俟、丁大全、賈似道這樣的大奸臣一起，合在一個列傳。但韓侂冑是否眞的這樣大奸大惡，還眞値得商榷。

無論如何，在一生主戰的陸游和辛棄疾看來，至少主持「開禧北伐」時的韓侂冑，不能算是大奸臣。這兩位同樣矢志收復中原的熱血文人，都在自己的垂暮之年，熱情支持了「開禧北伐」，熱情支持了韓侂冑，個人還不惜冒著「喪失晚節」的罵名。

辛棄疾比起陸游而言，相對年輕一些，在開禧二年才六十七歲。所以他在「開禧北伐」時不顧年邁，力疾從征，先後擔任紹興知府、鎮江知府、樞密都承旨等職。可就在開禧三年秋，辛棄疾病重，以致臥床不起。當年九月初十，辛棄疾帶著憂憤的心情和愛國之心離開人世，臨終前仍大呼：「殺賊！殺賊！」可以說，辛棄疾把自己的生命，都獻給了「開禧北伐」。

在陸游、辛棄疾等主戰派的支持之下，就在開禧二年的五月，宋寧宗正式下詔北伐，宋軍同時在西線、中線和東線開始進攻。閒居家鄉的陸游，在北伐好消息的鼓舞之下，除了〈立夏〉一詩，他同時還寫就了〈初夏閒居〉、〈觀邸報感懷〉、〈雨夜〉、〈夏夜〉、〈感中原舊事戲作〉等諸多詩篇，熱情擁護北伐，記錄當時戰況，歌頌抗金義舉。同時，陸游還感慨自己「老不能從」，不能像辛棄疾一樣參加北伐，爲國馳騁疆場。

南宋選擇在此時進行「開禧北伐」，可以說是時機正好。因爲對面的金國正處於金章宗完顏璟的統治後期，國勢已日益衰落。一是金國也面臨著比南宋更加強大的外敵入侵。西夏分別於一一九〇年、一一九一年兩次入侵，蒙古也於一二〇五年正月和十月兩次入侵，戰亂頻仍，邊關震動。二是金國也面臨著內部反叛的威脅。「明昌五年，大通節度使愛王大辨據五國城以叛」，「自愛王叛後，北兵連年深入，加以荒旱，所在盜賊」。

從金國的情況來看，韓侂胄此時北伐，正是揀了個軟柿子捏，形勢比「紹興北伐」、「隆興北伐」都要好。可匪夷所思的是，即便面對「軟柿子」，韓侂胄還是沒捏住。先是韓侂胄選定的西線主帥吳曦反叛降金。他和金人暗中交易，求金人封他爲蜀王，導致西線戰略要地和尚原、方山原、秦州相繼淪陷；接著，宋軍在東線和中線也連吃敗仗，一敗於宿州，再敗於壽州、唐州。進入十月，金軍開始分九路南下，轉入反攻，信陽、襄陽、隨州、應城、孝感、徐州、眞州等地相繼淪陷，東南大震。

短短一年不到，由宋軍主動發起的北伐，就打成了膠著狀態。這哪裡是宋軍北伐，簡直就是宋金兩軍互相攻伐，而且宋軍還落了下風。一手造成這一被動局面的，當然還是韓侂胄本人。正是他，在準備嚴重不足的情況下，視軍國大事如同兒戲，貿然北伐。北伐開始之後，宋軍剛剛遭遇一點小挫折，韓侂胄就開始驚慌失措、進退失據，居然授意身在前線的丘崈，著手與金人議和。可是，金人議和的條件卻極爲苛刻：要韓侂胄的人頭，還要增加歲幣。韓侂胄這才大怒，又一次改變主意，準備再度整兵出戰。可歷史再也不會給韓侂胄表演的機會了。不久，他就遭到了以史彌遠爲首的南宋朝廷投降派的卑鄙暗殺。

開禧三年（西元一二〇七年）十一月三日，中軍統制、權管殿前司公事夏震等在史彌遠的指使下，於韓侂胄上朝時突然襲擊，將他截至玉津園夾牆內害死，並割下他的頭顱，送至金國，以作爲議和條件。同時，全部接受金國提出的其他議和條件：增歲幣爲三十萬，犒師銀（賠款）三百萬兩。至此，陸游熱切盼望的「開禧北伐」，徹底失敗。北伐失敗，和議達成，投降派當然要清算主戰派的責任。而對於退休閒居、年逾八十、來日無多，僅僅只是在口頭上、詩文中支持過韓侂胄北伐的陸游，投降派也「明察秋毫」，沒有放過。

嘉定二年（西元一二〇九年）是陸游生命中的最後一年。在這年春季，陸游遭到言官彈劾，「以此得罪，遂落次對太中大夫致仕」，被剝奪了本就不大豐厚的退休待遇。好在陸游也不需要了。當年十二月二十九日，悲憤的陸游留下千古名篇〈示兒〉之後，就此逝去。

從開禧二年〈立夏〉開始，到嘉定二年〈示兒〉結束，從支持「開禧北伐」開始到被清算北伐責任結束，從八十二歲到八十五歲，短短三年裡，陸游經歷了一次從政治生命到自然生命的「迴光返照」。

寫下〈立夏〉時，陸游很從容——「日斜湯沐罷」，很閒適——「熟練試單衣」，一直在等待著北伐的好消息——「王師北定中原日」。寫下〈示兒〉時，陸游卻只剩下了悲憤——「但悲不見九州同」，只剩下了遺憾——「家祭無忘告乃翁」。可惜的是，永遠也不會有「王師北定中原日」了。

在陸游逝後七十年，西元一二七九年，趙宋王朝在崖山，迎來了自己的最後時刻。另一個名叫陸秀夫的主戰派，以背著大宋最後一位皇帝蹈海而死的方式，保住了自己和大宋最後的尊嚴。至此，陸游和辛棄疾，包括岳飛、張浚、韓侂冑在內，宋朝一代又一代主戰派的風雨兼程和嘔心瀝血，全部付諸東流。

四月減重，是古人今人的共識

「立，建也，始也；夏，假也，大也。」「斗指東南，維為立夏。」一年中的夏天，由此正式開始。立夏之時，土地寬大於萬物，助其蓬勃生長，萬物至此皆長大；立夏之時，溫度升高，炎夏將臨，雷雨增多，農作物進入生長旺季。《禮記．月令》記載：「立夏之日，天子親帥三公九卿大夫以迎夏於南郊。」

《後漢書．禮儀志》也記載：「迎夏於南郊，祭赤帝祝融，車旗服飾皆赤。」司春之神，是「青帝」，又稱「東君」、「勾芒」；司夏之神，則變成了「赤帝」，又稱「祝融」。迎接「赤帝」、「祝融」，就是著名的迎夏儀式。這個迎夏，儀式感倒是很強，問題是古代只有天子和高官才有資格舉辦。

到了今天，如果你親自跑到南郊，趨拜如儀地搞個迎夏，不明眞相的民眾們不把你當神經病抓起來才怪。作爲普通老百姓，我們倒是可以從一些農事活動中，獲得立夏節氣的儀式感。

一是嘗三鮮。立夏前後，已有不少水果、農作物搶先成熟，所以民間歷來就有「立夏嘗三鮮」之說。由於地域不同，各地又有不同版本的「立夏三鮮」。一般而言，分爲「地三鮮」、「樹三鮮」、「水三鮮」三種。

「地三鮮」是指從地裡生長出來的三鮮，一般指蠶豆、莧菜、蒜苗；「樹三鮮」是指從樹上生長出來的三鮮，一般指櫻桃、枇杷、杏子；「水三鮮」是指從江河生長出來的三鮮，一般指螺螄（一種中國特有的田螺）、河豚、鰣魚。如今，「地三鮮」、「樹三鮮」都還好找；「水三鮮」中的螺螄也還勉強可尋；河豚因爲已經人工養殖，只要敢於冒著生命危險嘗鮮，也可以吃到；但隨著生態環境的變化，名列「長江三鮮」的鰣魚，包括刀魚，已接近消失的邊緣，不太可能吃到了。

有的地方，還有吃「立夏飯」和「立夏蛋」的風俗。「立夏飯」由赤豆、黃豆、黑豆、青豆、綠豆等五色豆拌和粳米煮就，「立夏蛋」則用新茶或胡桃殼煮成。對於「立夏蛋」，還要用彩線編織蛋套，掛在小朋友的胸前，以供他跟小夥伴們「鬥蛋」之用。

二是吃冷飲。至少在明清時期，北京紫禁城裡一直上演著「立夏日啓冰」的儀式。皇帝會在立夏這一天，命令朝廷掌管冰政的凌官，把去年冬天窖藏的冰塊啓封，切割分開，賜給文武大臣。有關考證表明，其實這一習俗起源更早，甚至可以追溯到兩宋時期。

三是秤體重。這一習俗主要流行於中國南方地區。清人秦榮光在〈上海縣竹枝詞〉中寫道：「立夏秤人輕重數，秤懸樑上笑喧閨。」傳說這一習俗起源於三國時期的「阿斗」劉禪。一說是劉備死後，諸葛亮把他的兒子劉禪交給趙子龍送往江東，並拜託其後媽、已回娘家的吳國孫夫人撫養。那天正是立夏，孫夫人當著趙子龍的面給劉禪秤了體重，並且講明來年立夏再秤一次，看體重增加多少，再寫信向諸葛亮彙報，以示她未曾虐待繼子。由此，形成民間立夏習俗。

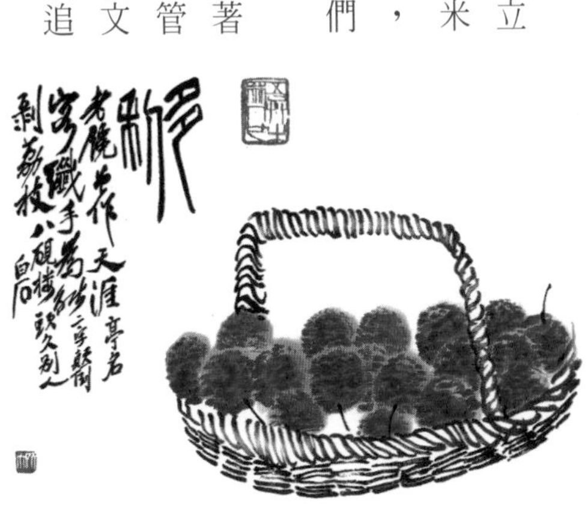

但此說法只怕不確。據《三國志．蜀書》，劉備死於章武三年（西元二二三年）夏四月，五月，「後主襲位於成都，時年十七」。首先，劉備死時，劉禪年已十七歲，已無需後媽照顧生活起居；其次，正如正史所書，劉備一死，蜀漢就急需劉禪繼位登基，哪裡還有可能以一國繼承者的身分再入東吳？

再看另一說。是晉朝司馬昭攻滅蜀漢以後，恐原屬蜀漢的臣民不服，所以善待被俘虜的後主劉禪，封他爲安樂公。劉禪受封那天，正是立夏，司馬昭當著一批跟到洛陽的蜀漢降臣之面給劉禪秤了體重，並表示以後每年立夏再秤一次，保證劉禪年年體重不減，以示未受虐待。

但這一說法也不可信。《三國志．蜀書》載有劉禪被冊封爲安樂公的聖旨原文，開頭就說：「惟景元五年三月丁亥，皇帝臨軒，使太常嘉命劉禪為安樂縣公。」據此，冊封劉禪爲安樂公的時間，是在三月丁亥，不是在四月立夏。而三月裡只有「清明」、「穀雨」兩個節氣，絕對不可能有「立夏」節氣。所以，立夏秤體重這一習俗，只怕要另找源頭。

其實，也不用再找源頭了，如今網上不是早有「四月不減肥，五月徒傷悲」的說法嗎？可見四月秤體重準備減肥，是古人今人的共識。無論古人今人，都要抓住四月這最後的時機，審視自身，調整體重。以免五月夏天來臨之際，在「熟練試單衣」之時，痛苦地發現「此肉無計可消除」。

小滿

歸田園四時樂春夏二首（其二）

南風原頭吹百草，草木叢深茅舍小。麥穗初齊稚子嬌，桑葉正肥蠶食飽。
老翁但喜歲年熟，餉婦安知時節好。野棠梨密啼晚鶯，海石榴紅囀山鳥。
田家此樂知者誰？我獨知之歸不早。乞身當及強健時，顧我蹉跎已衰老。

可惜我知行不一，沒能早一點歸隱田園

這是描寫小滿節氣的古詩中，最爲著名的一首。其作者也頗爲有名，正是歐陽修。

南風原頭吹百草，草木叢深茅舍小：夏天的南風吹拂著原上的野草，在草木叢深之處，可以看到小小的茅舍。

麥穗初齊稚子嬌，桑葉正肥蠶食飽：已經抽齊的嫩綠麥穗，在微風中搖擺，宛如稚子一樣嬌憨可愛，正當肥美的桑葉可供春蠶們吃個飽。

老翁但喜歲年熟，餉婦安知時節好：農家老翁只關心一年的收成，操勞的主婦也不知道這個時節田園風光的美好。

野棠梨密啼晚鶯，海石榴紅囀山鳥：黃鶯還在野棠梨林中啼叫，山中的鳥兒也在紅石榴林間婉轉地歌唱。

田家此樂知者誰？我獨知之歸不早：誰是最知道這種田園之樂的人？就是我。可惜我知行不一，沒能早一點歸隱田園。

乞身當及強健時，顧我蹉跎已衰老：現在看來，歸隱田園還是要趁著身體強健時才好啊；可是看看現在，歲月蹉跎，我已經老了。

歐陽修此詩，屬於典型的宋朝「四時田園詩」。「四時田園詩」，由被譽爲宋詩「開山祖師」的梅堯臣開創。宋仁宗天聖九年（西元一〇三一年），梅堯臣創作了「田家四時」一組詩，分春、夏、秋、冬四個時段，描繪了田家在不同季節的典型生活，由此開宋詩一代風氣之先。「四時田園詩」，多描寫田家春耕、夏織、秋收、冬閒的農事活動，襯以不同的季節背景，如同一幅幅田園生活畫，別有一番質樸風味。

既然歐陽修此詩屬於「四時田園詩」，詩題〈歸田園四時樂春夏二首〉（其二）中也明確提及「四時樂」，可見「其一」寫的應是春時樂，「其二」是夏時樂；推測「其三」和「其四」，自然應該是秋時樂和冬時樂。可是，我找遍歐陽修老爺子留下的全集、年譜，就是沒有發現〈歸田園四時樂秋冬二首〉。

既然詩名「四時樂」，爲何又只寫有春夏「二首」？原

來，問題還是出在梅堯臣那兒。梅堯臣是歐陽修的好朋友，兩人合稱「歐梅」。他倆一生，詩歌唱和逾三十年，你唱我和的詩歌總數，就達到了一百四十八首之多。這首詩也是一樣：〈歸田園四時樂春夏二首〉是歐陽修所唱，〈續永叔歸田樂秋冬二首〉是梅堯臣和的。兩人合在一起寫的這四首詩，又形成一組新的「四時田園詩」，構成一卷新的四時田園圖。

宋詩之中，類似的「四時田園詩」還有很多，例如郭祥正的〈田家四時〉、賀鑄的〈和崔若拙四時田家詞四首〉等。詩人們或以「田家四時」命題賦詩，或以此爲主題彼此唱和，創造了宋朝田園詩中的一道獨特風景。

決絕歸隱背後：政敵向他射出最毒的一箭

從〈歸田園四時樂春夏二首〉（其二）全詩來看，大詩人歐陽修於小滿時節，在南風吹拂，百草茂盛，「麥穗初齊」，「桑葉正肥」的田園風光之中，陶醉了。可是，別看歐陽修在詩中把田園風光寫得畫面感十足，其實此時此刻，他詩中描寫的畫面，全是想像。因爲他寫詩之時，身在大宋王朝的首都開封城中。

寫詩時，正值宋仁宗嘉祐三年（西元一〇五八年）的小滿節氣。此時五十二歲的歐陽修，時任「右諫議大夫、知制誥、史館修撰、充翰林學士，刊修《唐書》、兼判秘閣秘書省」。從這一連串的光鮮頭銜中，特別是頗具含金量的負責起草聖旨的「知制誥」中，我們可以看出，歐陽修此時正處於仕途的上升期。不久以後，他又將「兼龍圖閣學士、權知開封府、兼畿內勸農使」。

事實上，從寫詩時起直到宋神宗熙寧四年（西元一〇七一年）致仕退休的十四年間，歐陽修正處於一生的仕途鼎盛期。此後他歷禮部侍郎、樞密院副使，嘉祐六年（公元一〇六一年）更是高居「參知政事」這樣的副宰相之職。

身為官場中人，歐陽修怎麼會想歸隱成為田園中人？身為開封的城裡人，歐陽修怎麼會想成為農村的鄉下人？環境如此優渥，仕途如此通達，歐陽修怎麼還會在詩中寫到自己最知田園之樂，說到自己應該趁身體健康時早點退休？其實，只要深入瞭解一下歐陽修的仕途經歷，設身處地站在歐陽修的立場上，考慮一下他當時面臨的官場處境，我們就可以得出結論來。

首先，歐陽修想歸隱，是真心的，而且，他還真的做到了。他的正常退休年齡是七十歲。但他在宋神宗熙寧四年七月僅六十五歲時，就致仕歸隱了。他是「蓄謀已久」的。

早在寫下〈歸田園四時樂春夏二首〉透露歸隱之志的八年之前，皇祐二年（西元一〇五〇年），歐陽修四十四歲時，他就約上了好友梅堯臣，一起在潁州買田，作為將來歸隱田園之處。治平四年（西元一〇六七年）他在六十一歲到達「參知政事」副宰相高位，正宰相之位唾手可得時，歐陽修卻堅決求去，得以外放，「除觀文殿學士，刑部尚書，知亳州」，邁出了他最終歸隱田園的關鍵一步。

熙寧三年，「公初有太原之命，令赴闕朝見。中外之望，皆謂朝廷方虛相位以待公。公六上章，堅辭不拜，而請知蔡州，天下莫不歎公之高節」，歐陽修又一次拒絕了正宰相的任命。

在此過程中，他不斷請求致仕，「公在亳，年甫六十，表致仕者六，不從。至蔡而請益堅，卒不能奪公志，其勇退如此」。史稱歐陽修此舉，「近古數百年所未嘗有，天下士大夫仰望驚歎」。

他的同僚們也紛紛表示佩服。北宋名臣韓琦推崇「公之進退，遠邁前賢」，北宋大改革家王安石稱讚「功成名就，不居而去，其出處進退，又庶乎英魄靈氣，不隨異物腐散，而長在乎箕山之側於潁水之湄」。是什麼讓歐陽修如此決絕、如此執著地要求離開官場、歸隱田園？不僅在於田園之樂他深知，還在於官場之險他深味。

從天聖八年（西元一〇三〇年）「授將仕郎，試秘書省校書郎，充西京留守推官」開始，到熙寧四年（西元一〇七一年）致仕歸隱結束，歐陽修爲大宋朝廷工作了四十年。

而在嘉祐三年（西元一〇五八年）寫下〈歸田園四時樂春夏二首〉之前，他的仕途並不平坦，曾兩遭貶謫。景祐三年（西元一〇三六年）一貶夷陵，七年之後方才召還京師；慶曆五年（西元一〇四五年）再貶滁州，先後徙知揚州、潁州、應天府，又是輾轉十年之後才召還京師。人生有幾個十七年？多年的貶謫生涯，多年的官場險惡，至少已經部分地消磨了歐陽修的壯志。所以，他才有了潁州買田，爲日後歸隱早早打下基礎的舉動。

寫下〈歸田園四時樂春夏二首〉之後，他在皇帝的信任之下一路高升，雖然「求去」之

志不減，到底還是「顧我蹉跎已衰老」，因而有點猶豫。直到他的政敵們在治平四年（西元一〇六七年），向他射出了最毒的一箭。

這就是著名的「長媳案」。這年二月，御史彭思永、蔣之奇上書，誣陷歐陽修「有帷薄之醜」，與自己的長媳吳氏吳春燕有曖昧關係，政見之爭就此演變成了人身攻擊。「長媳案」爆發後，身心受到極大傷害的歐陽修九次上書皇帝，要求徹查此案，還自己以清白。宋神宗也深知歐陽修的政治處境，主持了正義，在誣告者拿不出證據的情況下，嚴厲懲處了彭思永、蔣之奇。

在這一事件中，尤讓歐陽修感到傷心的是，直接誣告他的蔣之奇，是他的門生。既是他一手錄取的進士，也是他一手提拔的御史；而在背後支援蔣之奇誣告在先，之後又直接上書攻訐歐陽修爲「豺狼」、「奸邪」，說他「以枉道悅人主，以近利負先帝」的范純仁，又是他生平好友范仲淹的親生兒子。范純仁攻擊歐陽修倒也無可指摘。我爹跟你好，我就一定會跟你好？

但蔣之奇值得拿出來說說。科舉時代，文人最看重座師與門生的這層關係。道理很簡單，你作爲一介貧寒舉子，「十年寒窗無人問」，是誰讓你「一舉成名天下知」的？是科舉考試時的座師啊。

略舉一例吧。看看白居易是怎麼做的？白居易參加科舉時，由時任禮部侍郎的座師高郢錄取。從那一天開始，白居易終身感恩。直到白居易老了退休了，高郢也已作古多年了，白居易還嫌自己對座師及其後人報恩不夠，還在寫詩提醒自己：「還有一條遺恨事，高家門館未酬恩。」對比白居易，蔣之奇作為門生，面對人生路上提拔過自己的恩師，不僅沒有感恩之心，而且在沒有證據的情況下，帶頭跳出來誣告恩師，這事做得相當下作。查之宋史，蔣之奇在史上居然還有著清官能吏的名聲。但就憑他誣告恩師這一下作的失德行為，他再有才幹，也是小人一個。

接著說回歐陽修。作為座師，被門生誣告；作為父輩，被子侄攻擊。治平四年的這支毒箭，終於深深地射傷了歐陽修，「壯志銷磨都已盡」，也進一步堅定了他歸隱求去的決心，「壯志銷盡憶閒處」。

「長媳案」平息後的次月，即治平四年（西元一〇六七年）三月，歐陽修放棄副宰相的高位，以觀文殿學士、刑部尚書知亳州，實現了歸隱的第一步。而且，歐陽修「上馬即知無返日」，從此絕塵而去，再未回頭。歐陽修是對的。如此門生，如此官場，如此京師，如此朝廷，留之何益？當然，歐陽修如此決絕地要求歸隱，還有一個原因，正是他在詩中所寫的「已衰老」，即有身體衰老的原因。歐陽修年少時由於家境貧寒，曾經極度缺乏營養，加上他後來刻苦攻讀，導致身體羸弱，還曾在詩中自嘲說「握臂如枝骨」。

天聖八年（西元一〇三〇年），二十四歲的歐陽修到京師參加科舉考試，考官晏殊看著正當青春年少的他，卻是「目眊瘦弱少年」。明道二年（西元一〇三三年），歐陽修與謝絳、尹洙等人到嵩山遊玩，二十七歲的他年齡「最少」，身體卻「最疲」，可見年紀輕輕就已體力不支。景祐四年（西元一〇三七年），剛剛三十歲出頭的歐陽修，竟然已經「客思病來生白髮」。自四十三歲起，歐陽修就患有嚴重的眼病，而且經常發作，影響讀書寫字：「兩目昏暗，多年舊疾，氣暈侵蝕，積日轉深，視瞻恍惚，數步之處，不辨人物。」五十九歲起，歐陽修又患上了糖尿病：「自治平二年已來，遽得痟渴（糖尿病），四肢瘦削，腳膝尤甚，行步拜起，乘騎鞍馬，近益艱難。」

本來身體就不是一般的弱，再加上眼病和糖尿病的雙重折磨，這樣的身體狀態，也容不得歐陽修長時間、高強度地在官場上打拚了；只有歸隱田園，才是自全長壽之道。正如他在詩中所說的，他真的應該「乞身當及強健時」，不該心存歸隱田園之志，卻一直蹉跎未成。等到他終於下定決心歸隱之後，身體卻又垮了，無法再享受田園之樂。熙寧五年（西元〇一七二年）七月，在歸隱剛滿一年之時，歐陽修病逝。

他的得意門生蘇軾，對於老師急流勇退，是相當欣賞的：「軾受知最深，聞道有自。雖外為天下惜老成之去，而私喜明哲得保身之全。」但是，作爲歐陽修門下「受知最深，聞道有自」的學生，蘇東坡對於老師一退即生命終結，未能「乞身當及強健時」，又是相當惋惜的。

在這個方面，蘇東坡的偶像不是自己的老師歐陽修，而是唐朝的白居

易。他在〈醉白堂記〉中，如此地豔羨白居易：「乞身於強健之時，退居十有五年，日與其朋友賦詩飲酒，盡山水園池之樂，府有餘帛，廩有餘粟，而家有聲伎之奉。」在他看來，白居易一生中最聰明之處，就是「乞身於強健之時」。自己的老師意識到這一點，卻沒能做到這一點。所以，歐陽修的學生蘇東坡，卻是一生伏首拜樂天。

尋找小滿的儀式感，不是個容易事兒

「斗指甲為小滿，萬物長於此少得盈滿，麥至此方小滿而未全熟，故名也」、「四月中，小滿者，物至於此小得盈滿」。小滿有三候：一候苦菜秀，二候靡草死，三候麥秋至。小滿節氣的儀式感，來自於兩祭。一是「祭三神」，二是「祭蠶神」。

「祭三神」是指祭祀掌管「牛車、水車、紡車」神靈的儀式。每年「小滿」前後，是民間動用「牛車、水車、紡車」的時間。在動用之前，舉行「祭三神」的儀式，希望在動用「牛車、水車、紡車」之後，風調雨順，今年能有個好收成。

「祭蠶神」則是指祭祀蠶神的儀式。傳說「小滿」節氣是蠶神的生日，而且「小滿」又是幼蠶孵出、桑葉生長的重要時間節點，因此要祭祀蠶神，也有祈願當年豐衣足食的意思。

今天，在我們的日常生活中，牛車、水車、紡車，甚至包括春蠶，都已經離我們越來越遠了。我們要尋找「小滿」節氣的儀式感，還眞不是簡單的事。

芒種

插秧

令序當芒種，農家插蒔天。
條分行整整，停看影芊芊。
力合聞歌發，栽齊聽鼓前。
一朝千頃遍，長日正如年。

最不可能插秧的人寫下的〈插秧〉詩

芒種是插秧的節氣。這首詩所描寫的，正是農家在芒種前後插秧的情景。而寫下這首〈插秧〉詩的作者，卻是當時天底下最不可能插秧的一個人。

誰？愛新覺羅·胤禛。跟他不熟？清朝康熙皇帝的四兒子，雍親王胤禛。還跟他不熟？後來的雍正皇帝，也就是乾隆皇帝他爸爸。

令序當芒種，農家插蒔天：時令到了芒種節氣，正是農家插秧的時間。

條分行整整，停看影芊芊：不一會兒，插下的秧苗就分出了整整齊齊的行列，佇立一看，只見一片茂盛景象。

力合聞歌發，栽齊聽鼓前：大家以歌聲爲號，齊心協力地幹活，在收工的鼓聲響起之前，田裡已經插滿了秧苗。

一朝千頃遍，長日正如年：眼下正是一年中白晝最長的時候，按照這個速度，我們一天可以插遍千頃稻田。

愛新覺羅．胤禛此詩，內容寫的是插秧。包括這首〈插秧〉在內，類似表現農家耕作的詩，他一共寫了二十三首，並且一一對應耕田過程中的某一個活動片段。

二十三首詩串聯起來，包括了從泡種、插秧到犁田、灌溉，再到收稻穗、過篩子、入米倉，最後祭神等，整個兒就是耕種水稻的完整流程。

除了耕作的二十三首詩，胤禛還就紡織的完整流程，寫了〈浴蠶〉、〈採桑〉、〈擇繭〉、〈織〉、〈裁衣〉等另外二十三首詩。其實，胤禛此次詩興大發，是因爲以上耕和織的每一個環節都有配圖。他是針對這些配圖，寫下這四十六首詩。每一幅圖配一首詩，總共四十六幅圖與詩，稱爲《耕圖二十三首》和《織圖二十三首》，合稱《耕織圖詩》。大致上，相當於我們曾經看過的小人書、連環畫。

〈插秧〉，就是《耕圖二十三首》中的第十首詩。從〈插秧〉詩中，我們還可以看出，胤禛這位爺，寫詩愛用疊字。比如，「倏分行整整，停看影芊芊」中的「整整」和「芊芊」。其實，不僅〈插秧〉詩，胤禛在《耕織圖詩》的四十六首詩中，一共運用疊字達到了五十次之多！比如〈耖〉中的「四蹄聽活活，十頃望畇畇」，〈一耘〉中的「飽雨纖纖長，含風葉葉柔」、〈織〉中的「嬌女眠齁齁，秋蟲語唧唧」。

從疊字運用來看，胤禛作詩，並非俗手。他顯然知道，適當的疊字運用，不僅可以使詩歌讀起來朗朗上口，極富音律之美，還可以使詩歌在寫景狀物上，表述得更爲準確，更爲生動。

從《耕織圖詩》四十六首詩來看，可見胤禛雖然貴爲皇子，平時在實踐上不大可能親自從事耕作和紡織這些農活，但在理論上非常熟悉耕作和紡織的各個具體環節。而且，我們還可以從詩中看出，胤禛對於農事的歌頌，對於糧食、衣服的愛惜。

奪嫡關鍵時刻胤禛呈《耕織圖詩》

寫〈插秧〉詩時，胤禛已經貴爲大清王朝的雍親王。

而他創作《耕織圖詩》，又是找人畫圖，又是親自配詩，貴爲皇子親王，搞得這麼辛苦，爲什麼？

當然可以理解爲他有著強烈的重農、憂農、愛農、親農思想，所以才有此舉。但投入到寫出四十六首詩之多，僅僅是因爲重農，作爲一介親王，似乎又有點過於隆重

了。

要找到眞正的原因，還得回到胤禛當時所在的歷史現場。先要搞清楚，大清王朝的雍親王胤禛，在當上皇帝以前，心中念茲在茲、無日或忘，最大最重要的一件事情是什麼。

這件事兒，相信稍通清朝歷史的人都知道——奪嫡。是的，雍親王胤禛寫這四十六首《耕織圖詩》，說穿了，就是爲了奪嫡。《耕織圖詩》正是創作於奪嫡的關鍵時期。在每一幅耕織圖上，都鈐有「雍親王寶」和「破塵居士」的印章。這兩個印章表明，在創作《耕織圖詩》時，胤禛的身分還是雍親王。兩個印章，也透露了《耕織圖詩》創作的時間資訊。「破塵居士」是胤禛的自號，在其登基後停止使用。這是《耕織圖詩》創作時間的下限；胤禛被封爲雍親王是在康熙四十八年（西元一七〇九年），這是《耕織圖詩》創作時間的上限。

另外，胤禛一生的詩作，都收入了兩部詩集之中：登基之前創作的詩，收入了《雍邸集》；登基之後創作的詩，收入了《四宜堂集》。

而在《雍邸集》的目錄中，《耕圖二十三首》和《織圖二十三首》排在〈皇父御極之六十歲次辛醜元日群臣上壽恭頌〉一詩之後，說明《耕織圖詩》創作於康熙六十年（西元一七二一年）元日之後，六十一年（西元一七二二年）十一月十三日康熙駕崩之前。耕織圖的繪製，由於耗時較長，可能繪製於康熙四十八年至康熙六十年。

這正是奪嫡鬥爭如火如荼的關鍵時期。康熙的第一個皇太子胤礽，在康熙四十七年九月被廢黜，又在康熙四十八年三月被復立，在康熙五十一年十月再次被廢黜。圍繞著胤礽的廢立，包括胤禛在內的其他皇子，都加快了奪嫡的步伐。

雖然不能說胤禛向父皇康熙敬獻了《耕織圖詩》就奪嫡成功，但是，從《耕織圖詩》一事中，就可以看出他在奪嫡鬥爭中，心思之巧妙，手段之高明。

首先，胤禛創作並向父皇康熙敬獻《耕織圖詩》，巧妙投合了康熙重農親農、以農爲本的治國思想。康熙，那是眞的重農親農。在這方面，他在歷朝歷代的皇帝之中，都是表現搶眼的佼佼者。

作爲皇帝，他不僅多次親自祭祀先農壇，而且，他還眞的會耕地：

康熙四十一年（西元一七〇二年），康熙到京畿之南的博野（河北博野）視察農耕。在路經一塊田地時，康熙竟然親自執犁，耕地一畝，百姓聞訊來觀者達萬人之多。當時陪同視察的直隸巡撫李光地，爲此專門撰文勒石，以記其盛。

自古以來，嘴上說親農重農的皇帝多了，但像康熙這樣眞的會農活的皇帝，卻是屈指可數。

如果說康熙親自執犁，當眾耕地，有作秀嫌疑的話，那麼他花費十年時間從江南引進優良稻種，在京西玉泉山試種並最終取得成功，以致爲今天的北京市海澱區留下了一個享譽海內外的水稻品種、非物質文化遺產和農業部中國地理標誌產品，就不太可能是作秀了吧？

康熙引進的水稻，在康熙五十三年（西元一七一四年）獲得了巨大成功。「玉泉山官種稻田十五頃九十餘畝，其金河、蠻子營、六郎莊、聖化寺、泉宗廟、高梁橋、長河西岸、石景山、黑龍潭、南苑之北紅門外稻田九十二頃九畝餘，合官種稻田共一百八頃九畝有零，較往時幾數倍之。」從此，時稱「御稻」後稱「京西稻」產出的稻米，成爲清朝宮廷御用稻米的主要來源。

有這樣一位重農親農的父親，兒子胤禛獻上《耕織圖詩》，算不算搔到了癢處？隨後，胤禛創作並向父皇康熙敬獻《耕織圖詩》，巧妙表達了自己如果有機會繼位，將蕭規曹隨、亦步亦趨，延續康熙的重農親農政策。

原來，康熙也命人畫過《耕織圖》，自己也作過《耕織圖詩》。康熙版的《耕織圖詩》，由康熙親自撰寫序文並題詩，並於三十八年（西元一六九九年）刊行頒賜諸皇子，以加強對他們的重農教育。胤禛自己也回憶說：「余昔侍豐澤園，曾蒙頒示。」

可能從受賜之日起，胤禛看到父皇康熙如此重視《耕織圖詩》，就動了拿《耕織圖詩》搞事情，別出心裁討父皇歡心的念頭。而到了奪嫡鬥爭如火如荼的關鍵時期，胤禛終於放出了蓄謀已久的大招。

胤禛拿出《耕織圖詩》，不是簡單地照抄和模仿，而是在繼承中又有所創新。繼承的是，康熙四十六幅圖，他也四十六幅圖；康熙作序，他作跋；康熙自己配詩，他也自己配詩。

創新之一，康熙是黑白連環畫，他是彩色連環畫。康熙的「耕織圖」，是命宮廷畫師焦秉貞畫的黑白版——白描本畫；胤禛的「耕織圖」，則是由不知名的畫師畫的彩色版——設色絹本畫。

創新之二，康熙配的是七言詩，他配的是五言詩。比如〈插秧〉一圖，康熙配的七言詩是：「千畦水澤正瀰瀰，競插新秧恐後時。亞族同心協力作，月明歸去不嫌遲。」對應的，胤禛配了這首〈插秧〉詩。

最後，胤禛創作並向父皇康熙敬獻《耕織圖詩》，巧妙表達了自己如果沒有機會繼位，將躬耕田畝，歸隱田園，做一個安分守己的藩王，甚至可能會去做一個農夫。

胤禛是如何做到這一點的？很簡單，親自上場，搏命演出：他讓畫師把自己本人，畫成了「耕織圖」中的農夫，把自己的福晉（即正妻），畫成了「耕織圖」中的織婦！

換句話說，在胤禛版「耕織圖」的四十六幅圖中，胤禛和他的福晉，幾乎出現在了每幅圖中，並且基本上是主角。再換句話說，等到胤禛版「耕織圖」送到父皇康熙的眼前時，康熙看到的是，四兒子在「耕」，四兒媳在「織」。

不得不指出，在激烈的權力鬥爭中，有意地讓自己的眞實形象，在一幅畫像或者一張照片中出現，此舉頗爲行險。因爲這些畫像或照片無論當時的政治效果如何，事後都是難以修改的鐵證，很可能會被政治對手進行另外的解讀，從而使自己陷入不利的境地。

那麼，在這場奪嫡權力鬥爭中，胤禛夫婦主演的「耕織圖」上呈父皇並被公之於眾之後，會被各色人等進行怎樣的解讀呢？

胤禛第一個要考慮的，是父皇康熙的解讀。作爲父親和皇帝，康熙看到這一幕幕，內心會有什麼樣的感受？

史書上沒有留下康熙看到胤禛夫婦傾情出演「耕織圖」時的情緒反應，更沒有留下他的內心感受；但我們不妨猜一下。

首先，自然是高興。自己親農重農，四兒子和兒媳也懂自己的心思，學著親農重農。這無論如何，是值得高興的大好事。

其次，當然是新奇。自己的兒子兒媳，是天皇貴冑，從來沒有幹過農活的。可現在畫中的他倆，一個親農，一個親蠶，看著還怪有趣的。

最後，可能還會有惋惜。如果自己選定的繼位之人不是四兒子，那麼，從小看著長大的雄才大略的四兒子，就可能眞的只能當一個安分守己的藩王，或者當一個躬耕田畝的農夫而終老此生了。四兒子還是有才的，這樣安排，太令人惋惜了。

說不定，就是康熙此刻的那一絲惋惜，決定了他最後遺詔中那一句關鍵的話：「雍親王皇四子胤禛，人品貴重，深肖朕躬，必能克承大統。」

胤禛第二個要考慮的，是奪嫡對手、眾位皇兄皇弟的解讀。

如果繼位的是自己，胤禛在「耕織圖」中畫上自己的像，也不會丟身分，更不會留下什麼笑柄。因爲自古

以來，天子親耕、皇后親織，本就是皇帝夫婦的本職工作之一。

如果繼位的不是自己，胤禛在「耕織圖」中畫上自己的像，也不至於觸怒新皇帝。因爲胤禛可以解釋：我根本就不想當這個皇帝，我早就通過「耕織圖」向父皇表明了想法，我只想當一個躬耕田畝的農夫而已。你不信？有圖有眞相啊。可進可退，可攻可守。高，實在是高。

奪個嫡，眞不易。胤禛最終能夠奪嫡成功，變成雍正皇帝，從「耕織圖」中，從〈插秧〉詩中，我們就可以看到，他眞的是動了不少的巧妙心思，用了不少的高明手段。

一個適合尋找儀式感的節氣

芒種節氣到來，意味著麥類等有芒作物的成熟。這是一個反映農業物候的節氣：「小滿後十五日，斗指丙，為芒種，謂有芒之種穀可稼種矣。」

芒種芒種，忙著種。「芒」，指麥類等有芒作物的收穫；「種」，指穀黍類作物的播種。芒種節氣到來，對於長江中下游地區而言，還意味著從此進入梅雨季節。此時，雨日多，雨量大，溫度高，日照少。這樣的多雨多水天氣，對於正處於旺盛生長期、需水較多的水稻和棉花等作物，十分有利；但卻對人們的日常生活比較不利，因爲陰雨多，濕度大，室內用具容易生菌發霉，所以「梅雨」也可俗稱「霉雨」。

芒種時節，很適合文藝青年們尋找儀式感。因爲一到芒種，百花逐漸凋落，可以在此日舉行祭祀花神儀式，給花神餞個行。在《紅樓夢》中，文藝女青年林黛玉的著名橋段「黛玉葬花」，就發生在芒種前後。

夏至

和夢得夏至憶蘇州呈盧賓客

憶在蘇州日，常諳夏至筵。粽香筒竹嫩，炙脆子鵝鮮。
水國多台榭，吳風尚管弦。每家皆有酒，無處不過船。
交印君相次，褰帷我在前。此鄉俱老矣，東望共依然。
洛下麥秋月，江南梅雨天。齊雲樓上事，已上十三年。

眼下的洛陽，正是麥收的季節

唐開成三年（西元八三八年），夏至剛過，大詩人白居易寫成了這篇〈和夢得夏至憶蘇州呈盧賓客〉。「夢得」，是白居易的好友劉禹錫的字。他倆不僅私交甚好，而且詩名相當，史上並稱「劉白」。按照古人好朋友的稱呼習慣，當然是一個叫「樂天」一個叫「夢得」啦。

樂天此篇，是爲了唱和夢得寫於這年夏至當天的〈夏至憶蘇州呈盧賓客〉而寫的。可惜的是，夢得的〈夏至憶蘇州呈盧賓客〉已經散佚，我們已經無法知道他寫了些什麼，只能從樂天的和詩裡，去猜測了。

憶在蘇州日，常諳夏至筵：想當年在蘇州的時候，我就非常熟悉夏至當天的盛筵。

作爲唐朝詩人中著名的吃貨，白居易此處說自己非常「諳」熟蘇州當地的筵席，實在是太謙虛了。雖然他當蘇州刺史的政績並不壞，而且本人也不是只喜歡吃吃喝喝的貪官，但以刺史大人之尊、風流文人之性，必要不必要的應酬還是大大有的。所以，此處他應該說「憶在蘇州日，常吃蘇州筵」，才是實事求是的態度。

粽香筒竹嫩，炙脆子鵝鮮：嫩竹筒中的粽子香氣誘人，燒烤的仔鵝鮮香可口。

在詩中，白居易最懷念蘇州的兩種美食：粽子和烤鵝。粽子源於屈原祭日，但到了唐朝，粽子又被叫作「角黍」。而且，唐人製作粽子，除了使用粽葉，從詩中看來還曾經使用竹筒，做成了竹筒粽子。可以印證的是，唐朝文學家沈亞之也曾寫到過竹筒粽子：「蒲葉吳刀綠，筠筒楚粽香。」「筠筒」，就是「竹筒」。這句最值得注意的字是「炙」。「炙」，就是我們今天所說的燒烤。和我們今天的吃貨們一樣，中國的古人們，一直就喜歡吃燒烤。燒烤，也是自先秦以來一直就有的一種烹飪方法，《詩經．小雅》裡就有「有兔斯首，燔之炙之」，那是古人在吃烤兔啊。到了唐朝，燒烤就更爲普遍了。比如，在《全唐詩》裡，在吃貨詩人們的筆下，「炙」字就出現了九十次之多。

水國多台榭，吳風尚管弦：吳地蘇州號稱水鄉，到處是舞榭歌台，充滿了絲竹管弦之樂。

每家皆有酒，無處不過船：夏至節日之時，家家設酒待客，處處船

如織梭。

交印君相次，褰帷我在前：至於說到在蘇州當刺史，屬我最早，你們兩位，則是互相交印的前後任。

白居易、劉禹錫，以及詩題〈和夢得夏至憶蘇州呈盧賓客〉中提到的盧賓客，曾經先後出任蘇州刺史一職，其中劉禹錫和盧賓客還是互相交印的前後任關係。「褰帷」，是一貫作詩作文平白如話的白居易，難得使用的一個典故。這個典故源自東漢的冀州刺史賈琮。按照東漢的制度，地方刺史上任時，應該「傳車驂駕，垂赤帷裳，迎於州界」，以彰威儀。但到了賈琮上任冀州刺史時，他卻把車前的赤帷裳掀了起來，說：「『刺史當遠視廣聽，糾察美惡，何有反垂帷裳以自掩塞乎？』乃命御者褰之。百城聞風，自然竦震。其諸臧過者，望風解印綬去。」從此，「褰帷」典故被用來形容爲官清正廉潔的地方官員。白居易此處用典，既是暗指自己當時出任的職務和賈琮一樣，也是刺史一職，同時也頗有自誇之意。不過，就他在蘇州的政績而言，他當得起「褰帷」二字。

此鄉俱老矣，東望共依然：如今我們仨都老了，從洛陽東望蘇州，仍然想念不已。

洛下麥秋月，江南梅雨天：眼下的洛陽，正是麥收的季節，這同時也是江南蘇州的梅雨天氣。

齊雲樓上事，已上十三年：遙想當年蘇州齊雲樓上的那些往事，到如今已經過了十三年之久。

齊雲樓是蘇州名樓，名字還是白居易改的。齊雲樓原名「月華樓」，傳說是唐太宗李世民第十四子李明在擔任蘇州刺史時所建的。白居易出任蘇州刺史時，取其「高與雲齊」之意，改名「齊雲樓」。

幹了一件實事，影響幾千年

夏至時節，白居易與劉禹錫唱和，寫下的〈和夢得夏至憶蘇州呈盧賓客〉為我們揭示了一段唐朝的官場佳話。這段官場佳話，就在白居易為此詩所加的注釋之中：「予與劉、盧三人，前後相次典蘇州，今同分司，老於洛下。」

原來，白居易、劉禹錫，和詩題中提到的這位盧賓客，三個人曾經共同有過兩段不同尋常的官場經歷。

一是「前後相次典蘇州」。即在若干年前，這三個人先後出任過蘇州刺史一職。這是史實：白居易出任蘇州刺史最早，是在寶曆元年（西元八二五年）五月，到第二年九月調任，總共任職十七個月。所以他在詩中說「褰帷我在前」；劉禹錫出任蘇州刺史，是在大和六年（西元八三二年）二月，到大和八年七月調任，總共任職二十九個月；劉禹錫調任後，於大和八年（西元八三四年）八月接替他出任蘇州刺史的，正是詩中提到的「盧賓客」——盧周仁，所以白居易在詩中說「交印君相次」。

二是「今同分司，老於洛下」。到了白居易寫下〈和夢得夏至憶蘇州呈盧賓客〉時，三個人同時擔任「分司」官，在東都洛陽養老。

三人當中，白居易是資格最老的「分司」官了。早在大和三年（西元八二九年）三月末，白居易就已來到洛陽就任「太子賓客分司東都」了；直到開成元年（西元八三六年），劉禹錫才授「太子賓客分司東都」，也來到了洛陽；盧周仁來洛陽最晚，他在白居易寫詩的當年，即開成三年（西元八三八年），才授職「太子賓客分司東都」。

然而，別看盧周仁來得晚，卻來得很關鍵。正因爲盧周仁也來到洛陽擔任「分司」官，才觸動了劉禹錫心裡對於蘇州的思念，劉禹錫才寫了〈夏至憶蘇州呈盧賓客〉；也才觸動了白居易心裡對於蘇州的思念，白居易也才寫了〈和夢得夏至憶蘇州呈盧賓客〉。

這一年，「白賓客」和「劉賓客」都是六十七歲，「盧賓客」則因生卒年不詳無法確知年齡，但既然同在洛陽養老，顯然這三個是同齡人。

這三人此時擔任的「分司」官或者說「太子賓客分司東都」，隸屬於唐朝在東都洛陽分設的另一套獨立於首都長安之外的職官體系。

這套東都職官體系，可以分爲東都政務機構、東都御史臺和東都事務機構。東都政務機構主要是指尚書省及其下屬機構，具有守衛東都、維護治安、發展經濟、主管民政等職權，是「分司」官中具有一定職責和職權的職位。東都御史臺也是一個實權機構，負責東都所有官員的監察。東都事務機構，主要是指九寺五監及秘書省、殿中省、內侍省、東宮等職官。

中唐以後，東都事務機構基本上已沒有職責和職權，主要供退休官員養老之用。此時這三個所擔任的「太子賓客分司東都」，就是隸屬於東都事務機構的東宮官。雖然無職無權，卻是又閒又富。

白居易這首詩告訴我們，在開成三年（西元八三八年）夏至，三個都曾經當過蘇州刺史，如今又都在洛陽退休養老的又閒又富的老頭，想起了蘇州。

三個老頭中，首先寫詩的劉禹錫，當然是最想念蘇州的人，因爲他本身就是土生土長的蘇州人。他在蘇州一直生活到十九歲，度過了童年和青少年時代，才離開蘇州。對於劉禹錫而言，蘇州是生他養他的故鄉。所以，到了他以蘇州人出任蘇州刺史時，自然是竭盡全力，爲故鄉建設做貢獻。

就在他任蘇州刺史的第一年，蘇州遭遇了特大水災。劉禹錫一到任，就投入到了緊張的抗洪救災工作之中。他深入民間，察訪災情，並及時將災情損失、百姓疾苦上報朝廷，爲蘇州百姓爭取到了免除賦稅的政策。到他調任時，蘇州不僅消除了洪災影響，而且恢復了生產，經濟也出現了復甦勢頭。

爲此，皇帝也對他的政績予以褒獎，給予了「賜紫金魚袋」的殊榮。這也是在政壇上潦倒一生的劉禹錫，僅有的一次官場得意時刻。故土之思，再加上如此難忘的任職經歷，劉禹錫能不憶蘇州？

寫下和詩的白居易，當然也是非常想念蘇州的。雖然他不是蘇州人而是河

南人，可他也是在蘇州度過了自己少年時代。

建中四年（西元七八三年），白父將十二歲的白居易送到蘇州躲避戰亂。正是在旅居蘇杭二郡的期間，已經十五歲的白居易開始發奮讀書，「始知有進士，苦節讀書」。直到貞元七年（公元七九一年）白居易二十歲時，他才離開蘇州。當年，白居易在蘇州發奮讀書時，非常羡慕蘇州刺史韋應物、杭州刺史房孺復的才高位尊。但是，他那時年齡幼小又無功名，無緣拜望這兩位心中偶像，「以幼賤不得與遊宴，尤覺其才調高而郡守尊」。

於是，白居易在心中暗自許願：「翌日蘇、杭苟獲一郡足矣！」將來我只要在蘇州刺史和杭州刺史中得任一職，則此生足矣。話說老天爺對白居易，那可是相當厚愛的。長慶二年（西元八二二年）七月，五十一歲的白居易出任杭州刺史。此後的寶曆元年（公元八二五年）三月，白居易又得以出任蘇州刺史。他少年時「蘇、杭苟獲一郡」的夢想，至此兩郡全獲，兒時夢想超額達成。

所以，夢想還是要有的，難保不能實現？

在蘇州刺史任上，白居易其實只做了一件事。可就這一件事，帶給蘇州的影響就達幾千年，直到今天還在。

當時，白居易爲了便利蘇州水陸交通，開鑿了一條西起虎丘東至閶門的山塘河，使得古城南北通川，既可「免於病涉」，又可「障流潦」，從而造就了蘇州城內至今尚存的著名景觀「七里山塘」。

白居易是因病離任蘇州的。他當時墜馬受傷，眼疾復發，加之自己對於晚年人生另有規劃，只得忍痛離開了蘇州。離別之際，他依依不捨地寫下〈別蘇州〉：「悵望武丘路，沉吟滸水亭。還鄉信有興，去郡能無情？」

不僅離別時依依不捨，白居易還從此患上了「蘇州相思病」。離開第四年時，他想蘇州了，寫下〈早春憶蘇州寄夢得〉：「誠知歡樂堪留戀，其奈離鄉已四年」；離開第六年時，他又想蘇州了，寫下〈憶舊遊〉：「六七年前狂爛漫，三千里外思徘徊」；離開第十三年的夏至時節，他又想蘇州了，寫下這首〈和夢得夏至憶蘇州呈盧賓客〉：「憶在蘇州日，常諳夏至筵」；離開第十八年時，他又想蘇州了，寫下〈送王卿使君赴任蘇州〉：「一別蘇州十八載……至今白使君猶在。」

在夏至吃粽子、烤鵝肉、喝美酒

夏至，是二十四節氣中最早被確定的一個節氣。早在西元前七世紀，先人就採用土圭測日影，確定了夏至。但是，秦漢以前，這個節氣不叫夏至。在《尚書·堯典》裡，叫「日永」，在《呂氏春秋》裡，叫「日長至」。直到漢朝，才叫「夏至」。

「芒種後十五日，斗指午為夏至。此日，日北至，日長之短至，故曰夏至。」

這裡的至，是極的意思。所以，「夏至」的「至」，不是「到來」的意思，而是「極也」、「極致」的意思。

夏至夏至，夏之極也。夏至之日，皇帝要在這一天舉行祭地儀式：「夏至大祀方澤，乃國之大典。」而普通老百姓，也會因爲夏至時麥子豐收，要舉行「薦新麥」的祭祖儀式。

江南各地，還有吃「夏至粥」的習俗。「以新小麥和糖及苡仁、芡實、蓮心、紅棗煮粥食之，名曰『夏至粥』」；或者「以小麥、蠶豆、赤豆、紅棗和米煮粥，互相饋遺」。

當然，我們還可以像白居易詩中所寫的那樣，在夏至當天，大擺筵席，吃粽子、烤鵝肉、喝美酒，快活一下，找找儀式感。

小暑

送魏正則擢第歸江陵

客路商山外，離筵小暑前。
高文常獨步，折桂及韶年。
關國通秦限，波濤隔漢川。
叨同會府選，分手倍依然。

文章獨步一時，少年時代就登第

詩的作者武元衡，是唐朝著名的詩人，後來也成了唐朝著名的宰相。

從詩題〈送魏正則擢第歸江陵〉可以看出，當時還是登第進士的武元衡，在小暑節氣之前，設宴爲自己的同年魏正則餞行，送他返回家鄉江陵。

客路商山外，離筵小暑前：小暑節氣之前，我擺上筵席，爲即將踏上商山之外的道路遠行的魏正則餞行。

高文常獨步，折桂及韶年：魏正則的文章，在同年之中獨步一時，所以少年時代就已登第。

關國通秦限，波濤隔漢川：魏正則的家鄉江陵，與長安所在的秦地接壤，只隔著一條漢江。

叨同會府選，分手倍依然：魏正則這次來長安參加科舉考試，我很榮幸地成爲他的同年；現在到了分手的時刻，倍覺依依不捨。

武元衡與魏正則的同年感情，看來還挺深。證據是：〈送魏正則擢第歸江陵〉這同一個詩題，武元衡一寫就是兩首，五言一首，七言一首。七言詩是：「商山路接玉山深，古木蒼然盡合陰。會府登筵君最少，江城秋至肯驚心。」

魏正則在登第之後，不是應該直接去參加吏部銓選的「釋褐試」，進而授職做官嗎？爲什麼還要千里迢迢地返回江陵、荊州呢？

當然，魏正則這可能是登第之後的短期「歸覲」，以便家人們能夠在一起，分享自己成功的喜悅。最大的可能，則是因爲當時的「守選」制度。所謂「守選」，是指新及第明經、進士和考滿後的六品以下官員，不是立即授官，而是回家等候吏部的銓選期限，一般爲三年。也就是說，按照「守選」制度，新科進士不能直接做官，六品以下官員不能連續做官。魏正則作爲新科進士，選擇回家等上三年的好處是：再回長安參加吏部考試時，一般都能得官，而且是比較好的官職。

當然，也有可能魏正則家中有急事，需要他在登第之後立即返回。眞實的原因，我們永遠只能靠猜了。因爲魏正則自從這次長安登第與武元衡發生短暫交集之後，就一瞬間躲進歷史長河之中，直接潛伏，再也不出來了。說來也眞奇怪。魏正則不僅本人消失了，好像也把當時荊州讀書人科舉登第的運氣，也一併帶走了。自從魏正則於建中四年（西元七八三年）登第之後，此後五六十年，荊州居然再沒有一個舉子登第！

當時，由於荊州年年向長安解送舉人參加考試，卻從無一人登第，所以被稱爲「天荒」。《北夢瑣言》載：「唐荊州衣冠藪澤，每歲解送舉人，多不成名，號曰『天荒解』」；《唐摭言》載：「荊南解比，號天荒」。終於，在大中四年（西元八五〇年），魏正則登第六十八年之後，荊州才出了一個劉蛻，考中了進士，打破了荊州「天荒解」的尷尬局面，被稱爲「破天荒」：「蛻以荊解及第，號為『破天荒』。」這也是我們今天常說的「破天荒」的由來。

大唐唯一遇刺而死的宰相

武元衡寫下〈送魏正則擢第歸江陵〉時，正值建中四年（西元七八三年）六月，小暑節氣之前。

唐朝的科舉，一般都在春季舉行，故又稱春闈。武元衡、魏正則這一科放榜，是在建中四年（西元七八三年）二月。同科登第的還有薛展、韋同正、韋貫之、柳澗、熊執易、韓弇等二十七人。這一科的主考官是禮部侍郎李紓。

舉子們高中之後，還有一系列禮儀性活動和慶祝性活動要參加。禮儀性活動主要包括進士們全體集中，到中書省都堂參謁宰相，到禮部侍郎李紓的府第拜謝座師等活動。然後，就是慶祝性活動。比如進士們在慈恩寺的「雁塔題名」活動，再比如各種吃吃喝喝的活動。

建中四年（西元七八三年）的「小暑前」，魏正則的遠行，是同年朋友間的一次「生離」，就讓武元衡大大地傷感，「分手倍依然」。

其實，武元衡大可不必如此。未來，還將有一個比眼前的「生離」更讓人傷感、傷痛的「死別」，會在三十二年之後的「小暑前」，就在武元衡的人生前路上，命中註定地等著他。

元和十年（西元八一五年）六月初三，又一個「小暑前」，當年的登第進士武元衡，如今已貴為門下侍郎、同平章事，是堂堂的帝國宰相。

就在六月初三這天清晨的上朝途中，武元衡剛剛走出府邸所在的靖安裡坊門，就遭到了一夥刺客的伏擊：「射元衡中肩，復擊其左股。」

武元衡雖然是帝國宰相，但按照唐朝當時的制度，他並沒有專屬衛隊保護他的安全，只有一些跟隨他的僕役。這些人自然不是訓練有素的刺客的對手，「徒禦格鬥不勝，皆駭走」。

武元衡是文人，本就沒有多少反抗能力，而且當年他已有五十八歲了，更是年老體衰。到此境地，只能任人宰割了。他的死狀極慘，被刺客「批顱骨持去」，也就是說，他被殘忍地砍下了頭顱，落了個身首異處、橫屍街頭

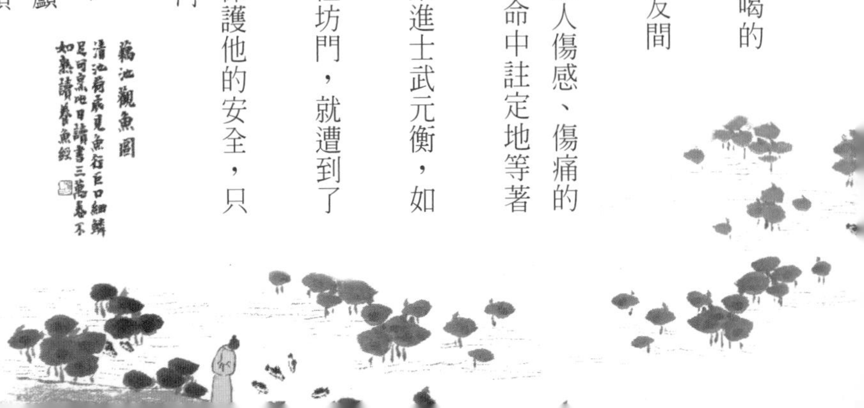

的下場。

武元衡，是大唐帝國唯一一個遇刺而死的宰相。這樣的人生結局，對於他而言，非常不公平。就他的爲人處世、爲官理政而言，他是眞不該遭此慘禍的。武元衡自從寫〈送魏正則擢第歸江陵〉的那個「小暑前」踏入官場以後，宦海沉浮多年的他，一直以正直、穩重、大氣、愛才而聞名。武元衡出身名門。武元衡的「武」，就是武則天的那個「武」。他的曾祖父武載德，是武則天的侄兒，官至湖州刺史；祖父武平一，官至考功員外郎，也是一位著名的詩人，《全唐詩》存詩十五首，《全唐文》存文六篇；父親武就，官至潤州司馬，也工詩文，《新唐書．藝文志》曾著錄有《武就集》五卷，惜已散佚。

唐肅宗乾元元年（西元七五八年），武元衡出生於潤州（江蘇鎮江）。從唐代宗大曆十四年（西元七七九年）夏天起，二十二歲的武元衡才第一次自潤州赴長安應舉；經歷了建中元年、二年、三年，三次應舉下第之後，武元衡終於在建中四年（西元七八三年）二月登第，與年輕的江陵舉子魏正則，成了同年。與魏正則分別後的第二年，武元衡也離開長安，去當了鄜坊節度使掌書記。唐德宗貞元四年（西元七八八年）又轉任河東節度使掌書記。掌書記，從八品，是地方節度使掌管軍政、民政事務的機要秘書，主要負責表奏等文秘工作，是地位僅次於節度副使、行軍司馬、節度判官的重要屬官。在武元衡的時代，登第進士起始的職務，已不僅限於秘書省校書郎這樣的京官，類似地方節度使掌書記這樣的地方僚屬，也日益成爲舉子們優先選擇的美職之一。而且，出任地方節度使的幕僚，無須「守選」，可以快速踏上仕途。掌書記下一步的遷轉，可以在地方，遷轉爲節度副使、節度判官甚至是節度使；也可以去中央，遷轉爲監察御史、殿中侍御史、拾遺、補闕等清望官，進而踏上升遷高級官吏直至宰相的坦途。

果然，唐德宗貞元六年（西元七九〇年），武元衡調任長安，擔任的職務，正是監察御史。此後，他先後丁父憂、丁母憂，近十年之後才又被唐德宗重新召回長安，歷任比部員外郎、右司郎中等職務，進入帝國中級官員行列。

唐德宗貞元二十年（西元八〇四年），四十七歲的武元衡升遷爲正四品下的御史中丞，這已經是帝國的高級官員了。而且有唐一代，由御史中丞直接入相的，不在少數。由此可見，武元衡已有入相之望。但他的好事，差點就被他的兩個手下攪黃了。

此時，武中丞這兩個手下的名字，可說是如雷貫耳，他們是：監察御史劉禹錫、監察御史柳宗元。後來，也合稱「劉柳」。

這兩位未來的大詩人，此時還在跑龍套，時不時用他們那生花的妙筆，代自己的頂頭上司武中丞寫一寫〈爲武中丞謝賜春衣表〉、〈代武中丞謝賜新橘表〉、〈爲武中丞謝賜新茶表〉、〈爲武中丞謝賜櫻桃表〉等官樣文章。

看來，上下級關係處得還不錯，好一番安定團結的大好局面。但是，事情正在起變化。

在唐德宗駕崩唐順宗繼位之後，手下劉禹錫和柳宗元參與了王叔文集團著名的「永貞革新」，既成了朝廷上的新貴，也與頂頭上司武元衡成了政敵。

也許到了這裡，大家都長長地吐了一口氣——哦，武元衡和我們最喜歡的大詩人劉禹錫、柳宗元是政敵？那武元衡肯定是壞人！

但還眞不好這麼簡單劃分。他們雖然是政敵，卻只是政見不同，初衷還是相同的，都是爲了大唐帝國的江山社稷。簡單說吧，劉禹錫、柳宗元和他們所在的王叔文集團，是激進派，他們希望通過唐順宗強有力的改革，搞個「休克療法」，立竿見影地改變帝國現在外有藩鎮割據、內有宦官專權和朋黨之爭的被動局面。最好，明天早上一覺醒來，一切都已安排得妥妥當當就好了。武元衡則屬於穩重派。他也想改變外有藩鎮割據、內有宦官專權和朋黨之爭的被動局面，他本人後來就是死在討伐割據藩鎮這件大事上。但他同時也深知，帝國身體上的三大頑疾，絕非一日之內形成，當然也絕非一日之內能夠清除。

病去如抽絲，一切的一切，都得慢慢來。年輕人，你們急什麼？

雙方理念不同，行動上自然就會有衝突。唐順宗永貞元年（公元八〇五年）三月，武元衡就因與王叔文集團發生衝突，由御史中丞被罷爲右庶子。

右庶子是東宮右春坊的長官，職責是「掌侍從、獻納、啓奏」，是太子的主要屬官。武元衡由御史中丞調任右庶子，級別上倒是一樣，屬於平調；但由朝廷要職調任東宮閒職，無論如何是一種貶斥，所以《舊唐書·武元衡傳》用了一個「罷」字，「數日，罷元衡為右庶子」。

可是王叔文集團這次對於武元衡的罷斥，還是打錯了算盤。什麼地方不好罷斥他，偏要把他弄到東宮去，讓東宮的皇太子深入瞭解他，白白地送給他一個日後飛黃騰達的機會？

由於唐順宗即位時就已中風，不能親理朝政，而狐假虎威的王叔文集團又動了向專權的宦官集團奪回兵權的心思，所以王叔文集團只風光了一百六十四天，在當年八月就下臺了。隨後，劉禹錫被貶到湖南常德，當了朗州司馬；柳宗元被貶到湖南永州，當了永州司馬。這就是唐史上著名的「二王八司馬」事件。

這年十月，在被罷職僅僅半年之後，武元衡在新皇帝唐憲宗的賞識下，復拜御史中丞，從此在仕途上一帆風順。終於，在元和二年（西元八〇七年）正月，五十歲的武元衡到達仕途巔峰，官拜「門下侍郎、同平章事」，成爲帝國宰相。

宦海多年，武元衡被公認爲是具有長者風度的官員，史稱他「詳整稱重」、「重慎端謹」、「雅性莊重」。就連他留給唐憲宗的印象，都是「長者」形象：「時李吉甫、李絳情不相葉，各以事理曲直於上前。元衡居中，無所違附，上稱為長者。」就連曾經打壓過他導致他罷官的劉禹錫、柳宗元，武元衡官場得意之後，也沒有進行打擊報復，反而對老部下還相當關照。在劉柳二人遠貶之後，還是武元衡首先打破僵局，大約在元和六年間，致書撫問永州司馬任上的柳宗元；大約在元和七年（西元八一二年），命人到朗州贈劉禹錫「衣服繒彩等」。這就相當大氣了。

所以，武元衡貴爲宰相，又如此大氣而有「長者」風度，居然會落得個身首異處、橫屍街頭的人生結局，非常不公平。武元衡爲國慘死，上天在他的兒女身上，回報了他。武元衡的兒子叫武翊黃，人稱「武三頭」。他有此怪稱，並不是因爲他天生骨骼清奇，長了三顆頭，而是因爲他是當年的超級「學霸」。參加府試他是第一名，稱爲「解頭」，進士及第他又是第一名，當時不叫「狀元」而叫「狀頭」，後來參加宏詞制科考試他還是第一名，稱爲「敕頭」。於是，合計三個「頭」，史稱「武三頭」。超級學霸「武三頭」，後來官至帝國「大理卿」，正部級幹部，距離他爹只差那麼一級半級。武元衡的兩個女婿也是有才。一個女婿叫孫簡，後來官至兵部尚書，正部級；另一個女婿叫段文昌，唐穆宗時的宰相，和老岳父一樣。

農民開始大忙特忙的一個節氣

夏至後十五日，「斗指辛，為小暑。」小，微也，暑，熱也。是月極熱，月初猶小，故謂之小暑。通俗地說，在小暑時節，雖然天氣已經很熱，但尚未達到極點，所以稱作「小暑」。

一般而言，小暑時節雨量很大，是全年降水最多的一個節氣。此時還有可能會出現暴雨、雷擊和冰雹。

這樣一個又熱又多雨的小暑，恰恰又是農民開始大忙特忙的一個節氣。若是在種植雙季稻的地區，一年中最緊張、最艱苦，頂烈日、戰高溫的「雙搶」，就要開始了。

「雙搶」，即「搶收早稻，搶種晚稻」。從小暑開始，農民們就要把握時機，適時收穫早稻，不僅可以減少後期風雨造成的危害，確保豐產豐收，而且可以使晚稻適時栽插，爭取到足夠的生長期。

水稻收割之後，經過脫粒、揚穀之後，還要在夏天的陽光之下曝曬，也叫「曬穀」，以使稻穀在儲藏之前，達到理想的乾燥度。

至今仍記得，在暴雨來臨之前，我和妹妹扶著一種叫作「月板」的工具掌握方向，父母則在「月板」前面拉著繩子，快速地把平鋪的穀子聚攏成堆，再快速地裝進麻袋，快速地轉移到乾燥的地方，等候下一次的晾曬的情景。

又是一年小暑到。嬌憨稚子繞膝，祥和家宴之時，和父母家人舉杯小酌，追憶三十多年前小暑節氣的「搶曝」時刻，回憶父母在幾畝薄田上辛勤勞作撫育我等的艱難種種，別有一番滋味在心頭。

大暑

夏日閒放

時暑不出門，亦無賓客至。靜室深下簾，小庭新掃地。
褰裳復岸幘，閒傲得自恣。朝景枕簟清，乘涼一覺睡。
午餐何所有，魚肉一兩味。夏服亦無多，蕉紗三五事。
資身既給足，長物徒煩費。若比簞瓢人，吾今太富貴。

與簞食瓢飲的顏回相比，我已經很富貴了

唐開成三年（西元八三八年）夏天，大暑時節的東都洛陽城，酷熱難當。大詩人白居易，躲在自己位於履道坊的府第之中避暑，提筆寫下了這首〈夏日閒放〉。

時暑不出門，亦無賓客至：時當大暑的酷熱之際，我沒有出門，也沒有賓客上門。

靜室深下簾，小庭新掃地：幽靜的居室之內，門簾放得低低的；室外的小庭院，剛剛打掃過，顯得潔淨幽雅。

褰裳復岸幘，閒傲得自恣：天氣太熱了，又是在自己家中，我撩起下裳，推起頭巾，露出前額，放鬆一下。

朝景枕簟清，乘涼一覺睡：爲了涼快，夏天的早晚，睡覺都墊著清涼的竹席。

午餐何所有，魚肉一兩味：中午吃的是什麼呢？菜肴不多，但有魚有肉。

夏服亦無多，蕉紗三五事：自己的夏衣也不算多，只有蕉麻衣服三、五件。

資身既給足，長物徒煩費：朝廷給的工資已很充足，自己有吃有穿有住，再不知足就是徒增累贅了。

若比簞瓢人，吾今太富貴：如果與簞食瓢飲的顏回相比，我如今已經很富貴了。

「簞瓢人」這個典故出自《論語》，指的是顏回。子曰：「賢哉，回也！一簞食，一瓢飲，在陋巷。人不堪其憂，回也不改其樂。賢哉，回也！」簞，用以盛飯；瓢，用以飲水。簞瓢，指的是顏回飲食簡單，生活簡樸，安貧樂道。

說起物質條件，說起安貧樂道，白居易跟顏回相比，那得相當地不好意思，他是得深感愧對先賢。顏回一生未做官，家庭貧困，而且早逝。白居易年紀輕輕就躋身朝廷清要之官，雖然仕途幾經沉浮，但薪水收入卻一直很高；此時他在洛陽擔任閒職養老，更是生活品質超高，儼然已是一富貴閒人。

再比一比兩個人的人生「三立」：立德、立言、立功。顏回學了一生，窮了一生，也就是弄了個「立德」，還全是孔子他老人家誇的；他本人並沒有留下任何重要的著作，沒能「立言」；由於他沒有做官，而且早逝，更沒能為國為民「立功」。「三立」之中，只有「一立」。

白居易就不同了。首先他爲官多年，於國於民有功，僅僅他在蘇州刺史任上留下的「七里山塘」，就是他「立功」的標誌性建築；而他作爲唐朝著名才子詩人，更是留下了兩千九百一十六首詩歌，影響所至，惠及日韓，成爲具有國際模範的「立言」代表人物之一；至於「立德」，白居易固然不及顏回，但也未聞爲官爲人有失德之處，也算當時的一個完人。白老爺子這人生「三立」，堪稱圓滿。

顏回，平淡人生；白居易，人生贏家。白居易唯一的問題就是，他比顏回有錢，比顏回富貴，正如他自己在詩中所檢討的那樣。

這首〈夏日閒放〉，是白居易所寫的「閒適詩」中，比較典型的一首。「閒適詩」作爲一個詩歌分類名稱，創始於白居易。就是他，在史上第一個把自己的詩稱作「閒適詩」。

元和十年（西元八一五年），四十四歲的白居易被貶江州司馬，在九江城中閒來無事，十分想念時在長安的好友元稹，給他寫了一封長信，名曰〈與元九書〉。在這封信中，白居易第一次把自己創作的詩，分作了四類。

第一類是「諷喻詩」。他的分類標準是「又自武德至元和，因事立題，題為『新樂府』者，共一百五十首，謂之諷喻詩」。

第三類是「感傷詩」。他的分類標準是「又有事物牽於

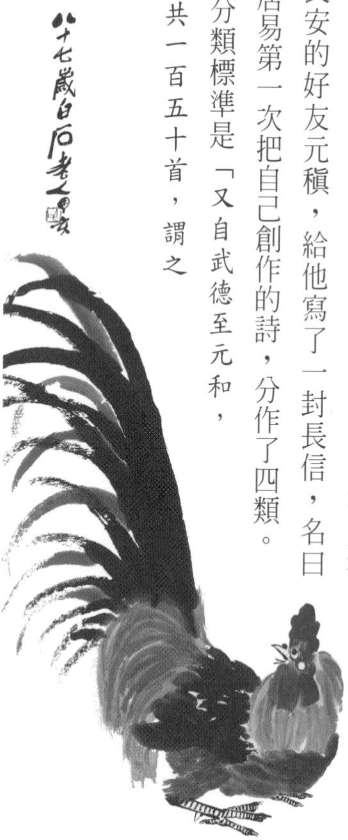

外，情理動於內，隨感遇而形於歎詠者一百首，謂之感傷詩」。第四類是「雜律詩」。他的分類標準是「又有五言、七言、長句、絕句，自一百韻至兩百韻者四百餘首，謂之雜律詩」。

而在白居易心目中，占據第二重要位置的詩，就是第二類的「閒適詩」。「又或退公獨處，或移病閒居，知足保和，吟玩性情者一百首，謂之閒適詩。」

如果上面這個「閒適詩」的概念，令人有些費解的話，那還有一個「現代性」的解釋：所謂「閒適詩」，是指在閒暇安適的狀態下，創作的帶有閒適情調的詩歌，是吟詠享受閒適生活時的情趣和心境的詩歌。

他留下的詩作中，有「閒適詩」八百八十五首，占了三分之一；一個「閒」字，被白居易在詩中使用了六百多次。換句話說，平均每五首白居易的詩，就能見到一個「閒」字。

白居易是史上第一個公開標榜自己是「閒人」的大詩人。他寫詩說「天下閒人白侍郎」、「洛客最閒唯有我」、「洛下多閒客，其中我最閒」，並且還跟裴度爭搶「閒人」的名次：「不敢與公閒中爭第一，亦應占得第二第三人。」

但就是這個白居易，在元和十年（西元八一五年）宰相武元衡遇刺之時，還曾以天下安危為己任，第一個上書言事，這才被貶到江州任司馬的。難道僅僅一次貶謫，就讓年僅四十四歲的白居易意志消沉了？

貶謫江州，只是導火索，只是轉捩點，不是他發生轉變最主要的原因。最主要的原因，是長期的官場生涯，讓他深深體會了官場的險惡。「朝承恩，暮賜死」、「昨日延英對，今日崖州去。由來君臣間，寵辱在朝暮」。

還是在〈與元九書〉中，白居易跟自己的終生好友，說了一番發自肺腑的眞話：「古人云：『窮則獨善其身，達則兼濟天下。』僕雖不肖，常師此語。大丈夫所守者道，所待者時。時之來也，為雲龍、為風鵬，勃然突然，陳力以出；時之不來也，為霧豹、為冥鴻，寂兮寥兮，奉身而退。進退出處，何往而不自得哉！故僕志在兼濟，行在獨善，奉而始終之則為道，言而發明之則為詩。謂之諷喻詩，兼濟之志也；謂之閒適詩，獨善之義也。」

解讀一下。白居易在元和十年（西元八一五年）貶謫江州之前，一直在等待著做出一番事業的「時機」，也就是他說的「所守者時」。那時的他，打算在「時機」到來之際，「為雲龍，為風鵬，勃然突然，陳力以出」，爲國爲民，大幹一番，「兼濟天下」。

在元和十年（西元八一五年）貶謫江州之後，白居易終於清醒地意識到，在當前的政治環境下，自己大幹一番的「時機」永遠也不會來了。於是，他決定「時之不來也，為霧豹，為冥鴻，寂兮寥兮，奉身而退」。從此以後，「獨善其身」，變身閒人一個。

雖然此後他也曾服從朝廷調動，出任主客郎中、知制誥，中書舍人、杭州刺史、蘇州刺史等職，但他的思想已經發生了質變，他不再是那個「兼濟天下」、追名逐利的白居易了，而是一個「獨善其身」、淡泊名利的白居易了。

從此以後，他志於「閒」、逐於「閒」、求於「閒」、樂於「閒」、醉於「閒」。終於在長慶四年（西元八二四年），年僅五十三歲的白居易到了洛陽，當上了「分司東都」的閒官，早早地過上了退休生活，從此遠離了政治漩渦：「始知洛下分司坐，一日安閒直萬金。」

此後一直到他以七十五歲高齡離世，「閒」都是他二十多年晚年生活的主旋律。「閒適詩」就是他「獨善其身」的產物。

立志當第一閒人

這首〈夏日閒放〉讀下來，整體感覺是，開成三年（西元八三八年）大暑節氣，已經六十七歲的白居易，坐在東都洛陽履道坊的宅院裡，絮絮叨叨地話家常。曾經高不可攀的白大才子，如今成了慈祥可親的居家老爺子。千百年之後，也可以經由〈夏日閒放〉這首詩，進而瞭解到他老人家日常生活中的衣食住行。

詩中關於「衣」有四句，「褰裳復岸幘，閒傲得自恣」，「夏服亦無多，蕉紗三五事」；「食」有兩句，「午餐何所有，魚肉一兩味」；「住」有四句，「靜室深下簾，小庭新掃地」，「朝景枕簟清，乘涼一覺睡」；「行」也有兩句，「時暑不出門，亦無賓客至」。

先說「衣」。穿衣服，在白居易的時代，可不是件小事。衣服的顏色和式樣是「定尊卑、明貴賤、辨等列、序少長」的重要標誌。

寫〈夏日閒放〉之時，白居易雖然立志當第一閒人，但他仍然是扎扎實實的朝廷命官，時任從二品的太子少傅分司東都。六十七歲的他，

還需要再等三年，才能正式退休。

雖然白居易只是東都洛陽的閒官，但作爲仍然在職的朝廷命官，在參加朝廷祭祀重大場合時，他要身穿從二品官員的祭服；在參加元正朝會等重要場合時，他要身穿從二品官員的朝服；當他坐在辦公室裡「日理萬機」正常辦公時，他要身穿從二品官員的公服。祭服、朝服、公服的穿著，一是場合不能錯，二是穿戴要整齊，否則會被御史彈劾。輕則斥退、罰俸，重則貶謫、流放，可不是鬧著玩兒的。

但白居易在家裡，穿著就隨便多了。可以不裹頭，不束帶，不穿長衫，不穿靴。他在另一首〈不出門〉詩裡寫道，自己在家裡，就是「披衣腰不帶，散髮頭不巾」，穿得非常隨意。在〈夏日閒放〉裡，白居易就穿著很薄很薄的蕉紗衣服，下身的衣服被撩了起來，頭巾也被推到一邊，露出了前額。這也難怪。一是在家裡，二是天氣也太熱了。

在〈夏日閒放〉裡，白居易的「食」，是豪華版的「魚肉一兩味」。這當然與白居易的經濟條件有關，在唐朝那個老百姓很難吃到肉食的年代，白居易能有魚有肉地吃飯，相當不易。

在當時，白居易可供選擇的肉食很多。畜肉方面有牛肉、羊肉、驢肉和狗肉；禽肉方面有雞肉、鴨肉、鵝肉；野味方面有鹿肉、熊肉、駱駝肉、野豬肉、鷓鴣肉，甚至包括蛇、鼠、蟲、蝟等的肉類。唐人對於肉類的烹飪，也是可蒸可

煮，可作湯可做羹。更爲重要的是，唐時排在第一位的肉類烹飪法，他們稱之爲「炙」，也就是現在的燒烤，這是唐人最爲鍾愛的烹肉手段。

唐時，魚的產量豐富，而且被公認爲是可口的美食。當時可吃的魚，和我們今天差不多，主要有鯉魚、魴魚、鱸魚、鱖魚、鯽魚、鯰魚、銀魚和常見的海魚等等。和我們今天不同的是，唐人食魚，以「膾」法爲主。所謂「膾」法，就是指將魚肉切成細細的絲兒，經過調味之後，直接生吃。這種魚肴，又叫「魚鱠」。

唐人製作「魚鱠」，非常講究，不僅注重魚的新鮮程度，而且注重刀具的選擇、刀法的運用。史料表明，唐人製作「魚鱠」必須使用專用的刀具——鱠手刀子，在唐玄宗李隆基賜給安祿山的物品清單中，就有「鯽魚並鱠手刀子」。

奇怪的是，李隆基賞賜安祿山這樣的寵臣，居然不是什麼名貴魚類，而只不過是鯽魚這樣的家常魚類。當然，李隆基是自有他的道理的。在魚的品種上，唐人認爲，「鱠莫先於鯽魚，鯿、魴、鯛、鱸次之」，鯽魚既然排在第一，李隆基當然要賜給自己最「忠心」的臣子安祿山哪；刀法上有「小晃白」、「大晃白」、「舞梨花」、「柳葉縷」、「對翻蛺蝶」、「千丈線」等多種刀法的區別。技藝嫻熟的廚子在製作之時，雪刀翻飛，魚絲羅列，宛如雜技表演。

唐人的「魚鱠」，色澤鮮亮，造型優美；如果再加入橙絲拌之，稱爲「金齏玉鱠」，「南人魚鱠，以細縷金橙拌之，號曰金齏玉鱠」。

白居易在〈夏日閒放〉中的午餐，吃的是哪種肉，肉又是如何烹飪的，不好猜測；但是魚的吃法，倒是有些端倪。白老爺子似乎不大喜歡「魚鱠」這種主流生吃法，偏好把魚加熱煮熟之後的吃法。他在〈初下漢江，舟中作，寄兩省給舍〉中說「朝煙烹白鱗」，在〈晨起送使，病不行，因過王十一館居二首〉中說「飯香魚熟近中廚」，這都是把魚煮熟了才吃的。

除了魚和肉以外，白居易還很懂得養生之道，在他的日常生活中，一日三餐還是以素食爲主的。他其實是素食狂人。在他的詩中，經常可以見到「經時不思肉」、「三旬斷腥羶」、「以我久蔬素」、「腥血與葷蔬，停來一月餘」、「葷腥久不嘗」等詩句；僅從詩題〈仲夏齋戒月〉、〈齋月靜居〉、〈齋戒〉還可以看出，他似乎還在定期或者不定期地進行齋戒。

在杜甫感慨「人生七十古來稀」的年代，白居易能夠活到七十五歲方才謝世，顯然與他注重飲食的養生之道，有很大的關係。白居易一生，重視「住」。他「所至處必築居。在渭上有蔡渡之居，在江州有草堂之居，在長安有新昌之居，在洛中有履道之居」。〈夏日閒放〉中的「靜室深下簾，小庭新掃地」、「朝景枕簟清，乘涼一覺睡」四句，就來自洛陽的「履道之居」——履道坊白府，也是他一生中最後的住處。

唐時的洛陽，是帝國的兩個首都之一，又是一個三面環山、四水穿城山水環抱的園林城市，引得眾多高官在此定居。位於洛陽城東南部的履道坊，又是洛陽城中風水最佳之處。白居易對於這個住處很滿意，曾經如此得意：「都城風土水木之勝在東南偏，東南

之勝在履道里，里之勝在西北隅，西閈北垣第一第，即白氏叟樂天退老之地。」

「地方十七畝，屋室三之一，水五之一，竹九之一。」白府占地約九千平方公尺，包括三個部分——占地約三分之一的房屋，以及占地約三分之二的兩個小花園——南園、西園。在兩個花園中，水面占五分之一，竹林占九分之一。白府占地如此之大，但是，在當時白居易買下這座房子，只能算是高官中的窮人了。

沒有對比，就沒有傷害。牛僧孺的牛府，此時也在洛陽城中。在距離白府兩坊之地的歸仁坊，而牛府竟然占據了一坊之地。一坊之地是個什麼概念？當時洛陽城中的各坊面積大致相當，履道坊與歸仁坊的面積大致一樣，大約三十一萬六千平方公尺。

換句話說，牛府是白府面積的三十一倍多！然而白府雖小，但壺中有小天地，螺螄殼中有道場。南園、西園兩個花園之中，有假山，有小池，池中還有小島，可以泛舟遊玩。更得天獨厚的是，白府花園之中的池水，還是流動的活水。清人徐松的《唐兩京城坊考》記載：「居易宅在履道西門，宅西牆下臨伊水渠，渠又周其宅之北。」也就是說，有一道伊水渠，沿著白府西邊院牆向北流去，然後在白府西北角右拐，再沿著白府北邊院牆向東流走。

白居易利用這一水利之便，引水入南園、西園，使花園池水保持流動，同時還別出心裁地在宅西牆下的水中放置巨石，使水石相激，造成水流之聲，別成一趣。白居易身處城市之中，卻獨享山水園林之樂，「住」得比我們現在八成以上的人都舒服。關於「行」，白居易在〈夏日閒放〉中也有兩句，「時暑不出門，亦無賓客至」，聽起來，那是相當地空虛寂寞冷。可是，千萬別被老爺子騙了。他之所以寫出這兩句空虛寂寞冷的詩來，主要是因爲天氣熱，他和他的一幫子好友暫時消停了而已。事實上，關於「遊樂」，白老爺子還是很有一手的。

當時，就在履道坊白府的旁邊，還環繞著白居易一幫子高官朋友的府第，分別是：歸仁坊牛僧孺宅、履信坊元稹宅、集賢坊裴度宅、崇讓坊韋瓘宅、懷仁坊劉禹錫宅。

這一幫子或賦閒或退休的高官，在洛陽城中過得熱鬧得很，經常組織茶會、酒會、詩會，還有中秋、元日等節日聚會。白居易基本上是每請必到、每會必與，他自己說「人家有美酒鳴琴者，靡不過」，還說「自居守洛川及泊布衣家，以宴遊召者，亦時時往」，簡直就是「招之即來，來之能喝，喝之必醉」的宴會狂人了，整個和二師兄豬八戒的淨壇使者一個級別。白居易還開過「七老會」和「九老會」這樣史上著名的大聚會。

會昌五年（西元八四五年），七十四歲的白居易作爲主人，邀請胡杲、吉皎、鄭據、劉貞、盧貞、張渾等六位年過七十的老人，加上他自己組成「七老」，在履道坊白府召開盛大聚會，載歌載舞，胡吃海塞，還寫詩得瑟：「七人五百七十歲」。

這年夏天，在加了李元爽、禪僧如滿二老之後，湊成「九老」，史稱「香山九老」、「洛中九老」、「會昌九老」。這九老齊聚白府，聽歌、觀舞、喝酒、吹牛、賦詩。白居易還請來

畫工爲老人們「照相」，並在畫像上題詩，名之曰〈九老圖詩並序〉。這些老傢伙在白府聽的歌、觀的舞，都是誰表演的呢？自然是白居易老爺子的家中歌妓了。

現在的男人們，形容美女的嘴，還在說「櫻桃小嘴」，形容美女的腰，還在說「小蠻腰」。其實，都是在拾白老爺子的牙慧：「櫻桃樊素口，楊柳小蠻腰。」這兩句詩，白老爺子是在誇家中那個名叫樊素的歌妓，那小嘴兒像櫻桃一樣小巧；誇家中那個名叫小蠻的歌妓，那小腰兒像楊柳一樣妖嬈。在他家中，歌妓可不止樊素、小蠻二人。僅在他詩中提到的，就還有商玲瓏、謝好、陳寵、沈平、李娟、張態、楊瓊、容、滿、蟬等三十多人。

大暑，一年中最熱的節氣

「小暑後十五日，斗指未，為大暑」、「小大者，就極熱之中，分為大小，初後為小，望後為大也。大者，炎熱至極也」、「暑，熱也，就熱之中分為大小，月初為小，月中為大，今則熱氣猶大也」。大暑，是一年中最熱的節氣，也是喜溫作物生長速度最快的時期，更是一年中旱澇、颱風等自然災害頻發的時期。日平均氣溫在攝氏三十七度以上的持續酷熱，也將在這一節氣前後出現。

每到大暑，最引人想念的，就是螢火蟲。大暑時節，本應是螢火蟲最盛的時候。只是，由於生態環境惡化，這些當年曾經給農家窮小子帶來無數歡樂和無盡遐想的小精靈，如今已難覓芳蹤了。

立秋

立秋日悲懷

清曉上高臺，秋風今日來。
又添新節恨，猶抱故年哀。
淚豈揮能盡，泉終閉不開。
更傷春月過，私服示無縗。

多年的悲哀，還沒有從我心中散去

此詩作於唐元和九年（西元八一四年）立秋當天，作者令狐楚。看清楚了，作者是令狐楚，不是令狐沖。

清曉上高臺，秋風今日來：立秋之日的清晨，我登上高臺，迎接今天到來的秋風。立秋日會有秋風到來，出自《逸周書．時訓》：「立秋之日，涼風至。」

又添新節恨，猶抱故年哀：多年前的悲哀，還沒有從我的心中散去，此時卻又增添了新的遺憾。

淚豈揮能盡，泉終閉不開：眼淚豈是能夠流盡的，黃泉的大門始終緊閉不開。

更傷春月過，私服示無縗：最傷心的就是今年正月（春月）一過之後，我平日就再也不能穿著喪服寄託哀思了。

此詩題名叫〈立秋日悲懷〉。又是眼淚，又是悲從中來，又是喪服，令狐楚這是什麼情況？怎麼立個秋，他就傷心成這樣了？

他悲從中來，是有正當理由的。因爲，他從此正式成爲沒爹沒娘的孩子了，雖然這一年他已經四十九歲。

元和二年（西元八〇七年），他的父親去世，他成了沒爹的孩子；五年之後，元和七年（西元八一二年），他的母親去世，他成了沒娘的孩子。

一手文章讓三軍「無不感泣」

在元和九年立秋這天，哭得一塌糊塗的令狐楚，剛剛度過他母親的丁憂期。

「丁憂」中的「丁」，在這裡是「遭逢、遇到」的意思，「憂」則是「居喪」的意思。所謂「丁憂」，就是「遭遇居喪」的意思。

從漢朝起，朝廷官員在遭遇祖父母、父母等直系尊長的喪事時，無論身在何處、擔任何職，都必須在第一時間向朝廷辭職，回家穿上喪服，在一定時間內，爲親人守孝服喪。如果該官員身處軍事前線，或者職責重要到無人能夠替代，朝廷可能會不同意該官員「丁憂」，命令其「奪情起復」。但是這種情況，比較罕見，從漢至清，應不會超過百例。

究其原因，還是「奪情起復」不符合封建王朝「忠治國孝齊家」的意識形態主旋律。

關於服喪時間，按照去世親人與官員的親疏程度，長短不同。其中，以爲父母服喪時間最

長，需要三年。按照唐制，父母去世服喪三年，但如果父在而母亡，可以只服喪一年。但令狐楚的父親早在五年前就已去世，而且由於女皇武則天對於母親地位的強調，早已頒有法令在先，所以令狐楚也必須爲母親服喪三年。

服喪三年的計算方法，並不是完整的三十六個月，而是每到一年的正月，即爲一年。唐律的規定，最長爲二十七個月。因此，令狐楚在詩中說「更傷春月過，私服示無縗」的意思是，到了元和九年（西元八一四年）正月，他的服喪滿了三年。

「丁憂」除了服喪時間以外，還有諸多的限制。第一個是服裝要求，也就是令狐楚「私服示無縗」這一句中的那個「縗」字。

「縗」指喪服，令狐楚爲母親去世「丁憂」，必須穿上最重的喪服——「斬衰」。所謂「斬衰」，是指用最粗的生麻布製作的喪服。喪服本應裁剪而成，但不說「裁剪」而說「斬」，一是表達親人去世孝子悲痛欲絕，以致沒有心思仔細裁剪，而是揮刀將布草草斬成幾大塊披在身上之意；二是表示這類喪服無須縫邊、無須任何修飾，同樣也是表達悲痛欲絕之意。在爲母親「丁憂」期間，令狐楚就必須要穿著「斬衰」，而且，他最好在母親的墓地旁邊，搭個草棚居住，這也有個說法，叫作「廬墓而居」。當然，這個事兒主要看孝子的個人意願，並非強制性要求。如果沒有「廬墓而居」，也可以住在家裡，那就必須做到「父母之喪，

居倚廬，寢苫枕塊，寢不脫經帶」。

不僅如此，還有以下的強制性要求。這些要求如果違反了，既會被朝廷追究，也會被社會輿論譴責。

「丁憂」期間，不得自己奏樂或聽人奏樂，不得參與樗蒲（類似擲骰子）、雙陸、彈棋、象棋之類的雜戲。也就是說，下個棋都不行。

「丁憂」期間，不得將喪服換成吉服或常服，不得參與任何酒宴；兄弟之間不得分家；自己不得嫁娶，也不得爲他人主婚、爲他人做媒。

最麻煩是下面這一條：「丁憂」期間不得生子。《唐律疏議》規定：「諸居父母喪，生子……徒一年」，即凡是在二十七個月「丁憂」期內懷胎者，不論其服內出生還是除服後出生，均處徒刑一年。當然，如果能夠證明是在父母去世前懷胎，然後在「丁憂」期內生子的，則不予治罪。還有，在「丁憂」期間，必須「頭有瘡則沐，身有瘍則浴」，即身上發癢甚至長瘡了才洗澡。最好呢，是達到「容貌哀毀，親友不復識之」的程度，那才算是最有孝心的大孝子，才會被朝廷和社會輿論點讚。

飲食上，要保證既不因「虛而廢事」，也不因「飽而忘哀」。禁止飲酒食肉，最好不要食用鹽、酪、蔥、蒜等刺激性食物，只能食用一些粗糲的飯菜充饑。

語言方面，「非喪事不言」，與喪事無關的事情一律不談，盡可能保持沉默，以體現喪親之痛。即使說話，也要簡明、扼要，不要加過多的修飾之詞。

不同的是，丁父憂時「唯而不對」，只發出應聲而不回答別人的話；丁母憂時則是稍微寬鬆一點的「對而不言」，只回答別人的話而不主動說話。令狐楚這次是丁母憂，要遵守對而不言的規矩。

不可以隨便說話，但可以隨便哭泣。孝子居「父母之喪，不避泣涕而見人」，也就是說孝子可以隨時而哭、隨地而哭，想起來就可以大哭幾聲、小哭若干，不必拘泥場合。

以上就是自元和七年（西元八一二年）到元和九年（西元八一四年）正月，令狐楚丁母憂所過的日子；大致上，也是元和二年（西元八〇七年）到元和四年（西元八〇九年）令狐楚丁父憂所過的日子。

作爲家中長子，令狐楚不僅在父母身後如此講究孝心，而且在父母生前就十分講究孝養。

貞元七年（西元七九一年），令狐楚以第五名進士及第時，其父令狐承簡正在太原府功曹任上。

就在剛剛踏上仕途的令狐楚打算就近任官方便照顧父母時，卻在第二年意外地得到了桂管觀察使王拱的延聘。遠在廣西桂林的王拱，深知令狐楚人才難得，怕他嫌路遠不願意去，還採取了一個非常手段：「懼楚不從，乃先聞奏而後致聘。」即王拱先向朝廷奏請，把事情公開化，然後再向令狐楚送達聘書。

這下，令狐楚爲難了：一邊是父母需要奉養，一邊是父輩的面子不能不給。思慮再三，令狐楚於貞元八年（西元七九二年）下半年，從太原出發，跋涉四、五千里，到達桂林，以宏文館校書郎的身分進入王拱的幕府任職。滿一年之後，令狐楚得到了王拱諒解，「家在并、汾間，急於祿養」、「乞歸奉養，即還太原」，再次跋涉四、五千里，回到太原家中。一件兩難的事兒，被令狐楚辦得如此漂亮，史稱「人皆義之」。可見人家後來之所以能出將入相，身上的本事還眞不是吹的。

當然，令狐楚這個搞法，自己還是蠻累的。以唐朝當時的交通道路條件，他這一跋涉就是四、五千里，單程起碼得舟車勞頓三個月以上。幸虧人累死累活，效果還算不錯。

回到太原奉養父母的令狐楚，大約在貞元十一年（西元七九五年）五月前後，進入河東節度使李說幕府，任掌書記。在這個負責爲節度使奏章文書的職務上，他充分發揮了自己被劉禹錫譽爲「今日文章主」，駢文爲「一代文宗」的優勢，幹得風生水起。首先，他那一手文章居然能夠讓皇帝「見字如面」。在此前基本沒有機會與皇帝唐德宗單獨見面的情況下，令狐楚硬是僅憑一手漂亮文章，就做到了讓唐德宗對他「見字如面」——「德宗喜文，每省太原奏，必能辨楚所為，數稱之。」

要知道，河東節度使的奏章，上面署的可是節度使的名字，身爲節度使幕僚的掌書記，是不夠資格在這樣的正式公文上面署名的。可就是這樣，唐德宗仍然能夠分辨出哪一篇奏章出自令狐楚的手筆，這就太厲害了。我們是應該誇唐德宗的眼光毒呢，還是應該誇令狐楚的文筆妙呢？

其次，他那一手文章居然能夠讓三軍「無不感泣」。令狐楚在太原，共經歷了李說、鄭儋、嚴綬等三任節度使。其中的鄭儋，接任節度使不到一年的時間，就在未交代後事的情況下不幸暴卒，因此而引發了軍中動亂：「中夜，十數騎持刃迫楚至軍門，諸將環之，令草遺表。楚在白刃之中，搦管即成，讀示三軍，無不感泣，軍情乃安。」

令狐楚在刀架在脖子上的情況下，寫出的這篇雄文，可惜沒有流傳下來，到底寫了些什麼、怎麼寫的，今人已不得而知。但他僅憑一手好文章，就消弭了一場兵變，卻是史有明載。這樣的人才不調中央任職，簡直浪費了。元和五年（西元八一〇年），丁父憂服除之後，令狐楚調任長安，先後任右拾遺、太常博士、禮部員外郎，由地方僚屬一躍成為中央清要之官。

他在丁母憂服除之後，被朝廷召為刑部員外郎。此次調任，屬於正常崗位變動，級別未動。但就在他寫下〈立秋日悲懷〉之後的當年八月，他飛黃騰達的機會來了。

這年八月，唐憲宗最寵愛的岐陽公主下嫁杜悰。因為禮儀官缺員，特命令狐楚以本官攝太常博士。精於禮儀的令狐楚在這次皇家婚禮中，表現極為搶眼：「當問名之答，上親臨帳幄，簾內以窺之，禮容甚偉，聲氣朗徹。上目送良久，謂左右曰：『是官可用，記其姓名。』」

於是，繼唐德宗之後，令狐楚又得到了另一位帝國皇帝唐憲宗的垂青。垂青的效果顯著而且直接：當年十月，令狐楚擢職方員外郎，知制誥；十一月，令狐楚入充翰林學士，進中書舍人，成為天子近臣。

元和十四年（西元八一九年）七月，令狐楚擢升中書侍郎、同中書門下平章事，躍居帝國宰相，達到一生仕途頂峰。

此後的近二十年，令狐楚歷經宦海沉浮。先後外放宣武軍節度使、東都留守、天平軍節度使、河東節度使，也曾兩度入朝擔任戶部尚書和吏部尚書，封彭陽郡開國公。令狐楚和白居易是好友，兩個人生活在同一個時代，都要面對藩鎮割據、朋黨之爭、宦官專權等三個中晚唐時期的政治毒瘤。同樣的政治環境下，同為好友的兩個人，卻做出了不同的政治選擇。白居易的選擇是逃避，他求為閒官，避往洛陽，遠離政治鬥爭的中心。

而從令狐楚於開成二年（西元八三七年）十一月十二日以七十二歲高齡在山南西道節度使任上謝世就可以看出，他選擇了面對。不僅如此，他還在這個混沌的官場上，保持了難得的正直與耿介。

比如他所經歷的「甘露之變」，是唐史上專權的宦官們成百上千地大肆誅殺朝官的大慘變。大肆屠殺之後，望著長安街頭還在流淌的鮮血，倖存的朝官早已是噤若寒蟬，向著手提滴血屠刀的權宦仇士良等俯首拜服。

只有令狐楚，這時還敢於站出來，爲慘遭殺戮的宰相王涯、賈餗鳴冤抱屈：「既草詔，以王涯、賈餗冤，指其罪不切，仇士良等怨之。」後來，他又請求朝廷出面，爲遇難官員收屍：「從容奏：『王涯等既伏辜，其家夷滅，遺骸棄捐。請官為收瘞，以順陽和之氣。』」在宦官一言不合就拔刀相砍的恐怖時期，令狐楚這樣做，是需要巨大勇氣的。

令狐楚一生，不僅仕途通達，出將入相，而且馳騁文壇，名震一時。他對李商隱有知遇之恩，與白居易、劉禹錫、賈島、王建、張籍、李逢吉等酬唱。被好朋友白居易稱爲「詩敵」，又被好朋友劉禹錫譽爲「今日文章主」，直到五代時期修撰《舊唐書》時，史臣劉昫等人還讚歎他是「一代文宗」。

《全唐詩》錄有他近六十首詩，《全唐文》錄有他近一百四十篇文。可是，令狐楚至今仍然是一位被嚴重低估和忽視的唐朝詩人。

值得一提的是，令狐楚後繼有人，教子有方。長子令狐緒，曆隨州、壽州、汝州刺史，「在汝州日，有能政，郡人請立碑頌德」。次子令狐綯更是不得了，在唐宣宗大中四年（西元八五〇年）和父親一樣成爲帝國宰相。並且比父親還要輝煌的是，他從這年起直到大中十三年（西元八五九年），執掌帝國中樞政事長達十年之久，「宣宗以政事委令狐綯，君臣道契，人無間然」。雖然唐朝父子宰相並不算少，但令狐楚令狐綯父子倆仍然是難得的異數。

「咬秋」應該咬什麼瓜呢

立秋，是一年之中秋季開始的節氣。「立秋，七月節」，「大暑後十五日，斗指坤，為立秋。秋，揫也，萬物揫斂成就也，故謂立秋」。

立，開始之意；秋，收攏聚集之意，物於此而收斂也。從立秋這一天開始，天高氣爽，月明風清，氣溫開始逐漸下降。

「秋」字，左「禾」右「火」，本身就標誌著禾穀成熟。立秋，也意味著一年中最大的收穫季節到來。一年秋收之際，是農民的喜慶時刻。

立秋之時，中國多地有「咬秋」風俗。清朝張燾在《津門雜記・歲時風俗》中記載說「立秋之時食瓜，曰咬秋，可免腹瀉」。「咬秋」應該咬什麼瓜呢？多達六種，分別是黃瓜、苦瓜、絲瓜、南瓜、西瓜、冬瓜。也是金秋時節常見的吃食了。

處暑

宿無極縣（其一）

土壤瀕瀛海，風煙自一方。
氣交才處暑，夜寂便生涼。
老水易蒸雨，積陰常勝陽。
妖蝗奪農力，晚稼半成荒。

一到夜晚，就已經感覺到涼意了

元朝至元六年（西元一二六九年）處暑時節，四十三歲的戶部員外郎胡祗遹，因公到當年的「幽青衝要地」、今天的河北省無極縣出差。這一天，胡祗遹夜宿無極縣廨，所見所聞，感而賦詩，寫下〈宿無極縣〉三首，這是其中的第一首。

土壤瀕瀛海，風煙自一方：無極縣瀕臨大海，風土人情自有其一方特色。

胡祗遹也是河北人。他的家鄉距離無極縣不遠，就在邯鄲西北的武安縣。但是，當胡祗遹來到距離渤海只有兩百多公里、比自己武安家鄉更接近大海的無極縣時，仍然感覺大不相同。

氣交才處暑，夜寂便生涼：如今才只是處暑時節，可一到夜晚就已經感覺有涼意了。

老水易蒸雨，積陰常勝陽：處暑之日，正是一年中陰氣始生的時候；此時，經過一個夏天蒸發的水蒸氣，會形成一場又一場的秋雨。

妖蝗奪農力，晚稼半成荒：到處肆虐的蝗蟲，吞食了農民們的工作成果，田野上的莊稼荒廢了將近一半。

在胡祗遹寫下〈宿無極縣〉的那年，「北自幽薊，南抵淮漢，右太行，左東海，皆蝗」。所以，負有到各地巡察災情、捕殺蝗蟲任務職責的戶部員外郎胡祗遹，才痛心地寫下「妖蝗奪農力，晚稼半成荒」。一個「妖」字，足見這位詩人兼官員當時對蝗蟲的痛恨。

這是一首典型的「行役詩」。所謂「行役詩」，是指詩人因服兵役、勞役或公務出外跋涉之時，寫下的反映當時心情和經歷的詩，記錄了詩人跋涉途中的生活。

最早的「行役詩」，可以從中國古代詩歌的源頭、最早的一部詩歌總集《詩經》裡面去找。《詩經》三百零五篇，有將近十分之一是「行役詩」，比如〈采薇〉、〈何草不黃〉等名篇。此後的歷朝歷代，「行役詩」歷久彌盛，不斷有詩人自覺繼承「行役詩」的傳統，寫出膾炙人口的「行役詩」來，名篇佳作屢見不鮮。

胡祗遹當然未必是最牛的「行役詩」繼承者，但他一生宦遊山西、湖北、山東、江蘇、浙江等地，寫下了大量類似〈宿無極縣〉、〈宿潭口驛〉、〈宿兗州廨〉、〈過陽信縣〉這樣的「行役詩」。

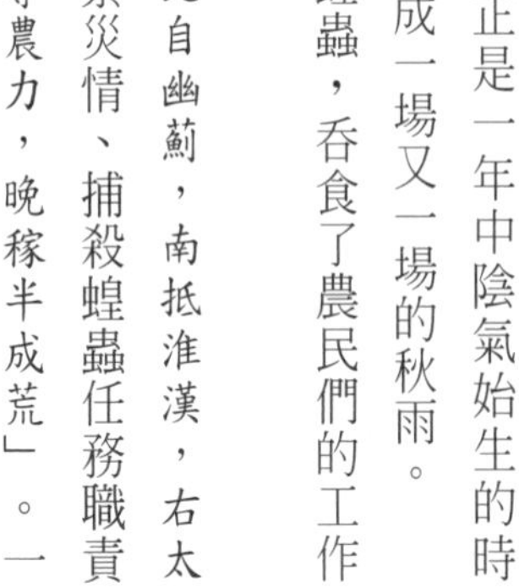

看來，他也是個有故事的人哪。

不能爲名臣，便當作高士

胡祗遹，字紹聞，號紫山。身爲元朝初年之人的他，擁有一個非典型的名與字。「祗遹」與「紹聞」，都是「恭敬地遵循、傳承祖先良好家風和名聲」的意思，兩者是前後呼應、意義相關的一對詞。

這兩個詞在一起搭配的歷史，則非常久遠，源自《尚書‧康誥》：「今民將在祗遹乃文考，紹聞衣德言。」也就是說，從《尚書》開始，「祗遹」與「紹聞」就已是穩定搭配的一對詞。

這一搭配，還一直傳承到了清朝。位於北京景山正北供奉清朝歷代皇帝神像的壽皇殿，其左寶坊匾額就鑲嵌著乾隆御題的四個大字——「紹聞祗遹」。

而胡祗遹自號紫山，則是因爲他曾在家鄉武安縣的紫金山讀書。紫金山又叫紫山，屬太行山脈，位於河北邯鄲西北。紫金山面積二十平方公里，主峰海拔四百九十八點四公尺，是邯鄲佛教、道教之聖地。所以，胡祗遹的名、字、號，雖然非典型，但卻都是有故事的。擁有一個非典型名字的胡祗遹，是元朝初年的一個典型文人。

西元一二二七年（金朝正大四年、蒙古太祖二十二年、西夏寶義元年、南宋寶慶三年）十月，胡祇遹出生於金國的磁州武安。而從這一連串的年號我們可以知道，他出生之時正是名副其實的亂世。胡祇遹所在的家族，是武安著名的書香門第。比較特別的是，胡家這個書香門第收藏的第一批書，是搶來的。

金朝大定元年（西元一一六一年），金國皇帝完顏亮發動「正隆南伐」。當時武安一位名叫胡益的年輕人，以良家子從征入伍。他跟著大軍去南方走了一遭，沒有帶回金銀財寶，卻從宋朝國子監搶得大批圖書而歸。靠著這批圖書，胡益在家裡建起了像模像樣的「萬卷堂」，百戰歸來再讀書。這位胡益，就是胡祇遹的高祖父。胡祇遹的曾祖父是胡溶，祖父是胡景崧，父親名叫胡德珪，在胡祇遹出生的那一年考上了金朝的進士，官至儒林郎、富平縣主簿。

到了胡祇遹這一代，祖宗們厚積百年的才學，終於在他的身上集中爆發了。胡祇遹天賦異稟，一身兼具儒學義理之才、政務經濟之才、文學辭章之才。

儒學義理之才方面，「未及冠，潛心伊洛之學，慨然以斯文為己任，一時名卿士大夫咸器重之」。

政務經濟之才方面，「以吏材名一時」，被稱爲「經濟之良材，時務之俊傑」。

文學詞章之才方面，著有《紫山大全集》，被譽爲元朝文壇「中流一柱」、「元代戲劇學第一人」，他的散曲被《詞品》評爲「如秋潭孤月」，鄭振鐸點評爲「所作短曲，頗饒逸趣」。

他是著名文學家、歷史學家元好問的學生，也曾師從元初政壇領袖、文壇領袖王磐和元初名儒杜瑛；他又是元曲四大家關漢卿、白朴的朋友，還是著名書法家、畫家、詩人趙孟的朋友。這麼說吧，胡祗遹是一位大大的才子，是一位全能型選手。

首先，胡祗遹是官場幸運兒。中統元年（一二六〇年），忽必烈繼位。也是在這一年，三十四歲的胡祗遹由張文謙舉薦爲員外郎，就此踏入官場。必須指出，當時胡祗遹能有此際遇進入官場，實在是異數。因爲，胡祗遹是漢人，還是蒙古人統治之下的漢人，還是元朝統治之下漢人中的讀書人。

眾所周知，漢人在蒙古人統治之下的地位，不是第三就是第四。有人說這不是擠進前五強了嗎？不錯啊。問題是，只有前四名哪，分別是蒙古人、色目人、漢人、南人。

在元朝，「南人」的意思是，南宋統治區域的漢人；「漢人」的意思是，蒙古帝國較早征服的原來生活在金、遼、西夏統治區域的漢人。

還好還好，胡祗遹是金國的漢人，好歹擠進了前三強。

而讀書人在元朝統治之下的地位，就相當慘了，名列第九：「元制：一官、二吏、三僧、四道、五醫、六工、七獵、八妓、九儒、十丐。」，這樣的社會地位，一般情況下，胡祗遹是很難進入官場的。

在元朝，仕進只有四條路：一怯薛，二科舉，三承蔭，四吏員。「怯薛」，在蒙古語中是

「番直宿衛」之意，指蒙古帝國和元朝的禁衛軍。這是蒙古人和色目人的特權，胡祗遹是想都不敢想的。

「承蔭」胡祗遹也沒希望。這也是沒辦法，他爹那個富平縣主簿的級別太低，沒有這個福分。至於「吏員」，又不是胡祗遹這樣的讀書人能夠放下身段的路徑。只有靠科舉了。

然而，在胡祗遹的時代，科舉也靠不住，不僅靠不住，而且胡祗遹也等不來。奇葩的元朝，直到王朝滅亡只進行了十六次科舉考試，而第一次科舉考試還要等到延祐二年（西元一三一五年），即胡祗遹死後二十年才舉行。

所以，在這樣一個南人完全沒機會、漢人基本沒希望、讀書人幾乎沒戲唱的元朝官場，胡祗遹能夠經舉薦而進入官場，實在是當時爲數不多的官場幸運兒。

大約至元十一年（西元一二七四年），四十八歲的胡祗遹被派往山西，擔任太原路治中，兼提舉本路鐵冶。兩年之後的至元十三年，胡祗遹轉任湖北，擔任荊湖北道宣慰副使。這一次胡祗遹在湖北的任職時間長達五年，但他本人其實並不喜歡湖北，鬱悶地寫下：「南遷二千里，風土異吾鄉。十月猶蚊蚋，三餐盡桂薑。」

至元十九年，五十六歲的胡祗遹轉任山東，升任山東西道提刑按察使。這一次胡祗遹在山東的任職，時間也是五年，可是他非常喜歡山東。很欣喜地寫道：「愛歷下風煙，江湖郛郭，城市山林。」

至元二十五年，已經六十二歲的胡祗遹轉任江南浙西道提刑按察使，來到杭州。擔任此職三年之後，他北還故里，讀書教子，詩酒自娛，於元貞元年（西元一二九五年）時去世。

其次，胡祗遹也是文壇多面手。作爲新一代的文壇領袖，胡祗遹能作詩，能作詞，還能作曲，更能作文。《全元文》收其文三百一十篇，《全元散曲》收其曲十一首，《全金元詞》收其詞二十三首。

對於胡祗遹的文學作品，《四庫全書總目》給了一個總評：「今觀其集，大抵學問出於宋儒，以篤實為宗，而務求明體達用，不屑為空虛之談。詩文自抒胸臆，無所依仿，亦無所雕飾，惟以理明詞達為主。」應該說，這是一個相當高的評價。他的詩，史上評價也頗高。好友王惲稱讚他的詩「只將健筆凌雲句，亦是詩壇不朽名」，張之翰甚至稱讚他「文章勳業乘除裡，太白淵明伯仲間」。他的詩可分爲四類：行役詩、諷喻詩、隱逸詩、題畫詩。其中有相當篇章涉及當時的政治民生現實：或指陳弊政，向朝廷建言獻策；或目睹戰後凋敝，哀憐民生多艱；或感歎地方官施政困難，直抒對官場生活的疲倦和對家鄉的思念。

老實說，胡祗遹的詩歌，充分體現了元詩粗豪、直露的特點。雖然數量豐富，但是品質一般，佳篇不多。而胡祗遹尚且是文壇領袖級的人物，其餘元朝詩人的創作水準可見一斑了。

胡祗遹現存二十三首詞。從內容看，可分爲酬唱贈答、祝壽慶歲、記遊宴飲、記事

抒懷等四大類，主要還是酬唱贈答。總的來看胡祗遹的詞自然曉暢、又不失清麗俊雅，蘊含一種超逸之氣。

胡祗遹最大的成就，還是在散曲方面，雖然作品並不算多，現存僅有十一首。內容大致分為寫景、隱逸和詠妓三類，其中著墨最多的，還是寫景之作。與同時期文人相比，他是將散曲用於表達士大夫閒適自適心態的典型人物之一。最重要的是，他的散曲風格，還直接影響到了關漢卿、白樸等元曲大家的創作，催生了元曲繁榮。

最後，胡祗遹還是仕途明白人。

「不能為名臣，便當作高士」。這是胡祗遹在步入仕途的第九年，即至元五年（西元一二六八年）寫下的詩句。這兩句詩，恰是他一生仕途的真實寫照。

從西元一二六〇年到西元一二九一年，他用了一生中最為美好的三十年時間，去努力做一個名臣；然後，從西元一二九二年到西元一二九五年，他只給自己留了三年時間，去實現年少時的夢想，做一個高士。

要我說，他留給自己的時間，太少了。至少，還應該再早個五年。本來，作為金國的遺民，青年時期的胡祗遹，對新政權並沒有任何抵觸。在仕進這一問題上，他是積極的，追求的是「百年何足榮，萬古名不滅」。所以，當他一踏入官場，就立志兼濟天下，那時他對於「高士」退隱的生活方式，也就是想想而已，心中並不完全贊同。然而，現實生活的殘酷，終於還是慢慢消磨了他的「名臣」理想。即便胡祗遹面對的，是以開明著稱的忽必烈，對於漢族文人也是一方面拉攏，一方面提防。胡祇遹就是在忽必烈的拉攏與提防的夾縫中間，宦海沉浮的。

稱帝伊始的忽必烈，一開始還是比較重視儒臣治國，對漢族文人以拉攏爲主。所以，胡祇遹在他稱帝的元年就被舉薦入仕。但僅僅兩年之後，中統三年（西元一二六二年）的李璮叛亂事件，大大地降低了忽必烈對於漢族文人的信任度，他轉而重用色目人阿合馬，對漢族文人開始以提防爲主。而對阿合馬的重用，更是加劇了漢人大臣與蒙古人、色目人大臣之間的政見之爭。正是在這樣的背景下，胡祇遹才被調離京師，輾轉地方任職近二十年之久。

身在地方的胡祇遹，雖然仍然不改兼濟天下的初衷，所到之處仍然恪盡職守，但受限於當局森嚴的等級制度，他開始逐漸明白，「名臣」只是夢想，「高士」才是現實。

而他離開官場，也與「名臣」夢碎有關，他是在「聖眷愈隆，官聲愈顯」的情況下突然辭官的。當時他擔任江南浙西道提刑按察使，因爲依法處置了騎在百姓頭上作威作福的「稅司邏卒」，竟然引來浙西行省官員的不滿。他憤然辭職，「即輕舟還相下，築讀易堂以居，若將終身焉」。

回到故里的胡祇遹，只做了三件事：一是躬耕自樂、二是詩酒自娛、三是著書立說。這時的他，「名臣」夢碎，開始追求「高士」的生活。胡祇遹晚年曾有一首詞，充分說明了他的這種心態：「漁得魚心滿願足，樵得樵眼笑眉舒。一個罷了釣竿，一個收了斤斧。林泉下偶然相遇，是兩個不識字漁樵士大夫，他兩個笑加加地談今論

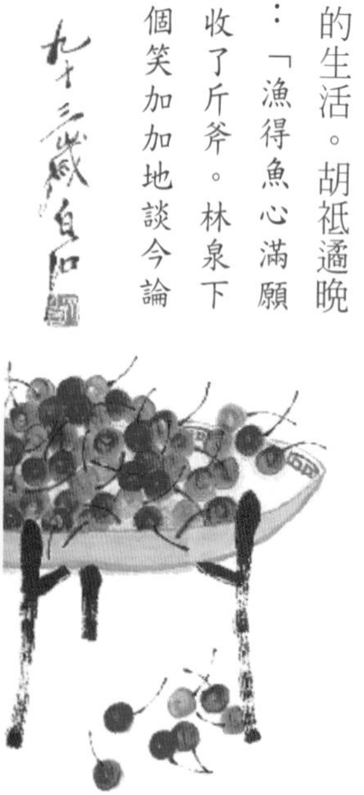

古。」

直到此時，胡祗遹總算修煉成了一個仕途明白人，完全看開了，完全想通了，雖然晚了點。

氣溫由寒冷向冬天過渡

處暑，顧名思義，一般會認爲這是一個「處於暑天之中」的節氣。然而，恰恰相反的是，這裡的「處」是「終止、隱退」之意，所以「處暑」的意思是「夏天暑熱正式終止」。「處，止也，暑氣至此而止矣。」

即可理解爲，「處暑」就是「出暑」。古人認爲，處暑時節有三大物候：「一候鷹乃祭鳥；二候天地始肅；三候禾乃登。」簡單說，一是鷹開始大量捕獵鳥類；二是天地間萬物開始凋零；三是黍、稷、稻、粱等「禾」類農作物成熟。

處暑節氣的到來，意味著暑氣將於這一天結束，中國大部分地區氣溫將開始逐漸下降。處暑，一個代表氣溫由炎熱向寒冷過渡的節氣。也正是因爲意識到了這一點，身在河北的胡祗遹才在〈宿無極縣〉中寫道「氣交才處暑，夜寂便生涼」。

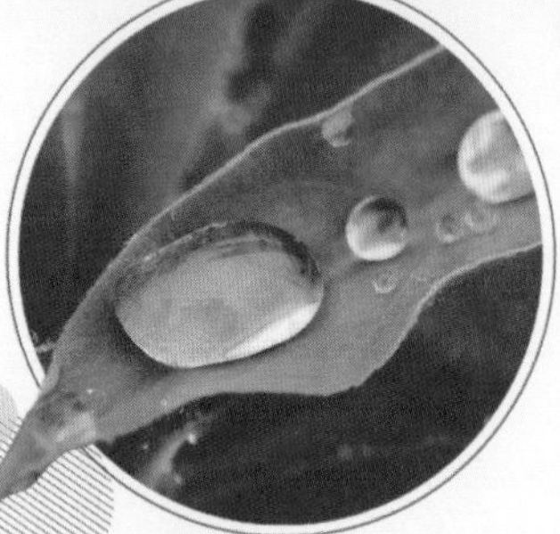

白露

月夜憶舍弟

戍鼓斷人行，邊秋一雁聲。
露從今夜白，月是故鄉明。
有弟皆分散，無家問死生。
寄書長不達，況乃未休兵。

故鄉的月亮，肯定比這裡的月亮更加明亮

唐乾元二年（西元七五九年）白露節氣，明月當空之夜，身在秦州（甘肅天水）的「詩聖」杜甫，想他弟弟了。

杜甫一共有四個同父異母的親弟弟，分別是杜潁、杜觀、杜豐、杜占。其中杜占因為年紀幼小，此刻正跟隨在杜甫身邊。杜甫此時想的，是另外三個已經長大成人的弟弟。在這年的白露節氣，杜甫能夠出現在秦州，還深深掛念已經長大成人的弟弟們，自有其充足的理由。

此時的大唐帝國，正處在「安史之亂」的戰亂動盪之中，叛軍正在到處燒殺搶掠。而杜甫的三個弟弟——杜潁在臨邑（山東德州），杜觀在許州（河南許昌），杜豐則在洛陽，全部身陷戰區。兵荒馬亂的，怎能不叫杜甫牽腸掛肚？

所以，「詩聖」才寫下了這首〈月夜憶舍弟〉。

戍鼓斷人行，邊秋一雁聲：戍樓上的更鼓響過之後，路上已經沒有了行人，只有一隻孤雁悲鳴著，從秋天的邊境飛過。

古人以「雁」喻兄弟，典故出自《禮記．王制》：「父之齒隨行，兄之齒雁行，朋友不相逾。」所以杜甫一聽到雁的叫聲，就想起了身陷戰區的兄弟們。話說這句中的「雁」可是「詩聖」杜甫最喜歡的鳥兒哦。在他的詩中，雁的出場次數最多，達到了七十八次，遠遠超過五十次的鳳、四十四次的鶴、四十次的鷗。

露從今夜白，月是故鄉明：今天已經是白露了，月光皎潔如水，但故鄉的月亮，肯定比這裡的月亮更加明亮。

這是千古名句，尤其是後面那句「月是故鄉明」。近代以來，「月是故鄉明」更是成爲了在國外漂泊華人的口頭禪。多少身處異國他鄉的華僑，一念叨杜甫的這句詩，就老淚縱橫。

有弟皆分散，無家問死生：我與弟弟早已分散各地，失去家園以來，我也無處打聽兄弟們的生死。

寄書長不達，況乃未休兵：平時寄出的家書尚且經常難以到達，何況如今正烽火連天地在打仗。

這是杜甫的一首「親情詩」。所謂「親情詩」，是指詩人寫給自己的夫或妻、父母、子

女、兄弟、姐妹的詩。

據不完全統計，杜甫一生寫有近百首「親情詩」，其中有三十篇是身爲長兄的他，寫給自己四個弟弟和一個妹妹的。這三十篇，同時也可以稱之爲「兄弟詩」。

杜甫的第一首「兄弟詩」，是寫於「安史之亂」前、天寶四年（西元七四五年）的〈臨邑舍弟書至，苦雨，黃河泛溢，堤防之患，簿領所憂，因寄此詩，用寬其意〉；第二首「兄弟詩」，就是寫於「安史之亂」後、至德元年載（西元七五六年）的〈得舍弟消息二首〉。

此後，處於戰亂之中的杜甫，開始年年、月月、日日、時時關注分散各地弟弟妹妹們的消息，集中地寫下了多首「兄弟詩」。〈月夜憶舍弟〉，就是他的第八首「兄弟詩」。

「詩聖」在唐朝，也就是個普通人

今天的我們，尊杜甫爲「詩聖」。其實在唐朝，也就是一個普通人。「安史之亂」，是身爲普通人的杜甫，一生中的分水嶺。他的命運因爲戰亂，由無憂無慮、讀書漫遊，而變得顛沛流離，嘗盡悲歡離合。

杜甫出身官宦名門。第十三世祖杜預，是西晉著名政治家、軍事家和學者；祖父杜審言，是唐高宗、武則天時期的著名詩人，是唐朝「近體詩」的奠基人之

一。在這樣一個「奉儒守官」的家庭裡，杜甫從小就受到了很好的教育。三十五歲之前，他過的都是無憂無慮的讀書漫遊生活。他先是南遊吳越，然後北遊齊趙。正是在北遊齊趙期間，他於天寶三年（西元七四四年）結識了一生的好友李白、高適等人。

天寶六年，杜甫懷著「致君堯舜上，再使風俗淳」的遠大志向，到長安參加科舉未第，從此開始了長達十年的長安求官生涯。

這十年，普通人杜甫，過得平平淡淡，甚至有些窘迫。因爲一直是布衣之身，所以杜甫沒有薪俸收入，手頭也一直比較緊，以至於需要「賣藥都市，寄食友朋」。直到天寶十四年，他才獲得太子右衛率府胄曹參軍這個從八品下的官職。然而，也就是在這一年，「安史之亂」爆發。杜甫的這個運氣也是眞背。

大亂來臨時，杜甫正在長安以東的奉先（陝西蒲城縣），探望此前寄居於此的妻兒。在聽聞唐肅宗李亨靈武即位之後，杜甫將妻兒安置在長安正北約兩百公里的鄜州（陝西富縣），隻身趕往靈武。不料途中卻爲叛軍擒獲，被押至長安。

此時，我們熟悉的另一位大詩人王維，也被叛軍關押在長安。不過，杜甫比一直被關押、後來還被迫擔任僞職的王維幸運，他藉機逃出了長安，並順利到達靈武，於至德二年（西元七五七年）五月十六日被唐肅宗李亨任命爲左拾遺。這一年，他四十五歲。

就仕途起步的年齡而言，杜甫是稍微晚了一點；但就仕途起步的職務而言，杜甫擔任的正是唐朝眾多高官起步的難得美職。左拾遺是隸屬於唐朝中央政府機構門下省的諫官，雖然級別只是從八品上，但這是在皇帝身邊侍從值班的清望諫官。

要知道，唐朝有八成以上的宰相是由拾遺、補闕、監察御史這樣的清望諫官起步的。可惜，杜甫官運不濟，又開始走霉運。左拾遺只當了幾個月時間，他就因爲上疏救援宰相房琯的事觸怒皇帝，於乾元元年（西元七五八年）六月被貶爲華州（陝西渭南）司功參軍。

次年七月，因「時關輔亂離，穀食踴貴」、「關輔饑」，吃不飽肚子的杜甫，只好從華州辭職，帶領家人，加入逃難民眾的隊伍，來到了他此時寫下〈月夜憶舍弟〉的秦州。

而在秦州度過了白露節氣，並且總共只待了短短三個多月的杜甫，此時正處於一生之中最爲艱難的時刻。絕非誇張。杜甫在年少時沒有吃過什麼苦，長安十年也就是日子過得緊了一點，秦州之後，他後來在成都杜甫草堂的日子，也還算安逸。

而在秦州，處於逃難中的杜甫，過的是「居無定所」、「食不果腹」、「多病纏身」、「想親念友」的日子。種種因素疊加起來，杜甫在秦州的日子，就過得比黃連還苦。

先說「居無定所」。杜甫來到西距長安近千里的秦州，本來就是逃難，「居無定所」自然屬於正常。但他此行的初衷，是確有定居之意的。

杜甫於乾元二年（西元七五九年）七月到達秦州時，先是租住在秦州城內，後又到侄子杜佐家中寄居過一段時間。在此期間，他曾先後在秦州的東柯谷和西枝村兩個地方，尋找建設草

堂定居下來的地方。

還好，杜甫沒有找到理想的地方，否則，我們今天就得到甘肅天水而不是四川成都去參觀杜甫草堂了。

杜甫因爲什麼原因而沒有定居秦州，史無明載。最主要的原因，可能是因爲不安全。秦州，當時已是地理位置關鍵的邊境要地。這正是杜甫詩中「邊秋一雁聲」那個「邊」字的來由。「安史之亂」爆發之後，疲於應付的唐朝中央政府沒有辦法，只好拆東牆補西牆，把秦州所在的隴右道部隊，包括帝國西部邊境的其餘防禦兵力大量東調，以圖先行解救首都被圍之急。

後果很嚴重。隴右兵力空虛之後，吐蕃軍隊乘虛而入，戰略位置重要的秦州，早已被其鎖定。這樣一來，秦州城中，「緊急烽常報，傳聞檄屢飛」、「鼓角緣邊郡」、「城上胡笳奏」，已是常態。

在杜甫心中，吐蕃軍隊只怕比安史叛軍還要厲害一些。安史叛軍好歹能聽懂他的話，把他關起來之後也能找個機會開溜，吐蕃軍隊要是不耐煩他的文縐縐，說不定提刀就把他砍了。太危險了，得走。於是，他在留下「卜居意未展，杖策且回暮」的詩句之後的當年十月，就離開了秦州，從而成爲甘肅省天水市史上最著名的過客之一。

當然，杜甫沒有定居秦州，可能還有另外一個原因，那就是他在秦州吃不飽肚子，一家人經常處於食不果腹的邊緣。

他在離開秦州時的詩中，提及了自己當時吃的日常食物：「充腸多薯蕷」、「崖蜜亦易求」、「密竹復冬筍」。薯蕷，就是山藥；崖蜜，指的是野生蜂蜜；再加上冬筍，杜老爺子吃的都是純天然、野生、綠色食物，眞叫人羨慕。

可那年的杜甫，卻只是因爲別無選擇。最難的時候，杜甫還要靠撿拾山中的橡實、栗子，甚至挖掘黃精這樣的藥材來塡飽家人們的肚子。

即便如此，杜甫吃的東西還是太素了，基本跟餵兔子差不多。一輩子在吃這件事兒上苦哈哈的杜甫，似乎一直跟肉食葷菜的緣分不大，而且他的腸胃因爲長期吃素已經受不了大油大葷的刺激。最後，老爺子竟然因爲「啖牛肉白酒一夕而卒」，實在是因爲他本人並沒有深刻意識到這一點啊。

就是吃青菜，也經常不夠，只能依靠親友饋贈了。他在秦州的朋友隱士阮昉，就曾經送給杜甫三十束薤：「盈筐承露薤，不待致書求。」（〈秋日阮隱居致薤三十束〉）

杜甫這時的主食是黃粱，「白露黃粱熟」、「正想滑流匙」。可是，杜甫在秦州，一無田地，二無時間耕種，全靠自己的一點積蓄和親友接濟，終究還是一個「食不果腹」的局面。

在如此之差的營養條件下，加上抵達秦州之時的杜甫，偏偏已經是「多病纏身」了。

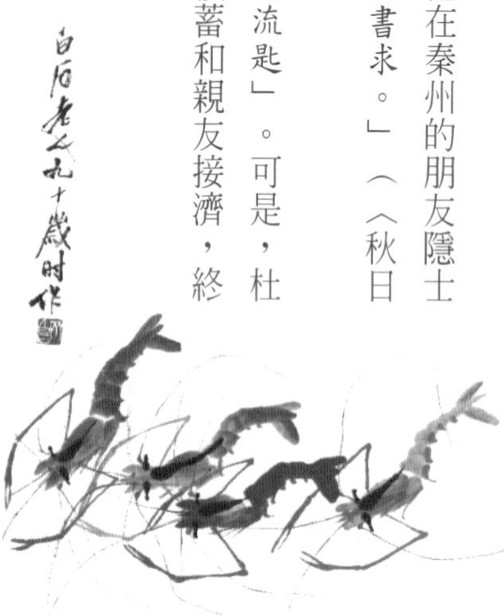

最早找上他的，是肺病。天寶十二年（公元七五三年），他還在長安時就說自己「常有肺氣之疾」、「衰年病肺惟高枕」、「肺病幾時朝日邊」。

爲此，他經常氣喘咳嗽、肺枯口渴，夜晚只能高枕而臥。

禍不單行。轉年，他又患上了瘧疾。他在秦州作詩，就談到了自己瘧疾發作的具體情況。「隔日搜脂髓，增寒抱雪霜」，說明他患上的是隔日發作一次的寒瘧。而且非常嚴重，痛苦程度達到了「搜脂髓」的地步。

到了「安史之亂」爆發的天寶十四年時，杜甫又得了消渴症：「長卿多病久」。因爲司馬相如曾得過消渴症，而司馬相如又字長卿，所以古代稱消渴症爲「長卿病」。消渴症相當於我們今天的糖尿病。同時，杜甫還有牙疾、眼暗、耳聾、足弱等小毛病；再加上前面所說的肺病、瘧疾、糖尿病，杜甫已經全身是病了。

他此時才剛剛四十八歲，卻哪裡還是當年那個「一日上樹能千回」的杜甫啊！自己都這樣了，杜甫還在「想親念友」。除了在〈月夜憶舍弟〉中想念弟弟們以外，他在秦州，還分外思念另外一個人。正是李白。

在秦州，杜甫是早也想李白，晚也想李白，清醒時想李白，做夢時也想李白。有〈夢李白二首〉爲證：「三夜頻夢君，情親見君意」。

除此以外，杜甫在秦州想李白，還寫了〈天末懷李白〉、〈寄李十二白二十韻〉，總共四首詩。他一生給李白寫了十四首詩，秦州這四首，只占總數的三分之一。但是，從另外一個方向看就比較震驚了——杜甫在秦州只待了短短的三個月。這麼短的時間，他就想李白想出了四首詩，平均一個月超過一首。

爲什麼這麼頻繁？當然有原因，而且，至少有兩條。第一個原因，秦州是李白的祖籍之地。第二個原因，這一年的李白，正在危難之中。兩年前的至德二年（西元七五七年），李白因陷入永王李璘案，被流放夜郎。杜甫到達秦州之時，李白正在流放途中，所以杜甫極爲惦念老友，才一想再想。

不同的是，寫〈夢李白二首〉和〈天末懷李白〉時，杜甫只知道李白正在長途跋涉前往夜郎的途中；而寫下〈寄李十二白二十韻〉時，杜甫已經確知，李白已於本年二月在白帝城遇赦，「千里江陵一日還」，於是狠狠地爲好友高興了一下。這也算是他在逃難秦州之時，唯一一件值得高興的事兒了吧。

好友是逢凶化吉，遇赦放歸了，可弟弟們還是音信全無。所以，在這樣一個月夜，杜甫再次想起了他的弟弟們。

《詩經》是白露入詩的源頭

白露，「露至秋而白也」，這是一個反映自然界氣溫變化的節令。《月令七十二候集解》

載，白露爲「八月節，秋屬金，金色白，陰氣漸重，露凝而白也」。

「露」是由於溫度降低，水汽在地面或近地物體上凝結而成的水珠。「白露」之得名，緣於從這一天起，一天比一天涼，露水也一天比一天多，此時的露富有光澤，明亮而沒有顏色，故稱「白露」。

白露時節的天氣，正如《禮記》中所記錄的：「涼風至，白露降，寒蟬鳴。」一到白露節氣，人們就會明顯地感覺到，炎熱的夏天已經過去，涼爽的秋天已經到來。

而「白露」進入詩中，則不必等待「詩聖」杜甫的這首〈月夜憶舍弟〉了。比杜甫更早的《詩經》，才是「白露」入詩的源頭。就在《詩經．秦風．蒹葭》篇裡面，還是我們耳熟能詳的名句：「蒹葭蒼蒼，白露為霜。所謂伊人，在水一方。」

秋分

庚戌秋分

淅淅風清葉未凋，秋分殘景自蕭條。
禾頭無耳時微旱，蚊嘴生花毒漸消。
錢迸嫩苔陳閣靜，字橫賓雁楚天遙。
西園宴集偏宜夜，坐看圓蟾過麗譙。

一字南飛的鴻雁，更顯天空遼闊

北宋熙寧三年（西元一〇七〇年）秋分節氣的夜晚，河北大名府，六十三歲的本地最高行政長官——「判大名府」韓琦，在長夜之飲，於酒酣之際，寫下了上面這首詩。

淅淅風清葉未凋，秋分殘景自蕭條：在淅淅秋風吹拂下的樹葉，雖然還沒有凋零，但秋分時節的草木，已經開始顯得蕭條了。

禾頭無耳時微旱，蚊嘴生花毒漸消：今年秋分無雨，稍有旱情，但並非災年；而進入八月的蚊子，嘴上開了花，不會再咬人了。

這兩句，韓琦是針對兩句諺語而寫的。「禾頭無耳」，來自《朝野僉載》中記載的一個諺語：「秋雨甲子，禾頭生耳」。意思是秋天的莊稼，在遭遇過量雨水災害之後，其禾頭會長出捲曲如耳形的芽蘖。由於頂部出芽，這一季的莊稼就只好報廢了。既然「禾頭無耳」，則並非災年，莊稼仍然有望豐收。此句表達的是，韓琦作爲地方行政長官，關心農民收成的心情。

「蚊嘴生花」，也來自民間的諺語：「六月半，蚊嘴賽過鑽；八月八，蚊嘴開了花」。意思是蚊子在夏季最爲活躍，叮人傳播病毒，但只要過了八月初八，到了秋分時節，就不再肆虐了。此句表達的是，韓琦作爲普通人，在夜飲之際，描述「蚊子少了，不那麼叮人了；即使叮人也不那麼毒了」的感覺，所以「毒漸消」。

錢迸嫩苔陳閣靜，字橫賓雁楚天遙：水面上一圈一圈狀如銅錢的綠苔，更顯得水閣寧靜；空中那一字南飛的鴻雁，更顯得天空遼闊。

西園宴集偏宜夜，坐看圓蟾過麗譙：在自己府邸西園中舉行的酒宴一直持續到深夜，我和朋友們一起，坐看一輪明月掠過那壯麗的高樓。

可以肯定的是，在那個秋分之夜，和韓琦一起喝酒快活，發呆坐看當年明月的，其中就有他的幕僚兼學生兼朋友強至。

證據是，強至當時也寫了一首〈依韻奉和司徒侍中庚戌秋分〉：「金氣才分向此朝，天清

林葉擬辭條。三秋半去吟蛩逼，百感中來醞蟻消。候早初逢旬甫浹，月圓前距望非遙。如今晝夜均長短，占錄無勞史姓譙。」

除了這首和詩之外，比較特別的是，強至跟韓琦一起喝酒快活，彼此唱和寫下的詩，總共竟有七十九首之多，幾乎占他一生八百二十二首詩歌總數的一成。

這就有點意思。其實，按年齡計算，強至是比韓琦小十五歲的晚輩，並且視後者爲自己人生中的伯樂。可惜的是，強至遇見韓琦，陪他一起看月亮，有點太晚了。他倆相見，是在寫下〈庚戌秋分〉、〈依韻奉和司徒侍中庚戌秋分〉二詩的三年之前，而且相見的地點不是在河北大名，而是在陝西西安。

三年之前的治平四年（西元一〇六七年）十二月，韓琦從「司徒兼侍中、同平章事、昭文館大學士」的首相位置上被罷免，以「司徒兼侍中、判永興軍兼陝西路經略安撫使」的身分到達西安。爲了方便辦公，他留用了早已在前任幕府中任職的幕僚強至，自此兩人相見相識。第二年十二月，韓琦改判大名府，強至亦追隨而來。

這才有了韓琦和強至兩個人一起，和一幫朋友在熙寧三年（西元一〇七〇年）秋分節氣的喝酒宴集之樂，這才有了〈庚戌秋分〉、〈依韻奉和司徒侍中庚戌秋分〉這兩首詩。

宰相十年：擁立兩位皇帝，提攜兩大文人

寫下〈庚戌秋分〉之時的韓琦，正處於自己一生中唯一的政治低谷。在此之前，他少年得志，曾經很紅很紅，紅得發紫的那種紅。而此時的他，已經是一個過氣的政治老人。

如果說韓琦是北宋王朝的第一名臣，估計只會有兩個人表示不服。

第一個是寫出千古名篇〈岳陽樓記〉的范仲淹。他曾和韓琦一起，在陝西主持針對西夏的軍事行動，扭轉了宋軍一直不利的戰爭局勢，被軍中倚爲長城，編有歌謠說「軍中有一韓，西賊聞之心膽寒；軍中有一范，西賊聞之驚破膽」，人稱「韓范」。

另一個是北宋著名賢相富弼。他曾和韓琦一起，享同日拜相之榮，共同主持北宋朝廷的中央政事，得到朝野交口讚譽，人稱「富韓」。

但范仲淹和富弼表示不服，只怕不行。因爲，無論是「韓范」還是「富韓」，只是范仲淹和富弼在風水輪流轉，「韓」可是一直都在。

另外，明眼人一看即知，「韓范」指的是軍事，「富韓」指的是政事。換句話說，韓琦無論是政事還是軍事，都是頂尖級的好手。難怪人家少年得志，順風順水，出將入相。事實上，史家論及韓琦，多稱「北宋第一相」。

韓琦的仕途起點，相當之高。他是天聖五年（西元一〇二七年）進士榜的第二名，也就是「榜眼」。這一年，他剛剛二十歲。初登政壇，韓琦最搶眼的表現，就是宋仁宗景祐三年（西元一〇三六年）八月的「片紙落去四宰執」。此年的韓琦，年僅二十九歲，正在右司諫任上。

他以一己之力多次進諫，告訴宋仁宗「丞弼之任未得其人」，直接導致宰相王隨、陳堯佐，參知政事韓億、石中立等四人同日罷相，一時名震京師。

康定元年（西元一〇四〇年）二月，韓琦受命出京，出任陝西安撫使，和范仲淹一起，打造了「韓范」時期。慶曆三年（西元一〇四三年）四月，「韓范」同時進京，擔任樞密副使這樣的副宰相級別的官員。並且和富弼、歐陽修等人一起，開始推行「慶曆新政」。

然而就在范仲淹〈岳陽樓記〉名篇首句的「慶曆四年春」，「慶曆新政」因保守派的阻撓而失敗，范仲淹、韓琦、富弼、歐陽修「慶曆四傑」相繼被貶出京任職。韓琦這一去，就是十一年，先後任職於揚州、鄆州、眞定府、定州和並州。

十一年之後的嘉祐元年（西元一〇五六年）八月，四十九歲的韓琦應召進京擔任樞密使，正式踏上了自己「宰相十年、贊輔三朝」的輝煌之路。

這十年，韓琦由樞密使，進而「集賢相」（同中書門下平章事、集賢殿大學士），進而「昭文相」（昭文館大學士、監修國史）。在北宋，「昭文相」就已經是宰相群體中的首相了。

今天來看，韓琦十年宰相的最大政績，一是擁立了兩位皇帝宋英宗、宋神宗；二是提攜了兩大文人蘇洵、蘇軾。

宋英宗治平四年（西元一〇六七年）

九月，在宋英宗駕崩、宋神宗已成功繼位的情況下，自認已可功成身退的韓琦，自請罷相，於第二年七月來到了當時連遭地震、水災的河北大名府，垂暮之年，再次爲國守邊。

然後，在寫下〈庚戌秋分〉的時候，拜王安石所賜，迎來了一生中的政治低谷。韓琦與王安石相識很早。慶曆五年（西元一〇四五年），王安石還曾經是韓琦的直接手下。韓琦在揚州主持的「四相簪花宴」，其中有一相，就是王安石。不過，當時的韓琦，是以資政殿學士知揚州，既是政壇前輩，也是頂頭上司；王安石，則是剛出道的政壇新人，以進士第四名的身分簽書淮南判官，是韓琦的幕僚，直接下屬。

可是，兩大名人的關係，一開始就沒搞好。據《名臣言行錄》記載，導火索是這樣埋下的：「（韓魏）公知揚州，王荊公初及第，為簽判，每讀書至達旦，假寐，日已高。急上府，多不及盥漱。魏公見荊公少年，疑夜飲放逸。一日從容為荊公曰：『君少年毋讀書，不可自棄。』荊公不答。退而言曰：『韓公非知我者。』魏公後知其賢，欲收之門下，荊公終不屈。」

這則記錄的意思是說，王安石年輕時讀書很用功，有時候到了凌晨就和衣而睡，導致急著上班時形象不佳。上司韓琦不知他通宵讀書，還以爲他是通宵飲酒作樂，於是便勸他多讀書，不要不求上進。王安石也挺傲氣，當面不答，背後說韓琦不瞭解他。從此，兩人之間的嫌隙即生，導火索就此埋下。

此事至少說明韓琦與王安石，同爲北宋名臣，同爲著名文人，一開始就有點你不待見我，我也不待見你的意思，以至於後來發展到了政見不同、互相攻訐的地步。

前面是韓琦「宰相十年、贊輔三朝」，風頭正勁，王安石不敢爭鋒；等到宋神宗繼位，韓琦罷相，王安石拜相，終於輪到後者占上風了。在韓琦寫下〈庚戌秋分〉的前一年，熙寧二年（西元一〇六九年）二月王安石拜相，成爲參知政事，同時成立「制置三司條例司」。「王安石變法」，正式登上歷史舞臺。

可是，關於「王安石變法」，特別是關於青苗法，韓琦一開始其實是拒絕的。就在韓琦寫下〈庚戌秋分〉的當年，熙寧三年二月，韓琦正式向宋神宗上書，請罷青苗法。宋神宗對於韓琦上書的反應是，「琦真忠臣，雖在外，不忘王室。朕始謂可以利民，不意乃害民如此！」韓琦的上書，帶給王安石的壓力，也是巨大的。他馬上就耍態度，稱病不出，要求罷相去當閒官。當然，最終的結果，是王安石贏了。但韓琦並未甘休，就在寫下〈庚戌秋分〉的八月，他又一次上疏，請罷青苗法，不僅如此，他還請求裁撤此次變法的指揮機關「制置三司條例司」！這就需要相當的政治勇氣了。

今天來看，比較吊詭的是，當初推行「慶曆新政」、崇尚改革的「慶曆四傑」，除了范仲淹已於皇祐四年（西元一〇五二年）早逝以外，其餘三傑韓琦、富弼、歐陽修，都反對新法。對了，還要加上另外兩個重量級人物，司馬光和蘇軾。

爲什麼？是因爲他們老了，喪失了年輕時的改革銳氣？顯然，並不是。雙方如此對立、分歧的原因，那是一個宏大的問題，也是歷史學家們的問題。僅從韓琦年譜及相關史料來看，韓琦與王安石對立、分歧，以至於要幹掉後者的改革總司令部，恐怕至少有一個原因，韓琦與王安石對於新法的視角不同。王安石在中央，「居廟堂之高」，他看到的全是良法美意、富國強兵，聽到的全是順利推進、舉國歡慶；韓琦在地方，「處江湖之遠」，他看到的則是新法擾民、酷吏橫行，聽到的則是百姓受苦、怨聲載道。

沒辦法，神州太大了。事實上，中央的政策到了地方，有偏差、打折扣的現象，包括下情難以上達的現象，直至今天也還未敢說全部根絕，更何況在北宋那個行政效率低下的封建時代？就這樣，早年就已存在的小小嫌隙，此時再出現的不同視角，直接導致韓琦與王安石這兩個同樣震古鑠今大人物，背向而行，而且漸行漸遠。

當然，在韓琦看來，他早就知道，雖然自己連續上疏請罷新法，但以宋神宗的求治方殷，以王安石的立功心切，肯定是不會聽自己這番逆耳忠言的。如果不聽，那大宋的普通老百姓們可就遭殃了。所以，因爲宋神宗，因爲王安石，因爲青苗法，因爲老百姓，在熙寧三年那個秋分之夜，在大名府自己的府邸西園，和強至一起「坐看圓蟾過麗譙」的韓琦，內心裡並不像他詩中所說的，那樣平靜。

此時再不出去玩，更待何時

秋分，在《春秋繁露》中被如此解讀：「秋分者，陰陽相半也，故晝夜均而寒暑平。」

明朝張景嶽在《類經・運氣》中說，「秋分前熱而後寒，前則夜短晝長，後則晝短夜長，此寒熱晝夜之分也。至則純陰純陽，故曰氣同。分則前後更易，故曰氣異。此天地歲氣之正紀也。」

「秋分」的「分」，是「半」的意思。這樣，秋分就有了三個含義：

一是秋季過半。按照農曆，「立秋」是秋季的開始，到「霜降」爲秋季終止，「秋分」正好是從立秋到霜降這九十天秋季的一半。

二是晝夜各半。秋分這一天，太陽到達黃經一百八十度（秋分點），幾乎直射地球赤道，因此全球各地晝夜等長。

三是寒暑各半。到了秋分，氣候由熱轉涼。此時南下的冷空氣與逐漸衰減的暖濕空氣相遇，產生一次次的降水，氣溫也一次次地下降，正所謂「一場秋雨一場寒」。秋分也曾是傳統的「祭月節」，現在的中秋節就是由「祭月節」而來。早在周朝，周天子就有春分祭日、夏至祭地、秋分祭月、冬至祭天的習俗。看來，韓琦是深知這一點的，所以才在秋分這天夜晚，有意地抬頭望月，「坐看圓蟾過麗譙」。秋分時節，涼風淅淅，風和日麗，秋高氣爽，丹桂飄香，蟹肥菊黃。正是美好宜人的時節，正是適合放風箏的時刻。

此時再不出去玩，更待何時？

寒露

魯中送魯使君歸鄭州

城中金絡騎，出餞沈東陽。
九月寒露白，六關秋草黃。
齊謳聽處妙，魯酒把來香。
醉後著鞭去，梅山道路長。

直到唐朝，魯酒才因李白而名聲大振

唐乾元元年（西元七五八年）九月，「安史之亂」的戰火，仍未熄滅。時任鄭、陳、潁、亳等州節度使兼鄭州刺史的魯炅，來到淄青節度使侯希逸的駐節地——魯中的曲阜，聯絡軍務。

過了寒露節氣之後，魯炅便向侯希逸告辭，準備返回自己的駐節地鄭州。侯希逸則按照當時同僚送別的慣例，騎馬一直送到城外驛站，並設宴爲他餞行。正是在這次酒宴之上，「大曆十才子」之一，時任侯希逸幕府從事的韓翃，發揮自己的才子優勢，寫下了上面這首詩，爲魯炅送行。

城中金絡騎，出餞沈東陽：曲阜城中所有官員，都乘裝飾華貴的良馬，出城爲魯炅送行。

有人說了，不許你忽悠。詩中明明說的是給「沈東陽」送行，關魯炅什麼事？呃，還眞不是忽悠。是的，你在詩中看到的是送沈東陽，但他們眞的是在送魯炅。

那麼，沈東陽是誰？爲何在此時此地亂入？沈東陽，就是沈約，南朝人，曾擔任過南齊的東陽太守，所以簡稱沈東陽。問題還是來了。沈東陽不是唐朝人，唐朝的韓翃要給他送行，怎麼也搆不著啊。那韓翃爲什麼在此處神經錯亂，說自己送的是沈東陽呢？因爲沈東陽，是韓翃，還有另一個「大曆十才子」之一錢起，還有「詩仙」李白，以及一大幫唐朝詩人們的心中偶像。

沈約沈東陽，是史上著名的文學家、史學家，是齊、梁的文壇領袖，可是當年的名人之一。一是詩才了得，開創「永明體」詩，對中國詩歌從比較自由的古體詩到格律嚴整的近體詩，有促進之功。

二是史才了得，今天「二十四史」中的《宋史》即爲他所撰。不僅如此，史載他還撰有《晉書》一百一十卷、《齊紀》二十卷、《高祖紀》十四卷，只是多已亡佚。

三是事業了得，他歷仕宋、齊、梁三代，曾助梁武帝登位，封建昌縣侯，官至尚書令。

也只有這樣的名人，才能進入李白、錢起、韓翃的心中。於是這一大幫唐朝詩人在寫詩時，如果要提及一個自己尊敬而又不便直呼其名諱的人時，就常常用「沈約」或「沈東陽」來代替。

比如李白「沈約八詠樓，城西孤岩嶢」，錢起「未曾無興詠，多謝沈東陽」。詩人們的這一傳統，甚至還延續到了北宋，辛棄疾

寫道：「花知否？花一似何郎，又似沈東陽」。

韓翃在此處，正是用「沈東陽」代替「魯炅」，他送的其實就是魯炅。只是因爲，他如果不時常在詩中提一提「沈東陽」，出門看見李白、錢起，都不好意思打招呼。

九月寒露白，六關秋草黃：時值九月寒露節氣，露珠一片晶瑩；在魯國時就已設置的「六關」之前，秋天的小草已經發黃。

「六關」，是春秋時期魯國設置的關卡名稱。《孔子家語．顏回》：「孔子曰：『下展禽，置六關，妾織蒲，三不仁。』」王肅注：「六關，關名。魯本無此關，文仲置之以稅行者，故為不仁。」原來，「六關」是一個專門負責收稅的「不仁」關卡。

齊謳聽處妙，魯酒把來香：齊歌悅耳，魯酒飄香，席間大家喝著美酒唱著歌，賓主盡歡。齊謳，就是齊國的音樂和歌舞。許慎在《說文解字》中寫道：「謳，齊歌也。」早在春秋時期，齊謳就和楚舞、秦箏一起，是馳譽諸侯國的著名音樂了。孔子在齊國聽到的那個讓他「三月不知肉味」的《韶》樂，其實就是齊謳。

到了唐朝，齊謳還是穩居流行歌曲排行榜之上，多位詩人對其讚不絕口。李白寫道「清管隨齊謳」、「微聲列齊謳」，師僧皎然讚「齊謳世稱絕」。侯希逸身爲淄青節度使，駐節齊魯之地，當然要盡地主之誼，用最好的齊謳爲魯炅餞行了。

魯酒，泛指產於山東的美酒。孔子就喝過魯酒，而且他喝魯酒還特別講究，在《論語．鄉黨》中他說「沽酒市脯不食」，意思是說從市場上隨便買來的酒和肉，他是不吃的。他老人家，只喝精心釀造的魯酒。

史上的魯酒，曾以「魯酒薄」而著稱，即以酒精度數低而著稱。

魯酒一直到了唐朝，才因爲李白，而名聲大振。李白當年遊歷山東，免費的魯酒肯定喝了不少，吃人家的嘴軟嘛，所以在詩中一個勁兒地誇讚魯酒的妙處：「魯酒若琥珀」、「魯酒不可醉」、「魯酒白玉壺」、「閒傾魯壺酒」。特別是那首「蘭陵美酒鬱金香，玉碗盛來琥珀光」，更是催生了魯酒中的第一品牌——蘭陵酒。在韓翃參加的餞行宴上，招待音樂是齊謳，招待用酒是魯酒，都是本地最好而且馳名全國的土特產啊。話說侯希逸爲了給魯炅餞行，也是蠻拚的。

醉後著鞭去，梅山道路長：客人回鄭州的道路還很長，趁著酒醉飯飽，快馬加鞭而去。

〈魯中送魯使君歸鄭州〉，只是韓翃一百三十七首送別詩中的一首。韓翃在唐朝詩人中，有「送別詩之王」之美稱。原因是他流傳到今天的詩，只有一百六十五首，居然就有一百三十七首是送別詩，占比高達八成三！別的詩人自然也送別，但沒有到韓翃這個樣子，不是在送別就是在送別的路上的。

韓翃在唐朝詩人中，還有「點將錄」、「點鬼簿」之美稱。主要是因爲他在詩中大量使用人名，活的點將，死的點鬼，堆砌極多，有的甚至達到了不堪入目的地步。

這首〈魯中送魯使君歸鄭州〉還算好的，

但活的他就點了「魯使君」，死的他就點了「沈東陽」。比這搞得還要過分的有：「差肩何記室，攜手李將軍」、「御史王元貺，郎官顧彥先」，「中丞達沈約，才子送丘遲」、「僕射臨戎謝安石，大夫持憲杜延年」。不再一一列舉了，大家有興趣可以到他的詩中去找，一百六十五首詩中如果找到一百一十個人名，那就對了。

貴人相助，一躍爲天子近臣

寫下〈魯中送魯使君歸鄭州〉之時，送客的韓翃，被送的魯炅，可都是有故事的男人。先說故事短的魯炅。就在這次餞行之後的十月，魯炅就跟朔方節度使郭子儀、河東節度使李光弼等九位節度使，一起踏上了史稱「九節度使圍相州」的平叛戰場。此役，魯炅的戰場分工是「分界知東面之北」。也就是說，魯炅負責進攻相州（河南安陽）的東北方向。從地圖上看，魯炅軍隊的駐紮位置，跟自己轄區相距遙遠。反而在他的背後，距離最近的，就是淄青節度使侯希逸的轄區。而且，侯希逸並沒有接到圍攻相州的命令。

雖然並沒有找到直接的史料來證明，但我可以猜測，在乾元元年（西元七五八年）九月的寒露前後，鄭、陳、潁、亳等州節度使魯炅不辭辛苦，在大戰前夕非要來曲阜一趟，絕不是爲了遊山玩水。他此行找淄青節度使侯希逸只有一件事：請求侯希逸在戰役打響之後，以自己轄區的糧草，就近保障自己的後勤軍需，以確保自己軍隊的戰鬥力。戰後魯炅再予以奉還或加倍奉還云云。

而從韓翃〈魯中送魯使君歸鄭州〉中大家喝著美酒唱著歌來看，雙方談得很好，一切的一切，都妥妥的。魯炅有所求而來，有所得而去。然而戰事卻不順利。包括魯炅在內的九節度使，號稱六十萬人包圍一座孤城，居然在第二年六月初六就失敗了，魯炅還負了傷，「王師不利，炅中流矢奔退」。九節度使的軍隊一路逃命，丟光了補給，「所過虜掠，炅兵士剽奪尤甚，人因驚怨。」

五天之後，魯炅率殘部逃到新鄭，聽說郭子儀和李光弼雖敗不亂，所部全身而退之時，害怕朝廷追究自己潰不成軍、搶掠害民的責任，於是「炅憂懼，仰藥而卒」。

寫到這裡，不禁要爲魯炅點個讚。「安史之亂」爆發之後，擁兵自重、不知朝廷爲何物的驕兵悍將，不知凡幾。魯炅居然在兵敗之後，知道羞恥，知道害怕，以至於自盡謝罪，相當不易了。所以《舊唐書》誇他：「料敵雖非其良將，事君不失為忠臣。」

再說故事長的韓翃。韓翃雖然在《舊唐書》、《新唐書》中並無傳記，史料缺乏，但散見於《本事詩》、《唐才子傳》、《太平廣記》中的記錄表明，他的生平至少有三個故事頗爲傳奇，值得一提。即早年的「李白同事」、中年的「娶妻奇緣」、晚年的「升官奇遇」。

韓翃大約出生於開元七年（西元七一九年），於天寶十三年（西元七五四年）進士及第。在這前後，他榮幸地進入了翰林院，成爲翰林待詔，也與著名的李白成爲了同事。

韋執誼《翰林院故事》記載：「至二十六年始以翰林供奉改稱學士，由是遂建學士院……其外有韓翃、閻伯嶼、孟匡朝、陳兼、李白、蔣鎮在舊翰林院中。」

可見，韓翃與李白不僅是同事，而且共事的時間，還比較長。大約就在跟李白同事的時候，韓翃還經歷了一段「娶妻奇緣」。韓翃的這段奇緣，在《太平廣記．柳氏傳》和《本事詩．情感》中均有大同小異的記載：

天寶中，昌黎韓翃有詩名……有李生者，與翃友善，家累千金，負氣愛才，其幸姬曰柳氏，豔絕一時，喜談謔善謳詠，李生居之別第，與翃為宴歌之地，而館翃於其側。翃素知名，其所問，皆當世之彥，柳氏自門窺之，謂其侍者曰：「韓夫子豈長貧賤者乎！」遂屬意焉。李生素重翃……乃具膳請翃飲，酒酣，李生曰：「柳夫人容色非常，韓秀才文章特異，欲以柳薦枕於韓君，可乎？」翃驚栗避席曰：「蒙君之恩，解衣輟食久之，豈宜奪所愛乎？」李堅請之……翃仰柳氏之色，柳氏慕翃之才，兩情皆獲，喜可知也。

這一段記錄表明，當時還處在貧困之中的韓翃，白撿了一個「豔絕一時」的柳氏作爲妻子。表面看，韓柳二人可算郎才女貌，奇緣一段；實際上則不用說得那麼傳奇，記錄上寫得清楚，柳氏原來是李生的女人，是李生「居之別第」的「別宅婦」。所謂「別宅婦」，是指唐朝男人養在別處的、不合法的，瞞著妻妾的情婦。有人說，這就不對了啊，唐朝的男人們不是幸福地享受著一夫一妻多妾制嗎？看到中意的，娶回家不就完了？

唐朝男人們娶妾合法，這當然是眞的，可是唐朝女人們的地位很高，

悍婦妒婦也很多，所以問題就不再是他們能不能娶，而是敢不敢娶。這才有了「別宅婦」。可妻合法，妾合法，「別宅婦」不合法。唐玄宗就曾分別在開元三年和開元五年兩次下詔，要求禁絕「別宅婦」。

柳氏跟著李生再怎麼折騰，李生也不可能給她未來的。在這種情況下，韓翃才進入了柳氏的視野。關鍵是李生也樂意。對於朝廷皇帝而言，柳氏本就不合法；對於家裡悍婦而言，柳氏「別宅婦」地位更是沒有轉正的可能。把她嫁給韓翃，給她一個未來，一別兩寬，各生歡喜，正是最好的結果。

韓翃與柳氏洞房花燭之後不久，就離開留在長安的柳氏，去了淄青節度使侯希逸的幕府。在他寫下〈魯中送魯使君歸鄭州〉之時，他倆過的仍然是兩地分居的生活。

一連幾年沒見柳氏的韓翃，從曲阜寄來一封信：「章台柳，章台柳，往日青青今在否？縱使長條似舊垂，亦應攀折他人手。」這封信的意思，一是表達韓翃的關心，問柳氏安好，二是表達韓翃的擔心，怕柳氏在長安不安分，「攀折他人手」，另外嫁了人。

作爲大詩人的女人，柳氏的才華當然也不是蓋的，她回信道：「楊柳枝，芳菲節，可恨年年贈離別。一葉隨風忽報秋，縱使君來豈堪折？」我還好，就是想你想得有點憔悴，目前還沒怎麼樣，放心。

可等到韓翃於永泰元年（西元七六五年）跟隨侯希逸再回長安時，長時間獨居無助、又「豔絕一時」的柳氏，終於被朝廷寵信的番將沙吒利強搶爲婦。當然，柳氏本人，一開始是拒絕的。

韓翃得知此事，束手無策，鬱悶之極。一日在酒宴之上跟幕府的同事們說了，當時就有虞候許俊站出來打抱不平。他拿著韓翃的字據，騎一馬牽一馬，直入沙府，聲稱：「沙吒利墜馬，垂危，命柳夫人到！」見到柳氏即出示字據，一擁上馬，絕塵而去。很快，許俊就護送柳氏來到韓翃面前，說：「幸不辱命！」一座皆驚。

爲避免沙吒利報復，韓翃、許俊等人馬上將此事告知了當時也在長安的侯希逸。侯希逸倒也有擔當，立即代部下出頭，奏明皇帝。唐代宗倒也不糊塗，御批：「賜沙吒利絹兩千匹，柳歸韓翃。」韓柳二人，就此破鏡重圓，再鑄傳奇，從此過上了兩相廝守的日子。

妻子是搶回來了，可韓翃的官運，卻一直不濟。侯希逸死後，他先後入汴宋節度使田神功、田神玉幕府，直到建中元年（西元七八〇年）左右，已經年過六十的韓翃，還在河南開封，擔任新任汴宋節度使李勉的幕僚。不出意外的話，韓翃大概就會屈處小吏，潦倒一生了。

但是，一天半夜，韓翃在幕府的好友韋巡官突然來訪，見面就祝賀韓翃說：「你已被任命爲駕部郎中，知制誥。」駕部郎中，從五品上的級別，就是兵部駕部司司長，「掌邦國輿輦、車乘、傳驛、廄牧、官私馬牛雜畜簿籍」，也就是個帝國中級官員吧。六十多歲的人了，才到中央混個中級官員，固然是提拔重用，卻並不能算很大的喜事。

眞正的喜事，在於後面那三個字兒：「知制誥。」這三個字的意思是，「起草聖旨」，「知制誥」三個字兒的含金量，就在這裡。帶有這三個字兒的官員，其主要職責就是陪在皇帝身邊，幫皇帝起草聖旨。唐朝多少位極人臣的宰相，都是由這三個字兒起步的。

韓翃一個身在地方的節度使幕僚，朝中也無貴人相助，怎麼可能天上掉這麼大個餡餅兒，還正好砸中了他？所以，韓翃的第一反應是：「必無此事，定誤矣。」

可韓翃就是運氣來了，朝中還眞有貴人相助，這個貴人還貴得不行、貴到了極點。這個貴人不是別人，就是當今皇帝唐德宗。事情原委是這樣的：

當時中書省報告說制誥缺人，兩次呈報擬定人選給唐德宗，唐德宗就是不表態，「御筆不點出。又請之，且求聖旨所與，德宗批曰：『與韓翃』。」中書省這下犯了難，因爲當時有兩個韓翃，另一個時任江淮刺史。於是，就把兩個韓翃都報了上去。

這一次，唐德宗「御筆復批曰：『春城無處不飛花，寒食東風御柳斜。日暮漢宮傳蠟燭，輕煙散入五侯家。與此韓翃。』」唐德宗背下來並且寫下來的這首詩，正是韓翃早年所寫的〈寒食〉詩。

有才眞是好啊。韓翃有此「升官奇遇」，一躍成爲天子近臣，中樞要員。可惜的是，幸運來得稍晚了一些，韓翃才子此時已經老了。他調到中央之後，雖然升官爲中書舍人，卻未到宰相之位，就於貞元四年（西元七八八年）去世了。惜哉，惜哉。

一杯正宗的菊花酒，便是人生至樂

「秋分後十五日，斗指辛，為寒露。言露冷而將欲凝結也。」《月令七十二候集解》載：

「九月節，露氣寒冷，將凝結也。」

白露和寒露，都是露，都是二十四節氣中的秋季節氣。可是，此「露」不同彼「露」。白露的露珠，透明晶瑩；寒露的露珠，寒光四射。寒露節氣的露水比白露節氣的寒冷，通常會凝結成霜。

白露時節，天氣轉涼，開始出現露水；到了寒露時節，則露水增多，而且氣溫更低，此時有些地區會出現霜凍。中國有民諺說，「白露身不露，寒露腳不露」。意思是說：白露節氣一過，穿衣服就不能再赤身露體了，而寒露節氣一過，就要注意足部保暖了。

一言以概之，白露節氣，是炎熱轉向涼爽的標誌；寒露節氣，則是涼爽轉向寒冷的標誌。

寒露時節，就物候而言，有三樣好東西：菊花、紅葉、螃蟹。作爲寒露節氣三大物候之一的菊花，此時已普遍盛開，正是觀賞的最佳時節。詩人杜牧應該也是在寒露節氣的前後，出來秋遊過的。其名句「停車坐愛楓林晚，霜葉紅於二月花」，寫的就是寒露節氣時的紅葉。漫山遍野的紅葉，才是寒露節氣的正確打開姿勢。

「秋風響，蟹腳癢。」從寒露節氣開始，螃蟹就開始大量爬上吃貨的餐桌。秋遊之際，賞完菊花，觀完紅葉，停車坐下，持螯飲酒，正是一大樂趣。持螯之際，如果還能夠斟滿一杯正宗的菊花酒，更是人生至樂。

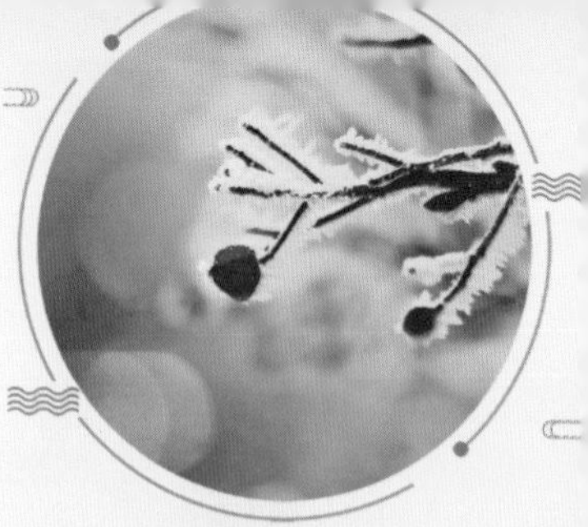

霜降

謫居

面瘦頭斑四十四，遠謫江州為郡吏。
逢時棄置從不才，未老衰羸為何事。
火燒寒澗松為燼，霜降春林花委地。
遭時榮悴一時間，豈是昭昭上天意。

一時遭到貶謫，只是小人陷害的結果

唐元和十年（西元八一五年）霜降節氣之後，從長安出發的白居易，出藍田、過襄陽、乘船經鄂州，抵達了自己的貶謫目的地，距離長安一千四百七十四里的江州（江西九江）。

此前的六月，他上書諫爭，不料平白遭人誣陷，八月貶爲刺史，旋即追貶爲江州司馬，由太子左贊善大夫這樣的正五品京官，被貶爲江州司馬這樣從五品下的地方官員，白居易所遭受的打擊，可想而知。

千里跋涉到達江州後，鬱悶心情尚未平復的白居易，攬鏡自照，顧影自憐，寫下這首〈謫居〉。

面瘦頭斑四十四，遠謫江州為郡吏：在面容消瘦頭髮花白的四十四歲年紀，我被貶到千里之外的江州擔任司馬一職。

逢時棄置從不才，未老衰羸為何事：自己生逢盛世卻被棄置不用是因爲自己沒有才能，但身體上的未老先衰卻不知原因。

不得不指出，「逢時棄置從不才」這一句，白居易既是自謙，也頗有牢騷之意。

火燒寒澗松為燼，霜降春林花委地：野火在寒澗中蔓延，松樹被焚爲灰燼；霜降時節的嚴霜突襲春林，花兒受到意外摧殘，凋零於地。

遭時榮悴一時間，豈是昭昭上天意：自己一時遭到貶謫，只是小人陷害的結果，絕不會是聖明之君的本意。

不得不再次指出，這最後一句，白居易完全是在自我安慰。

事實上，作爲宦海沉浮多年的人，白居易怎麼可能不明白帝國官場皇權至上的運行規則？更何況，唐憲宗並非容易被人蒙蔽的英主，元和前期也正是他剛明果斷的時候。包括白居易本人在內，完全可以作出這樣的判斷：他此次被人誣陷的冤案，不管是出自哪個小人的創意，不經過所謂「聖明之君」唐憲宗的點頭，是絕對無人可以撼動官居五品的白居易的。

白居易此次貶謫江州的具體原因，則源於今年六月初三日帝國宰相武元衡被刺身死這一件震驚朝野的大事：「盜殺宰相武元衡，居易首上疏論其冤，急請捕賊，以雪國恥。宰相以宮官

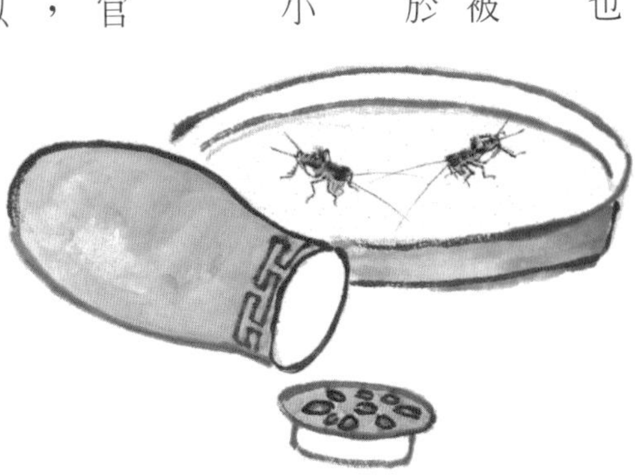

非諫職，不當先諫官言事。會有素惡居易者，掎摭居易，言浮華無行，其母因看花墮井而死，而居易作〈賞花〉及〈新井〉詩，甚傷名教，不宜寘彼周行。執政方惡其言事，奏貶為江表刺史。詔出，中書舍人王涯上疏論之，言居易所犯狀跡，不宜治郡，追詔授江州司馬。」

之所以原文照抄《舊唐書》這段話，主要是因爲它詳盡說明了白居易被貶江州的兩個原因：第一個原因，是「以宮官非諫職，不當先諫官言事」。白居易當時的官職，是隸屬於東宮左春坊的左贊善大夫。這一職務，是屬於東宮的官職，是謂「宮官」。政敵攻擊白居易的理由是，東宮的「宮官」不是朝廷的御史、拾遺、補闕這樣的諫官，從崗位職責上講不是負有言責的第一責任人，不應該先於諫官對國家大事發表意見。什麼叫不講理？這就叫不講理。

首先，左贊善大夫的職責「掌傳令，諷過失，贊禮儀，以經教授諸郡王」中，本就有「諷過失」這一條。雖然按照規定，其「諷過失」的主要對象應是東宮皇太子，但唐朝沒有任何一條官方律令明文禁止東宮官員針對東宮以外的國家大事發表意見。事實上，唐史上東宮官員就國家大事發表意見的例子，屢見不鮮。

其次，和東宮官員一樣隸屬於朝廷職官體系，但同樣不負有言責的官員，還有司天監、尚藥局侍御、內府令等眾多官員。這些官員在史上就國家大事發表意見、勸諫皇帝的，也不在少數。

再次，自古英主，從來都是千方百計地廣開言路、暢通言路的，而用這樣無厘頭的理由堵塞言路的，則聞所未聞。唐憲宗李純聽任這樣不講理的搞法，與自己那個堅持「兼聽則明、偏信則暗」的祖爺爺唐太宗李世民，簡直是雲泥之別。由此，唐憲宗搞起來的那個所謂「元和中興」，也就十分可笑了。

白居易被貶江州的第二個原因，是「其母因看花墮井而死，而居易作〈賞花〉及〈新井〉詩，甚傷名教」。什麼叫不厚道？這就叫不厚道。利用母喪攻擊白居易的，主要是中書舍人王涯。這個王涯，也是白居易當年在翰林院的老同事。白居易後來寫詩回憶「同時六學士」，指的就是他、王涯、李程、裴垍、李絳、崔群這六個翰林學士。

可就是這位知根知底的老同事，不僅拿同事母親死因這樣的傷心事來傷害人，還拿白居易從來沒有寫過的詩來誣陷他「甚傷名教」，導致他一貶刺史再貶司馬。

拿這種牽強的個人私事，在關鍵時刻捅老同事一刀，王涯這事兒幹得相當下作。那麼，王涯爲什麼這麼做？

事情明擺著，當年大家一起成爲翰林學士，本是齊頭並進，但白居易卻因丁母憂而守制三年，王涯這才就任中書舍人，取得先發優勢。如今白居易復出就任左贊善大夫，雖是閒職，但以他之文才和能力，很難說不會後來居上，再次搶前爭先，從而成爲自己將來拜相的競爭對手。

可是王涯知道，自己明顯不如他。現在白居易被宰相攻擊，正是天賜良機，自己何不落井下石，再加一把火，讓他當不成一把手刺史而只能當上司馬這樣的郡吏，增加他

以後東山再起的難度？

小心眼的王涯，如意算盤打得啪啪響，事實也正如他所願：他果然於元和十一年（西元八一六年）就先於白居易拜相了，而被他成功誣陷的白居易，此生壓根兒就沒有拜過相！非常完美。

這就是王涯高明的地方，平時稱兄道弟、喝酒快活，同時暗地裡搜集證據，隱而不發；到了關鍵時刻，就拔出一直在身後藏著的刀來，妒賢嫉能，陰狠下作，一擊而中。

試想，如果不是白居易至友，怎麼可能知道白居易母親的確切死因？還有，就算白居易真的全無心肝在守喪期寫過〈賞花〉及〈新井〉詩，王涯又是怎麼在傳播手段有限的時代裡及時準確地知道的？

王涯如此妒賢嫉能、陰狠下作，只有兩點很意外：一是他沒有想到史筆如刀，自己幹的下作事，在正史上被明文記錄，永遠地刻在了恥辱柱上；二是在太和九年（西元八三五年）十一月二十一日的「甘露之變」中，時任堂堂宰相的王涯，竟然被殺紅了眼的宦官爪牙們，腰斬於城西南隅柳樹下，其全家也遭遇滅門慘禍。

王涯如此下場，可與白居易沒有半毛的關係，此後白居易並沒有謀求報復這個小人。小人腰斬兩段、鮮血淋漓之時，白居易正在距離長安四百多公里的東都洛陽，喝酒快活呢。

江州：白居易的人生轉折之地

貶謫江州，是白居易一生的分水嶺。江州，今天是江西省九江市，左倚廬山，右襟長江，是風景秀麗的旅遊勝地；但在唐朝，江州隸屬於江南西道，雖然地處交通要道，人口也頗稠密，卻並不爲北方人白居易所喜歡。

在白居易眼中，濕熱多雨的江州，完全就是「卑濕」的「炎瘴地」和「瘴鄉」。「瘴鄉得老猶為幸」、「炎瘴九江邊」、「共嗟炎瘴地」、「住近湓江地低濕」，這樣的惡劣環境，無疑加重了白居易的鬱悶心情。

還好，時間是最好的解藥。從元和十年（西元八一五年）霜降節氣之後來到江州，直到元和十四年（西元八一九年）改任忠州刺史，白居易用了整整三年多的時間，終於走了出來。

就是在江州，白居易從被誣陷的淤泥中站起，擦乾了眼中的淚水，掃除了心靈的陰霾，調整了自己的人生目標，改變了自己的人生理想，徹底完成了自己的人生蛻變。

江州，是白居易的人生轉折之地。來到江州之前，白居易的仕途，可謂春風得意，順風順水。

貞元十六年（西元八〇〇年），二十九歲的白居易進士及第，「慈恩塔下題名處，十七人中最少年」。十八年冬又應書判拔萃科，得授秘書省校書郎，元和元年（公元八〇六年）再應「才識兼茂明於體用科」，授盩厔尉。二年秋調回長

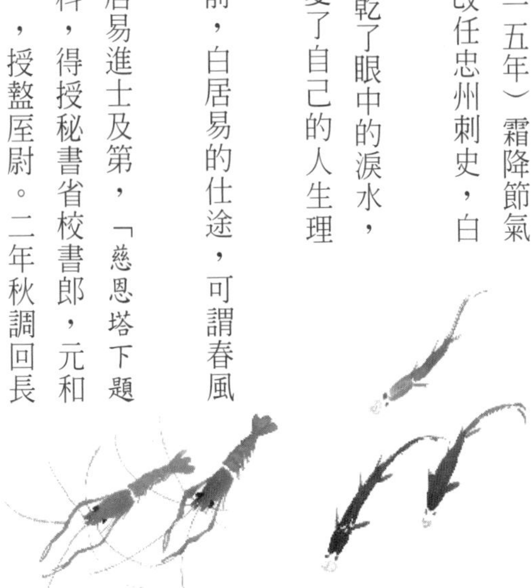

安任集賢殿校理，十一月授翰林學士，三年任左拾遺。「十年之間，三登科第，名入眾耳，跡升清貴」，白居易後來得意地如是回憶。

這個時候的白居易，以爲自己報答皇帝和朝廷的方式，就是多參政、多議政，爲國家大事提供更多的參考意見。「是時，皇帝初即位，宰府有正人，屢降璽書，訪人急病。僕當此日，擢在翰林。身是諫官，月請諫紙。」

白居易先後寫了〈論王鍔欲除官事宜狀〉、〈論裴均進奉銀器狀〉、〈論承璀職名狀〉等諫章，把藩鎮、宰相、宦官都得罪個遍；在〈論承璀職名狀〉中更是直接質問唐憲宗：「陛下忍令後代相傳，云以中官為制將、都統，自陛下始？」惹得唐憲宗大發雷霆：「是子我自拔擢，乃敢爾，我叵堪此，必斥之。」

白居易眞是太天眞，正當他春風得意，逮誰滅誰的時候，母親去世中止了他惹毛朝廷內外所有政治勢力的進程。包括唐憲宗在內的所有人，都鬆了一口氣：這個愣頭青，至少可以消停三年了。

白居易丁憂歸來，重新授職爲隸屬於東宮系統的太子左贊善大夫。這個任命本身就已經是一個信號，一個讓他老實待著不要多嘴的信號。可人家白居易雖然丁憂三年、「歸來仍是少年」，終於在武元衡被刺身亡這件大事上，再次沒有管住自己的嘴，命運就此轉折，被貶江州。

江州，是白居易的心態轉化之地。被貶江州之前，白居易是「兼濟天下」的心態；貶謫江州之後，白居易轉化成了「獨善其身」的心態。關鍵在於，在那個時代，白居易應該怎麼做，才能做到既安身立命，又獨善其身？直接辭職歸隱？不妥。一是從此沒有了經濟來源，畢竟他也是人，他也要吃喝拉撒，也有一大家子要養活；二是容易觸怒皇帝，甚至招致殺身之禍。在君主專制時代，要麼不講姿勢地諂媚，要麼姿勢正確地讚美。任何遠離或者不合作行爲，都有可能會被視爲反叛而遭到鎮壓。

隱士當不成，農民也當不成。考慮到當一個農民的技術難度和體力難度，白居易覺得自己還是應該繼續混官場。鑒於此前自己「兼濟天下」的官場混法已經失敗，白居易決定另外發明一種「獨善其身」的官場混法。

正是在江州，江州司馬這一職務，給了白居易此生最爲重要的啓發。首先，江州司馬這一職務，沒什麼正經工作內容。對此，白居易認識得很清楚，他在〈江州司馬記〉中說：「司馬之事盡去，唯員與俸在」、「州民康，非司馬功；郡政壞，非司馬罪。無言責，無事憂。」

其次，江州司馬的工資還挺高：「上州司馬，秩五品，歲數百廩石，月俸六七萬。官足以庇身，食足以給家。」

受此啓發，白居易發明了「獨善其身」官場混法第一版「吏隱」：「苟有志於吏隱者，舍此官何求焉？」是的，江州司馬這樣的官兒，正是白居易想要的：有官無職責任輕，數錢數到手抽筋。

當然，「吏隱」作爲「獨善其身」官場混法的一點零版，還是略有一點點美中不足。爲什麼呢？類似江州司馬這樣的吏，職務和級別太低，畢竟還是一個聽別人吆喝的小角色。起碼還要點卯出勤，有些工作被刺史大人吩咐下來，不幹還是不行哪。

要是能夠升個級，搞個「獨善其身」官場混法的二點零版就好了。最好，級別要高一點，起碼要正四品以上；不用每天上班點卯出勤，隔幾天去一下就行了；工作內容也不用太複雜，僅限於禮儀性質即可；最重要的是，工資比現在再多一些才好。

他想得可是眞美。那麼，在帝國政壇中，有沒有這樣的好位子呢？白居易展開了搜尋的目光。突然，白居易眼前一亮：「大隱住朝市，小隱入丘樊。丘樊太冷落，朝市太囂喧。不如作中隱，隱在留司官。似出復似處，非忙亦非閒。不勞心與力，又免饑與寒。終歲無公事，隨月有俸錢。」

由此，「獨善其身」官場混法一點零版「吏隱」，升級爲二點零版「中隱」——「隱在留司官」。所謂「留司官」，是指唐朝設在東都洛陽的一套中央職官體系。其主要職能，就是爲皇帝巡幸東都提供服務。而在皇帝長期不到東都的時期，「留司官」也必須常設。時間一長，就形成大唐帝國級別高、工資高、基本沒事幹的東都「留司官」體系。

心態改變之後，目標確定之後，剩下的就是付諸實施了。正是在江州司馬任上的元和十三年（西元八一八年），白居易剛剛四十七歲時，就已經決定，最晚到五十歲，他就要過上「中隱」的「留司官」生活。「三十氣太壯，胸中多是非。六十身太老，四體不支持。四十至五十，正是退閒時。」

白居易說到做到。在長慶二年（西元八二二年）五十一歲時，他正擔任中書舍人一職，在距離宰相只有一步之遙的時刻，突然自求外任，去杭州當刺史。然後在長慶四年（西元八二四年）五月，如願以償當上了「太子左庶子分司東都」這樣的留司官。這一年，他年僅五十三歲。

從此直到以七十五歲高齡辭世，除了短暫出任蘇州刺史去過蘇州、出任秘書監去過長安以外，白居易一直貓在洛陽沒有挪窩，安安穩穩、快快活活地「中隱」了二十多年。

這期間，長安官場上「牛李黨爭」爭得頭破血流也好，「甘露之變」殺得血流成河也好，朋友同事出將入相也好，小人王涯身首異處也好，都跟心態良好的白居易沒關係了。

心態一變天地寬。江州，是白居易的詩風轉變之地。白居易的一生，留下了兩千九百一十六首詩。而從一開始，他寫詩，就是有目的的，可不僅僅是爲了玩樂和消遣。他的目的，在〈與元九書〉中說得明白：「故僕志在兼濟，行在獨善，奉而始終之則為道，言而發明之則為詩。謂之諷喻詩，兼濟之志也；謂之閒適詩，獨善之義也。」

看看，他寫個詩，都跟「兼濟」和「獨善」有關。貶謫江州之前，白居易正處於政治上積極進取、有所作爲的時期，所以這一時期他主要在寫「兼濟」的「諷喻詩」，追求的是以激越耿直的文字，針砭時弊，點評時政。〈賣炭翁〉就是這一時期的名篇。

貶謫江州之後，白居易的心態，由「兼濟」轉化為「獨善」，詩風也由「諷喻詩」轉變為「感傷詩」和「閒適詩」。這首〈謫居〉，就是一首典型的「感傷詩」，也是白居易詩風轉變的一個典型標誌。

終白居易一生，只創作了一百七十三首諷喻詩，而且基本集中在政壇生涯的前期；但他一生卻創作了兩百一十五首「感傷詩」和兩百一十六首「閒適詩」。

而在江州，白居易創作的兩百八十八首詩中，諷喻詩陡降至十六首，感傷詩和閒適詩卻大幅增加，達到了九十二首。後者與前者相比，差距有五倍之多。從此以後，在白居易的筆下，山入詩，水也入詩，酒入詩，肉也入詩。白居易硬是把詩歌創作活生生地從陽春白雪，直接降到了雞毛蒜皮。

後世有人攻擊他的詩過俗，不無道理。可是，不是雅的白居易玩不來，而是一雅就得牽涉政治，就得事關諷喻，白居易覺得不好玩兒、不便玩兒，乾脆就不玩了。

趁天未寒，人未老，出去轉一轉

霜降，是秋季到冬季的過渡節氣，也是一個反映物候變化的節氣，表示天氣漸冷、開始降霜。《月令七十二候集解》載：「九月中，氣肅而凝，露結為霜矣」；《二十四節氣解》載：「氣肅而霜降，陰始凝也。」

霜降時節，夜晚的地面上散熱很多，溫度驟然下降到攝氏零度以下。空氣中的水蒸氣在地面或植物上直接凝結形成細微的冰針，有的成爲六角形的霜花，色白且結構疏鬆，這就是「霜」。

俗話說「霜降殺百草」，意思是被嚴霜打過的植物，是沒有生機的，是即將枯萎的。事實上，如果初霜時間過早，對不耐寒的作物後期生長和成熟的影響的確很大。一旦由於氣溫較低而造成霜凍，尚未成熟的秋收作物和未及收穫的露地蔬菜，將受到損失。

動物對於霜降的典型反應，則是冬眠。霜降之後，蟲類全部藏進洞中，不動不食，進入冬眠狀態。

雖然霜和霜凍形影相連，危害莊稼的卻是「凍」，而不是「霜」。霜打的茄子蔫了，可有的水果和蔬菜，經過霜打之後，卻變得更加香甜可口，比如蘿蔔，還有柿子。柿子一般在霜降前後成熟。此時的柿子，皮薄肉厚，正當鮮美。板栗也是這個時候健脾養胃的應季食物。

霜降時節，紅葉更加爛漫。大片大片的樹林，在經過秋霜的「親吻」之後，開始漫山遍野地變成紅色、黃色，成就秋日最美麗的畫卷。這是這一年的秋天，帶給人們的最後一個驚喜。

強烈建議，趁著天未寒、人未老，出去轉一轉，「看萬山紅遍，層林盡染」，感受一下「萬類霜天競自由」。

立冬

立冬日

己亥殘秋報立冬，新新舊舊迭相逢。
定知天上漫漫雪，又下人間疊疊峰。
無意自然成造化，有形爭得出陶鎔。
夜來西北風聲惡，拗折亭前一樹松。

秋之後，就是立冬節氣

北宋宣和元年（西元一一一九年）立冬當天，荊南宜都（湖北宜都）風雪大作。

以「觀文殿大學士、通奉大夫、提舉西京嵩山崇福宮、清河郡開國公」榮銜退居在家，這年已經七十七歲高齡的張商英，早上一起床就發現，自己府中涼亭前的一棵松樹，竟然被風吹斷了。他立刻覺得這個立冬節氣不尋常，感慨地寫下了上面這首〈立冬日〉。

> 己亥殘秋報立冬，新新舊舊迭相逢：今年的殘秋之後，就是立冬節氣，新舊節氣疊加著，相繼到來。

「己亥」二字，是這首〈立冬日〉的寫作年分依據所在。張商英一生，也跟大多數人一樣經歷了兩個「己亥」年。

張商英所經歷的第一個「己亥」年，是六十年前的一〇五九年。當時他才十七歲，還在跟

隨自己的哥哥張唐英讀書。未入社會、未歷宦海的一個稚子，是寫不出〈立冬日〉這首詩中的淡定從容和人生哲理的。所以，〈立冬日〉是張商英在自己人生中的第二個「己亥」年，也就是一一一九年，寫出來的。

定知天上漫漫雪，又下人間疊疊峰：立冬這天下起了雪，這下漫天飛舞的雪花，又要裝扮人間層層疊疊的山峰了。

無意自然成造化，有形爭得出陶鎔：由自然界天然創造的雪花，降落人間，形成了一個個白色的山峰，宛如陶鑄熔煉而成。

夜來西北風聲惡，拗折亭前一樹松：昨夜西北風呼嘯了一夜，又猛又烈，把涼亭前的一棵松樹吹斷了。

張商英，字天覺，號無盡居士。作爲北宋著名的賢相之一，世人也稱他爲「張無盡」、「無盡丞相」。

還在張商英生前，他的門生唐庚就曾給他一信：「某既至瀘南，瀘南邊人知某為門下客也，爭持酒肉相勞，且問相公起居狀。某具言相公年七十餘，精力如四、五十人，鬚髮烏光，無一莖白者。今雖翹然，獨與道遊，而願力深重，不忘利物之心。父老聞此，悉以手加額，至於感慨流涕。」張商英是四川新津人，年輕時曾在家鄉爲官，二十九歲官至南川（重慶南川）

知縣。南川與瀘南相距並不甚遠，可能當年張商英曾因公到過瀘南，所以瀘南父老見過他年輕時的樣子。加之他在地方爲官時頗有愛民之舉，是以到了他七十多歲時，仍有瀘南百姓詢問起居、轉致問候之榮。

張商英後來拜相時，有記錄說，「四海歡呼，善類增氣」，「於是天下殷然知有張公矣」。他的文才，更是名震敵國、名動後世。他曾有文集百卷，惜已散佚大半；《全宋詩》收錄有他的一百零二首詩，這首〈立冬日〉卻不在其中，而是收錄於宋人蒲積中編輯的《古今歲時雜詠》一書。

他的另一個著名之處，在於他的書法，尤善草書。清朝的《御定佩文齋書畫譜．目錄》認爲他的書法在宋朝可與米芾齊名，可見其水準非同凡響。

張商英還有一個著名之處，即他一生信佛，甚至佞佛，被稱爲「北宋佛教最得力的外護居士」，還被稱爲「護法丞相」。他名字中的「無盡」二字，就因爲他「平生學浮屠法，自號無盡居士」而來。今天的五臺山成爲佛教名山、旅遊勝地，最應該感謝的人就是他。他應五臺山僧眾要求而撰寫的〈續清涼傳〉，實際上就是五臺山的旅遊廣告軟文。該書詳細記載了他本人在五臺山見到的靈應聖跡，從此吸引了大批欲見靈應聖跡的官員及百姓上山，一舉旺盛了五臺山的香火，直至今天。

關於張商英的綜合評價，當然還是大宋王朝的結論最爲權威。還在北宋末期的靖康元年（西元一一二六年）二月，張商英逝世五年後，宋欽宗「詔三省樞密院盡遵復祖宗法，而近世名臣，未有褒錄，何以示朕意？司馬光、范仲淹可贈太師，張商英可贈太保」。

在宋欽宗眼中，張商英是與司馬光、范仲淹齊名的「近世名臣」，風頭甚至蓋過了韓琦、歐陽修。直到南宋紹興十四年（西元一一四四年），張商英逝世二十多年後，宋高宗還鄭重其事地追諡他爲「文忠」，作爲大宋王朝對於張商英的蓋棺定論。

一力打造北宋王朝最後一抹亮色

張商英是信佛的人。在他內心之中，對於「夜來西北風聲惡，拗折亭前一樹松」的解讀，一定比我們複雜得多。而「風摧樹斷」的暗示，更是激起了他心中此生鼎盛時期已過、自己即將往生的波瀾。事實也確實如此。在寫下〈立冬日〉這首詩的宣和元年（西元一一一九年）立冬節氣，他已七十七歲，距離生命的盡頭，只有兩年了。

張商英，是獨力打造北宋王朝最後一抹亮色的悲情人物，也是親眼目睹北宋王朝背影遠去的最後文人。

張商英出生於慶曆三年（西元一〇四三年）。治平二年（公元一〇六五年）二月，二十三歲時中進士第，得授達州（四川達州）通川縣主簿，不久調任漢州（四川廣漢）洛縣主簿。在這兩個類似副縣長兼辦公室主任的崗位上，張商英一直做到二十五歲，隨後丁父憂離職守制。

張商英在二十六歲時遭遇一生中最大的損失：這一年，他的人生

導師、學業老師兼四哥，已經擔任朝廷殿中侍御史的張唐英，不幸英年早逝，年僅四十三歲。張唐英過世，張商英今後只能靠自己單打獨鬥了，有時候，只怕還得冒著生命危險去拚。他的南川知縣一職，就是他冒著生命危險，深入虎穴招降渝州叛蠻王袞的回報。

這時張商英的主要活動範圍，一直局限於自己的家鄉四川。直到他遇見了另一個姓章的——章惇，一個取代了張唐英，成爲張商英新的人生導師的人。熙寧四年（西元一〇七一年）七月，章惇以夔湖北路察訪使、經制夔州夷事的身分來到四川。章惇後來也是北宋名相之一，其爲人「豪俊，博學善文」。此時正當年少，又貴爲欽差大臣，春風得意之際，對當地官員嬉笑怒罵、牛氣哄哄，「夔之監司、知州被其凌辱，俱不堪。」

被凌辱得沒有辦法的四川當地官員們決定，推出張商英：「有知渝州南川縣事張商英者，其才辯可與章公敵。」在這種情況下，姓張的遇見姓章的第一面就頗具戲劇性：「一日召於末座，商英著道士服來，長揖就坐。惇好大言，商英又為大言以勝之。惇喜，歸朝薦商英於荊公，以中書檢正官召，商英由此進。」一個吹牛的，遇見了另一個更會吹牛的，於是服了，並驚爲天人。經由章惇的推薦，張商英由當時的丞相王安石提拔到京師，任職太子中允、權監察御史裡行，進入了前途無量的清貴言官行列。而經由王安石、章惇引薦進入中央政壇，決定了張商英一生的政治面貌——「新黨」。

在當時，凡是擁護王安石改革主張的，都是「新黨」，又稱爲「元豐黨人」。推薦他的章惇，早已是「新黨」的成員了，而提拔他的王安石，更是「新黨」的黨首。「新黨」代表人物還有呂惠卿、曾布、韓絳等人。

凡是反對王安石改革主張的，都是「舊黨」，又稱爲「元祐黨人」。這些「舊黨」中人，並非我們所想像的守舊人士、迂腐人物，也全是大名鼎鼎的牛人、大咖，不是大牌政治家就是大牌學者：文彥博是四朝宰相，呂公著是著名學者，司馬光是《資治通鑑》的作者，范祖禹是《唐鑑》的作者，程頤是「二程理學」的開創者，至於蘇洵、蘇軾父子和黃庭堅、秦觀就更不用說了。

平心而論，致力於通過變法改變北宋財政「積貧」、軍事「積弱」局面的「新黨」王安石、章惇等人，並非是蓄意更改祖制，禍國殃民、爲非作歹之徒；而反對變法的「舊黨」司馬光、蘇軾等人，也並非是因爲變法觸動了個人私利，而爲了一己之私才反對變法的。

再平心而論，「新黨」王安石一方，在推進變法過程中，確實存在操之過急、用人不當的毛病；「舊黨」司馬光一方，在阻撓變法過程中，也確實存在以偏概全、全盤推翻的毛病。

更要命的是，雙方一開始，還只是「意見之爭」；隨著幾任皇帝、皇太后的態度遊移，搞過幾次你方唱罷我登場之後，「意見之爭」終於無可救藥地演變成了「意氣之爭」。

「意氣之爭」的最大問題在於，絕對地、不加分辨地黨同伐異，於國於民有利的事，可以爲了反對而反對；於國於民不利的事，可以爲了贊成而贊成。

「意氣之爭」的手法，也越來越嚴酷。一黨掌權，就要把另一黨全部趕出中央，還將他們的名字一一刻在石碑上榜示朝堂，不許他們返京，不許他們的子孫入仕做官，等到另一黨掌

權，上述種種，又來一過。幸虧北宋皇帝們殺文官的癮頭兒不大，否則「新黨」「舊黨」的人頭加起來，都不夠砍的。但如此這般地折騰個幾次，北宋的國勢，就沒法不江河日下了。北宋之亡，至少有一半原因，要歸咎於這場持續近百年的「新黨」和「舊黨」之間的黨爭。

熙寧五年（西元一〇七二年），三十歲的張商英，正式加入戰團，進入黨爭漩渦。張商英的選邊、站隊，是「新黨」，就連後來的宋徽宗趙佶都說他「無一日不在章惇處」。所以，他這一生的榮辱，都與「新黨」、章惇息息相關。「新黨」得意時，他調任京師，官至侍郎、尚書；「舊黨」得意時，他被貶謫地方，當個江陵縣稅務所長。

幾經沉浮之後，大觀四年（西元一一一〇年）六月，他才在六十八歲的高齡「除尚書右僕射兼中書侍郎」，實際主持北宋中央政局。此時，王安石死了，司馬光死了，蘇軾死了，章惇也死了。無論「新黨」、「舊黨」，都已成黃土黨。雖然上朝的百官依舊人聲鼎沸，可在張商英看來，偌大的朝堂早已顯得空空蕩蕩，既然都走了，只留下我一個人，那麼就讓我來認認眞眞地爲大宋做點實事吧。

也許是預感到來日無多，從實際主持北宋中央政局的那一天開始，張商英就爭分奪秒地開始了一個人的努力：「於是大革弊事，改京所鑄當十大錢為當三以平泉貨，復轉般倉以罷直達，行鹽鈔法以通商旅，蠲橫斂以寬民力」。同時，他勸宋徽宗趙佶「節華侈，息土木，抑僥倖」。趙佶到底是個花花公子的底子，實在憋不住奢侈之心，又不便過於駁顫巍巍老丞相的面子，於是玩起了小孩子般的捉迷藏遊戲：「帝頗嚴憚之，嘗葺升平樓，戒主者遇張丞相導騎至，必匿匠樓下，過則如初。」君臣之間，竟然如此兒戲。所以，眞要死的人，你攔不住；眞要作死的人，你也攔不住。宋徽宗趙佶就是這樣的人。此時，張商英的人生導師章惇早前說過的那句話應驗了：「端王（趙佶）輕佻，不可以君臨天下」。一年之後，輕佻的宋徽宗趙佶，終於再也不耐煩玩捉迷藏遊戲了，開始了北宋和他自己的作死之旅：貶謫張商英，重新起用蔡京。

政和二年（西元一一一二年），已經七十歲的張商英領崇信軍節度副使職、衡州安置。與此同時，重新上臺的蔡京盡改張商英之政，國事再度輪替。引得一幫太學生們群情激昂，直接上書朝廷，以訴前宰相張商英之冤。但這一切，都已經跟張商英沒有關係。風燭殘年的他，已經竭盡所能，爲大宋盡了自己的最後力量，獨力打造了王朝的最後一抹亮色。宣和三年（西元一一二一年），張商英以七十九歲高齡謝世。並未歸葬蜀地，而是安葬於宜都白羊驛，先葬江邊，後來遷葬附近山中。

張商英離去的這一年，揭竿而起的宋江、方臘正在四出攻略，鬧得海內騷然，而最終要了北宋死命的「海上之盟」也已經達成。北宋，已經不可逆轉地駛入了覆亡的快車道。六年之後，有一個人，在自己國破家滅、身陷囹圄之後，才又想起了張商英的忠直和努力：「思張商英忠諫，嘗為

賦詩，有『嘗膽思賢佐』之句。」

這個人，就是趙佶，就是宋徽宗。

立冬：釀造黃酒的好日子

立冬節氣的到來，標誌著一年冬季的開始。冬，是一年中最後一個季節。甲骨文中的「冬」，字形如繩結，象徵著四季的終結。東漢許慎《說文解字》載：「冬，四時盡也。」立，建、始也，即建立、開始之意；冬，終也，萬物收藏之意。立冬便是指秋季作物全部收曬完畢，收藏入庫，動物也已躲藏起來準備冬眠，以規避寒冷。

立冬，是中國古代的大日子。古代立冬之日，天子有出北郊迎冬之禮，並有賜群臣冬衣、矜恤孤寡之制。

在浙江紹興，立冬是開始釀造黃酒的日子。黃酒是源於中國的獨有酒種。立冬到第二年立春這段時間，最適合釀造黃酒。原因是，冬季水體清冽、氣溫低，可有效抑制雜菌繁育，又能使酒在低溫條件下長時間發酵過程中，形成良好的風味，是釀酒發酵最適合的季節。

爲什麼中國古代名酒多以「春」命名？原因就在於這個釀造時間。馬端辰《毛詩傳箋通釋　毛詩傳箋通釋記載說：「周制蓋以冬釀酒，經春始成，因名春酒。」像李白、杜甫、白居易，這些個號稱「鬥酒詩百篇」的唐朝詩人們，其實他們喝的，都是古法釀造的低度黃酒。

小雪

和蕭郎中小雪日作

征西府裡日西斜，獨試新爐自煮茶。
籬菊盡來低覆水，塞鴻飛去遠連霞。
寂寥小雪閒中過，斑駁輕霜鬢上加。
算得流年無奈處，莫將詩句祝蒼華。

鴻雁高飛，消失在遠方的晚霞之中

略知北宋歷史的人，大約都知道宋太祖趙匡胤曾經按劍怒吼而出的那句話：「臥榻之側，豈容他人鼾睡乎！」但很少有人知道，當時身在趙匡胤對面，耳中第一個聽到這句大實話，臉上興許還沐浴著伴隨這句大實話噴薄而出的唾沫星子的，就是上面這首詩的作者——徐鉉，時任南唐兵部尚書、知制誥、修文館學士承旨。

宋開寶八年（西元九七五年）十一月，徐鉉作爲南唐的首席使臣，正在東京（河南開封）力勸趙匡胤放南唐一馬，「乞緩兵以全一邦之命」，不要攻佔金陵。不過這只是南唐一廂情願的幻想，平定南唐是趙匡胤的既定國策，而且大軍早已出發，豈能僅憑徐鉉的三寸不爛之舌就功虧一簣？趙匡胤雖然幹的是無端討伐之事，但同時也是可愛的老實人，這才在一急之下，吼出了史上那句著名的大實話。史稱徐鉉當時的反應是「惶恐而退」。隨後，他又回到即將陷落的金陵，陪同城破國亡的南唐後主李煜，再度北上，投降大宋。

徐鉉，是土生土長的南唐文臣。寫〈和蕭郎中小雪日作〉的時候，他正在南唐太子左諭德、知制誥、中書舍人任上。這首詩，也是他給好朋友「蕭郎中」蕭儼的和詩。徐鉉似乎很喜歡寫唱和詩，他一生留下的四百二十一首詩中就有兩百五十三首唱和詩，占比超過六成。詩題中的「蕭郎中」蕭儼，當時正以「刑部郎中」的身分，擔任晉王、江南西道兵馬元帥、洪州大都督李景遂的幕僚。徐鉉爲好友蕭儼寫下和詩之時，正值後周顯德六年（西元九五九年）的小雪節氣。

征西府裡日西斜，獨試新爐自煮茶：征西元帥府裡，夕陽西下之時，蕭儼獨自一人，嘗試用新爐來煮茶。

蕭儼寄給徐鉉那首詩的內容，現已無考。但這兩句詩，徐鉉顯然是在回應好友來詩內容中所描述的畫面。到了徐鉉、蕭儼的時代，茶已是人們日常生活中的必需品。唐朝以前，茶的飲用主要在南方，到了唐朝中期，才得以普及全國。史稱「茶興於唐」、「至德、大曆遂多，建中已後盛矣」；到了宋朝，茶更是到了另一個繁榮的頂點。宋人蔡絛在《鐵圍山叢談》中寫道：「茶之尚，蓋自唐人始，至本朝為盛」。

關於煮茶的用具，唐人陸羽的《茶經》只列了「釜」一種。從唐詩中來看，唐人還曾用「鼎」、「鐺」、「盂」等煮茶。蕭儼在這裡煮茶的用具，是「爐」。可見，當時的煮茶用具已呈多樣化趨勢。

籬菊盡來低覆水，塞鴻飛去遠連霞：此時，花園中的菊花盛開，低低地覆蓋了水面，邊塞的鴻雁高飛，消失在了遠方的晚霞之中。

寂寥小雪閒中過，斑駁輕霜鬢上加：這一年的小雪節氣，我徐鉉也是在悠閒中度過的，只是發現自己鬢上，花白的頭髮又增加了不少。這一年，徐鉉四十三歲。

算得流年無奈處，莫將詩句祝蒼華：就算在對流年易逝最無奈的時候，我們也不要僅僅爲了自己少添幾根白髮，拿自己的詩句去祈求頭髮之神——「蒼華」。

北宋武功強，南唐文化高

「臥榻之側，豈容他人鼾睡乎！」是那個時代，天下第一武人對天下第一文人的怒吼。是的，這就是當時的實際情況：北宋武功強，南唐文化高。換句話說，南唐相對於北宋，都有著極強的文化自信。君對君，有文化自信。後周世宗柴榮，號稱英主，但史書說他「善騎射，略通書史黃老」。

所謂「略通」，就是文化水準不高的委婉表達啦。接下來的宋太祖趙匡胤，是北宋開國皇帝，史書也只是說他「容貌雄偉，器度豁如，識者知其非常人。學騎射，輒出人上」。翻譯過來是：史書上說趙匡胤，一是長得帥，二是氣度大，三是騎射好，就是沒說文化水準高。

來看看南唐的君主們。南唐開國君主李昪「獨好學，接禮儒者」、「以文藝自好」。他專門設置「建業書房」，用以收藏各地徵集的三千多卷圖書；他重視教育，在秦淮河畔設國子監，興辦太學、小學，培養國子博士和四門博士。

南唐中主李璟，愛好文學，「時時作為歌詩，皆出入風騷」，具有較高的文學藝術修養，經常與寵臣如韓熙載、馮延巳等人飲宴賦詩。他的詞感情真摯，風格清新，語言不事雕琢，對南唐詞壇產生過一定的影響。「小樓吹徹玉笙寒」，就是他創作的流芳千古的名句。

南唐後主李煜，藝術成就更是遠超前人。他多才多藝，工書善畫，通音曉律，能詩擅詞。他的書法，號稱「金錯刀」、「撮襟書」，他的畫作，世稱「鐵鉤鎖」。李煜尤以詞的成就最大。一首〈虞美人．春花秋月何時了〉，寫盡亡國之痛。

北周、北宋君主，和南唐君主比較起來，大概是小學生和博士生的區別。臣對臣，更有文化自信。趙普是北宋開國第一文臣，但他「少習吏事，寡學術」、「半部《論語》治天下」的典故更是傳遍天下。對比一下寫〈和蕭郎中小雪日作〉的徐鉉。事實上，徐鉉是當時橫貫南唐、北宋兩國的第一文人、一代文宗，也是著名的文學家、書法家。徐鉉長於書法，喜好小篆。歐陽修在《集古錄跋尾．泰嶧山刻石》中評價：「昔徐鉉在江南，以小篆馳名，鄭文寶其門人也，嘗受學於鉉，亦見稱於一時。」其行書則開宋人尚意書風之先河，行書代表作〈私誠帖〉現藏臺北故宮博物院。

徐鉉還精於文字學，他曾與句中正等共同校訂《說文解字》，增補十九字入正文，又補

四百零二字附於正文之後。經他校訂增補過的《說文解字》，世稱「大徐本」。

徐鉉工詩，有四百二十一首被《全宋詩》所收。他的詩風，平易淺切，眞率自然，頗似唐朝的白居易。從這首〈和蕭郎中小雪日作〉，可見一斑。

徐鉉在詩詞方面的宗師地位，可以這樣簡單粗暴地概括：僅就直接的師承關係而言，他是北宋宰相、文學家、音韻學家、中國最重要古韻書《廣韻》主要修撰人陳彭年的老師，他是北宋宰相、文學家、名句「無可奈何花落去，似曾相識燕歸來」作者晏殊的太老師，他還是北宋宰相、文學家范仲淹、王安石和歐陽修的祖師爺。

北宋第一文臣趙普，相對於南唐第一文臣徐鉉而言，就是初中生和博士生導師的區別。明人馮夢龍在其所撰《智囊》中記載了這樣一則故事，忠實記錄了北宋君臣在滿滿文化自信的徐鉉面前的窘態：「『三徐』名著江左，皆以博洽聞中朝，而騎省鉉尤最。會江左使鉉來修貢，例差官押伴。朝臣皆以詞令不及為憚，宰相亦艱其選，請於藝祖。藝祖曰：『姑退，朕自擇之。』有頃，左璫傳宣殿前司，具殿侍中不識字者十人以名入。宸筆點其一，曰：『此人可！』在廷皆驚，中書不敢復請，趣使行。殿侍者莫知所以，弗獲己，竟往。渡江，始鉉詞鋒如雲，旁觀駭愕，其人不能答，徒唯唯，鉉不測，強聒而與之言。居數日，既無酬復，鉉亦倦且默矣。」

趙匡胤這也是沒有辦法的辦法：面對博學多才的徐鉉，與其挑一個半通不通的初中生去出醜露怯，還不如挑一個一竅不通的文盲去深藏若拙。高，實在是高。

開寶八年（西元九七五年）十二月，宋師攻克金陵後，「太祖既下江南，得徐鉉、湯悅、張洎輩，謂之曰：『朕平金陵，止得卿輩爾。』」徐鉉跟隨南唐後主李煜一起，投降北宋。

作爲早就打過交道的老熟人，宋太祖趙匡胤面對此時才投降的徐鉉：「責之，聲甚厲。鉉對曰：『臣為江南大臣，國亡罪當死，不當問其它。』太祖歎曰：『忠臣也！事我當如李氏。』」從此，五十九歲的徐鉉開始了自己後半生進退維谷的降臣生涯。

他初爲太子率更令，這是一個有職無權，僅供領取俸祿之用的閒官。後來，徐鉉「從征太原，軍中書詔填委，鉉援筆無滯，辭理精當，時論能之。師還，加給事中。八年，出為右散騎常侍，遷左常侍」。這又是一個負責規諫過失、侍從顧問的閒官。

他還發揮了自己的文學特長，參與修訂《太平廣記》、《太平御覽》、《文苑英華》、《說文解字》、《江南錄》，議定封禪禮，權知禮部貢舉等。宋太祖趙匡胤既然認定他是忠臣，終己一世，雖然一直沒有重用他，但也沒有爲難他。

等到宋太宗趙光義上臺，局面就大不一樣了。趙光義對徐鉉這樣的南唐降臣，不僅百般猜忌，而且想方設法打壓。趙光義對於徐鉉的最致命打擊，在淳化二年（西元九九一年）他七十五歲時到來。這年一樁不起眼的官司，牽連到了徐鉉。這一年，有一個名叫道安的尼姑，到開封府狀告自己的兄嫂不贍養姑母。因爲道安狀告的嫂子，是徐鉉妻子的外甥女。所以徐鉉爲此給開封府判官張去華寫了一封信，說明原因，並取得了他的諒解。張去華未予

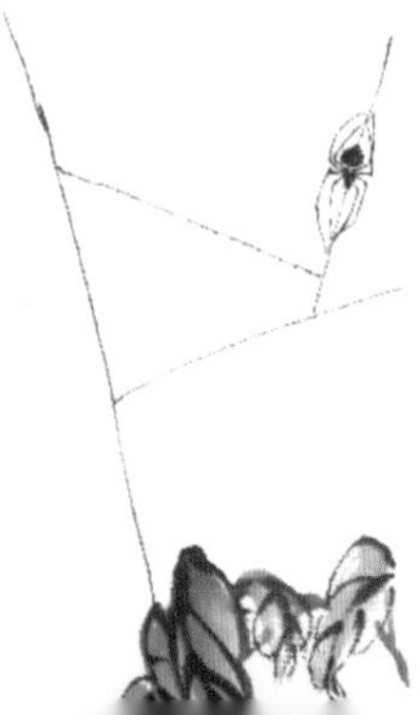

受理，決定將道安械送廬州本郡。不料道安不服，去擂了登聞鼓，由此驚動了宋太宗。這次道安不僅狀告兄嫂，而且狀告張去華徇私枉法，還誣陷徐鉉與外甥女姜氏通姦，這才爲之寫信請托。

不得不佩服尼姑道安的想像力，居然想到誣陷一個七十五歲的男人與人通姦；也不得不佩服宋太宗的判斷力，居然就信了；或者換句話說，他非常樂見有人誣陷徐鉉，樂見此事越鬧越大。於是，他下令逮捕道安及其兄嫂、徐鉉、張去華，交大理寺審訊。大理寺審訊認定徐鉉罪名不實，又交與刑部複審，結果仍然相同。宋太宗居然又懷疑官員們集體徇私，將所有審理此案的官員一併治罪，削官一任，徐鉉則貶靜難軍節度行軍司馬。

就這樣，七十五歲高齡的徐鉉不得不離開東京（河南開封），踏上了北上前往邠州（陝西彬縣）的貶謫之路。這一次的長途跋涉，對於他的身心，都是巨大的摧殘。到達貶謫地之後，他「內不能以得喪動，外不能以榮辱幹，然而為學之心老而彌篤。在邠州日，時俗文字訛謬，乃親以隸字寫《說文》，字體纖細，正如蠅頭，過數萬言」。淳化三年（西元九九二年）八月，徐鉉在邠州孤寂地死去。

道安也算得上是徐鉉的遠房親戚。受到親戚的誣陷而身死貶所，這樣一個人生結局，對於平生爲人以溫和著稱、一貫盡力照顧家族親戚的徐鉉而言，極不公平。胡克順所撰的〈徐公行狀〉載：「公於內外族，視無疏密，待之如一。其有孤嫠無告者，皆糾合收養，稱家之有無，隨事拯濟婚嫁，視之如家人子。雖讒口謗議紛紜盈耳，公自信不疑。唯恤孤念舊是急，不知其它。及左遷邠、岐，亦坐此獲譴矣。」簡而言之，徐鉉對得起包括尼姑道安在內的家族親戚們。

徐鉉一生，仕途六十年，起於南吳睿帝大和四年（西元九三二年）時的校書郎，終於宋太宗淳化三年（公元九九二年）的靜難軍節度行軍司馬。其間，兩次改朝換代，侍奉三朝六主，先後三次遭貶，宦海沉浮多年。

徐鉉，一個值得記起的詩人，一個有故事的男人，一個正大光明的人。

做香腸、醃臘肉的好時節

在二十四節氣中，小雪節氣表示這一年降雪的起始時間與程度。小雪節氣之後，氣溫將持續走低，由冷轉寒，降水狀態也由雨變成雪。此時天氣陰冷晦暗，光照較少，萬物蟄伏，天地一派肅殺清冷之象。小雪節氣前後，通常會伴有入冬之後的第一場雪。小雪者，寒未盛而雪初見也。

「小雪氣寒而將雪矣，地寒未甚而雪未大也」（《二如亭群芳譜》），「雨為寒氣所薄，故凝而為雪，小者未盛之辭」（《二十四節氣解》）。

小雪時節，氣溫急劇下降，空氣變得乾燥，正是做香腸、醃臘肉的好時候。此時，可以開始製作香腸、臘肉，到了春節正好享受美食。

小雪節氣也正是打糍粑的好時候。糍粑，是用糯米蒸熟搗爛後所製成的一種食品，是南方地區流行的傳統美食之一，也是許多人兒時的美食記憶之一。

大雪

次韻和王道損風雨戲寄

小雪才過大雪前，
蕭蕭風雨紙窗穿。
而今共唱新詞飲，
切莫相邀薄暮天。

風雨瀟瀟，把窗戶紙都吹破了

北宋慶曆六年（西元一〇四六年）大雪節氣前夕，風雨下個不停。當時正在許昌「忠武軍節度判官」任上的梅堯臣，開玩笑地給自己的好友王道損寄去了這首和詩。

詩題中的「次韻」，也稱「步韻」。是指按照原詩的韻和用韻的次序，來創作和詩的一種方式。「王道損」，就是梅堯臣的好友王徽，字道損。「道損」二字，大有來歷，出自老子的《道德經》：「為學日益，為道日損，損之又損，以至於無為，無為而無不為。」

「爲道日損」，是指人在追求「道」這種內在精神境界提升的過程中，要做到不斷地「日損」，逐步摒棄自己心中的偏執、狂妄、機巧，才能在更高的境界上以更博大的心靈，俯仰於天地之間。所以，別看人家「道損」二字，字面兒看著不大吉利，其中可是大有深意存焉。

小雪才過大雪前：今年的小雪節氣才剛剛過去，目前正是大雪節氣之前。

蕭蕭風雨紙窗穿：眼下天氣正是寒冷，風雨瀟瀟，把糊窗戶的紙都吹破了。說到「紙窗」，梅堯臣居然還在中國古代的詩人們當中，保持著一項獨特的紀錄：他是留下吟誦「紙窗」詩作最多的人。一般而言，人們居住的建築物爲了採光和通風，必須設計窗戶。但窗戶有了之後，尋找合適的蒙窗材料，卻又操碎了古人的心。在紙窗之前，古人先後使用過雲母、琉璃、貝殼、綺紗、竹草等，來作爲蒙窗的材料。但這些材料，或只能採光，或只能通風，或者貴重難得，都不是理想的蒙窗材料。

從唐史、唐詩的記錄來看，唐朝無紙窗。使用紙張來蒙窗，大量地出現在梅堯臣所處的北宋時代。從此，在平板玻璃發明之前，紙窗在中國使用達千年之久。但是，紙窗遇到狂風暴雨時容易破損。所以梅堯臣的詩中才說「蕭蕭風雨紙窗穿」。

而今共唱新詞飲：如今正是一起飲酒賦詩作詞的好時候。

在宋朝，經常在自己的詩中以酒爲主題，詩中常出酒字的詩人，梅堯臣是第一個。當然，還有蘇舜欽、蘇軾、黃庭堅、楊萬里、陸游等幾個酒鬼。梅堯臣自詡爲「性嗜酒」，而且作詩說自己「一日不飲情頗惡」，很有點兒酗酒的意思。雖然這句詩裡，梅堯臣沒有說「酒」而說的是「飲」。

切莫相邀薄暮天：但是，千萬不要在薄暮之時才發出邀請。

這一年，梅堯臣已經四十五歲，在古代已經是步入中老年的人了。他戲寄王徽，要求他在邀請自己喝酒時，不要遲至薄暮之時才發出邀請，其原因可能

是因爲天雨路滑，往返又得在光線不好的晚上，自己年紀已大，不大方便的緣故。

寫下〈次韻和王道損風雨戲寄〉的梅堯臣，是宋詩的「開山祖師」；而〈次韻和王道損風雨戲寄〉，則是他現存兩千八百餘首詩中的一首。兩千八百餘首的存詩數量，是一個等同於今天我們接受度更高的詩人蘇軾的存詩數量。但從輩分上講，蘇軾是梅堯臣的晚輩。蘇軾在梅堯臣面前，那得叫上一聲「師伯」。因爲他的正宗座師歐陽修，是與梅堯臣平輩論交的好友；而歐陽修、梅堯臣兩人，後來都對蘇軾，有過提攜之德。更猛的是，包括歐陽修、蘇軾在內，「唐宋八大家」中宋朝的那六位，在文學方面都是受過梅堯臣的影響和教益的。

詩歌史上，梅堯臣正是和歐陽修、尹洙一起，發起了聲勢浩大的詩文革新運動，並以自己的詩歌創作理念和實踐，開闢了宋詩的全新道路。從他之後，宋詩才得以別開生面，由「唐音」轉變爲「宋調」，走上了自己的發展之路。

對於梅堯臣的詩歌成就，歐陽修自愧不如，「聖俞翹楚才，乃是東南秀。玉山高岑岑，映我覺形陋」；編撰《資治通鑑》的司馬光，將梅詩視爲至寶，並且預言其將不朽，「我得聖俞詩，於身亦何有？名字托文編，他年知不朽。我得聖俞詩，於家果何如？留為子孫寶，勝有千年珠。」

陸游盛讚梅詩，「李杜不復作，梅公真壯哉」；並且，陸游還在所撰〈梅聖俞別集序〉中透露了蘇軾對於梅詩的態度，「蘇翰林多不可古人，惟次韻和陶淵明及先生二家詩而已」。意思是說，蘇大才子對於前人的詩，只看得起陶淵明和梅堯臣這兩個人而已。

提攜蘇軾：梅堯臣的人生絕唱

在大雪時節寫下〈次韻和王道損風雨戲寄〉的這一年，四十五歲的梅堯臣，又結婚了。呃，我爲什麼要說「又」呢？因爲，這一次梅堯臣的確是再婚，是續弦。

梅堯臣第一次結婚，還是在二十年前。那是在天聖五年（西元一〇二七年），二十六歲的梅堯臣迎娶了二十歲的謝氏。兩個正當韶華的年輕人，在北宋的首都開封，幸福地結婚了。當時，梅堯臣住在「以直集賢院改直昭文館」的叔父梅詢府中，其未來岳父謝濤，則官居「乙太常寺卿判太府寺」。兩家均住在首都，還都是門當戶對的部級高官。所以，推測梅堯臣與謝氏的婚禮，應是在開封舉行，而且是風光大辦。這一年，梅堯臣剛剛完成大學學業。是的，你沒看錯，他的年譜記載是這樣的，「是歲，堯臣當肄業國子監」。新婚第二年，梅堯臣以蔭入仕，「由太廟齋郎循資補桐城主簿」，從此踏入官場。

此後，梅堯臣歷任河南縣主簿、河陽縣主簿、以德興令知建德縣事、知襄城縣事。到了慶曆四年（西元一〇四四年）時，梅堯臣從湖州監稅解任回京時，婚後十七年一直跟隨他宦遊四方的謝氏，卻於這年七月病逝於高郵三溝北上的舟中。更叫人心酸的是，由於梅堯臣多年屈處小吏，並且爲官清廉，夫人客死他鄉時竟無錢置辦壽衣，只能「殮以嫁時之衣，葬於潤州」。謝氏去世後，梅堯臣哭之極哀，作〈悼亡〉詩三首，誇謝氏「見盡人間婦，無如美且賢」，並且回憶「相看猶不足」的婚後時光，最後許下「終當與同穴」生死之願。

兩年之後，梅堯臣到許昌出任「忠武軍節度判官」，就在寫下〈次韻和王道損風雨戲寄〉之前的三月，爲了「閫中事有托，月下影免只」，續弦刁氏。新婚喜慶之際，梅堯臣的心情，卻是「喜今復悲昔」，因爲他心中仍然時時想念著謝氏，所以「慣呼猶口誤」。

再婚第二年，梅堯臣許昌任滿，攜眷於九月回到東京。這時，有一個二十七歲姓王的年輕人，要到浙江鄞縣任知縣，仰慕梅堯臣的文名，行前來拜見。梅堯臣一見傾心，許爲國器，專門作詩〈送鄞宰王殿丞〉，爲他送行。這個姓王的年輕人，就是後來大名鼎鼎的王安石。

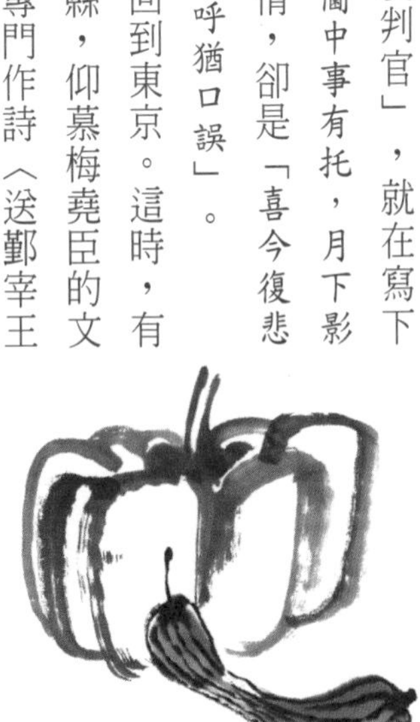

皇祐元年（西元一〇四九年），梅堯臣丁父憂，剛剛結束又於皇祐五年（公元一〇五三年）丁母憂。正當梅堯臣在老家宣城居喪時，一個弱冠少年來訪。梅堯臣一見歎曰：「天才如此，真太白後身也！」這個被梅堯臣品評爲李白再世的年輕人，就此一舉成名。他就是留下一千四百餘首詩的北宋著名詩人郭祥正，而且，他眞的詩風縱橫奔放，酷似李白。

嘉祐元年（西元一〇五六年），梅堯臣受好友歐陽修推薦，起復爲國子監直講，開始參與修撰《新唐書》。此時的梅堯臣，已以詩詞馳名天下三十年，雖然仕宦不顯，但頗愛獎掖後進，儼然已是一代宗師的地位，天下讀書人均以能得到他的青眼爲榮。

就在這時，有一位姓蘇的四川人，帶著兩個兒子，來到開封。默默無聞的父子三個，雖然是腹中有貨的讀書人，卻「世未有知之者」。又是梅堯臣最先發現人才，「堯臣獨稱之」，並且還作詩稱許蘇家的兩個兒子為「家有雛鳳凰」。這父子三人，就是後來大名鼎鼎的蘇洵、蘇軾、蘇轍。得到梅堯臣的賞識，是蘇氏父子的人生轉捩點。因為嘉祐二年的科舉考試，梅堯臣的好友歐陽修是主考官——「權知貢舉」，梅堯臣自己也是考官——「充點檢試卷官」。

這次考試，〈老學庵筆記〉記載了一個細節：「東坡先生省試〈刑賞忠厚之至論〉有云：『皋陶曰殺之三，堯曰宥之三。』梅聖俞為小試官，得之，以示歐公，公曰：『此出何書？』聖俞曰：『何須出處。』公以為皆偶忘之，然亦大稱歎。初欲以為魁，終以此不果。及揭榜，見東坡姓名，始謂聖俞曰：『此子必有可據，更恨吾輩不可記耳。』及謁謝，首問之，東坡率對曰：『何須出處。』乃與聖俞語合，公賞其豪邁，太息不已。」

這才叫「物以類聚，人以群分」。只有這樣的梅堯臣，才會欣賞這樣的蘇軾。這樣的人生知己，蘇軾該不該叫他一聲「師伯」或「恩師」？

提攜蘇軾，已接近於梅堯臣的人生絕唱。嘉祐五年（西元一〇六〇年）四月，年僅五十九歲的梅堯臣，在都官員外郎、充國子監直講、修《新唐書》任上病逝。也就在他逝去的這一年，《新唐書》修撰完成。梅堯臣一生，未及耳順之年即早早逝去，好友歐陽修痛惜不已，親撰祭文。值得一提的是，梅堯臣逝後，其子梅增遵其遺囑，扶柩南歸，將他葬於家鄉宣州雙羊

山；然後，梅增又前往潤州，請出謝氏遺骨，歸葬宣州，與梅堯臣同穴。

至此，梅堯臣生前對謝氏許下的「終當與同穴」的誓言，他做到了。

窗外大雪紛飛，屋內圍爐夜話

「大雪」節氣，顧名思義，雪量變大，表示降大雪的起始時間和雪量程度。這是一個直接反映降水的節氣。到了這個時段，雪往往下得大、範圍也廣，故名「大雪」。《月令七十二候集解》載：「十一月節。大者，盛也，至此而雪盛矣。」

「大雪」節氣的命名，在二十四節氣中，算是最晚的。《尚書．堯典》只講了「日中、日永、宵中、日短」四個節氣，即「春分、夏至、秋分、冬至」；《管子．輕重》則增加了「四立」──立春、立夏、立秋、立冬；《呂氏春秋．十二紀》則有了二十二個節氣，但仍然沒有「小滿」和「大雪」；直到西漢劉安所著的《淮南子．天文訓》才補充了「小滿」和「大雪」，就此定名。

大雪節氣，要是天公作美，來一場厚厚的名副其實的大雪，那才叫應景。窗外大雪紛飛，屋內圍爐夜話，舉杯團聚，正是家人、朋友之間的溫馨時刻。

所以，梅堯臣寫下〈次韻和王道損風雨戲寄〉這首詩，其實就是想喝酒了，想約好朋友一起度過大雪節氣。這才在詩中給好朋友出主意：「而今共唱新詞飲」。

冬至

冬至日獨遊吉祥寺

井底微陽回未回，
蕭蕭寒雨濕枯荄。
何人更似蘇夫子，
不是花時肯獨來。

不斷落下的冷雨，打濕了路邊都草根

北宋熙寧五年（西元一〇七二年）冬至日這天，時任杭州通判的蘇軾蘇夫子，獨自來到位於杭州安國坊、始建於宋太祖乾德三年（西元九六五年）的吉祥寺，一個人遊玩觀賞。時值冬至節氣，天上又下著雨，吉祥寺顯得格外冷清。蘇軾蘇夫子邊走邊看，邊賞邊吟，寫下了這首〈冬至日獨遊吉祥寺〉。

井底微陽回未回，蕭蕭寒雨濕枯荄：今天是冬至，不知道吉祥寺水井裡的泉水，轉暖了沒有？我只看到，不斷落下的冷雨，打濕了路邊的草根。

蘇夫子是讀書人，所以這第一句詩，就大有來歷。《禮記・月令》載：「冬至水泉動」，《逸周書》載：「十有一月，微陽動。」兩個記錄的意思，都是在說：泉水會從冬至日起，逐漸轉暖。「水泉動」，也是冬至節氣的三個物候之一。

何人更似蘇夫子，不是花時肯獨來：現在沒有人能夠像我蘇夫子一樣了，還願意在不是牡丹開花的時候，獨自一個人來到吉祥寺。這句詩的「花」，指的是牡丹花。在蘇軾眼中，「錢塘吉祥寺花為第一」、「吉祥寺中錦千堆」。這次他在不是牡丹花期的冬至時節前來，突然由滿眼是花到眼中無花，自然感覺不大適應。

其實那年三月，滿眼是花的時候，他也來過，並且第一次見到了吉祥寺的牡丹花。三月二十三日，蘇軾接受頂頭上司、時任杭州知州的沈立之邀請，來到吉祥寺僧守璘的花圃觀賞牡丹花，並參加歡宴。

酒酣耳熱之後，沈知州提議，今天所有在場的人，無論身分尊卑，無論男女老少，回去時都要在自己的頭上，插上一朵豔麗的牡丹花，然後大家一起從吉祥寺出發，各回各家。

估計頂頭上司此議一出，在場眾人中，蘇軾是第一個感到爲難的。雖然史上的蘇軾，一直以豪放著稱，但那是在他年紀大了以後。這一年，蘇軾才三十七歲，又作爲京官剛來不久，這個提議讓人有些無法接受。可是長官意志，不可違，喝多了酒的長官意志，更不可違。蘇軾只好也和大家一樣，在自己的頭上插了一朵牡丹花，從吉祥寺出發，經眾安橋和吳山沙河塘緩步而歸，一路引得大批民眾圍觀。

如此盛況，果然搞得蘇大通判怪不好意思的，回家還感覺羞羞的他，專門寫了一首〈吉祥寺賞牡丹〉來記錄這次賞花：「人老簪花不自羞，花應羞上老人頭。醉歸扶路人應笑，十里珠簾半上鉤。」

既然親歷了三月如此印象深刻的賞花活動，到了冬至時節再來，蘇軾怎麼可能不再想起牡丹花？

這是蘇軾人生中第一次，履足杭州。從熙寧四年（西元一〇七一年）十一月到熙寧七年（西元一〇七四年）九月，他這次在杭州通判任上，待了將近三年。這三年，他一共寫了三百一十六首詩。從類別上分，主要是題詠詩、送別詩、唱和詩等。

其實，他此時的詩，還有一個最重要的類別，那就是他在杭州出去玩時所寫的遊覽詩。〈冬至日獨遊吉祥寺〉就是其中之一。事實上，蘇軾當時玩遍了整個杭州城及其周邊地區。用他自己的話來說就是：「兩歲曾為山水役」。看看，他在杭州才三年，其中遊山玩水，就有兩年！

現在沒有人能夠像我蘇夫子一樣有骨氣了寫下〈冬至日獨遊吉祥寺〉的冬至日，是蘇軾在杭州度過的第二個冬至日。但此次外任杭州，卻是他仕途生涯中第一次貶謫外任。

所以，詩中「不是花時肯獨來」，哪裡是在說「花」，分明就是在說「人」。說的是什麼人呢？

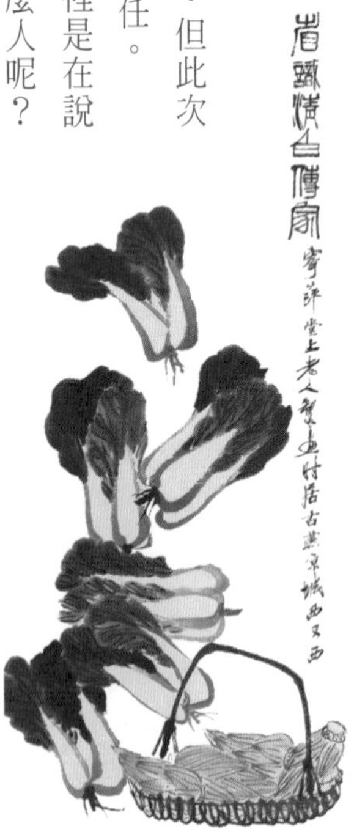

在蘇軾的心中，這句詩中的「花」，已等同於「王安石」，或者說「王安石變法」。

這樣一來，「何人更似蘇夫子，不是花時肯獨來」的意思就變成了：現在沒有人能夠像我蘇夫子一樣有骨氣了，在人人都去捧宰相王安石和新法臭腳的時候，我卻獨自一個人，在勢單力孤地反對新法。這，也正是他貶謫杭州的原因。

熙寧二年（西元一〇六九年）二月，蘇軾爲父守喪三年之後，回到朝廷。他和弟弟蘇轍驚奇地發現，此時面對的是一個完全陌生的政治環境。昔日賞識他們的名臣耆宿，富弼、韓琦、歐陽修、梅堯臣，都已或死或罷，風吹雲散，取而代之的，是新進宰相王安石及其推行的一系列新法。

關鍵還在於，變法的形勢已經逼得包括蘇軾兄弟在內的所有官員，必須選擇和站隊了。支持變法者，就是宰相王安石喜歡的「新黨」；反對變法者，就是宰相王安石不喜歡的「舊黨」。可是，雖然王安石大權在握，正處上風，蘇軾還是無法變成王安石喜歡的「新黨」。說到底，兩個人的政見，存在著根本的區別：王安石的第一著眼點是「富國強兵」，並且要通過激進變法，迅速取得實效；蘇軾的第一著眼點則是「吏治民生」，希望通過漸進式的改革，慢慢見效。

但王安石當時風頭正健，爲了推行變法，排斥異己、打擊報復、鉗制輿論的種種手段輪番出臺。對於「新黨」，無論其人品如何低劣，馬上提拔重用；對於「舊黨」，無論其才華如何橫溢，馬上貶謫地方。總之，神擋殺神，鬼擋殺鬼。

可偏偏就碰上了一個不信邪的蘇軾。隨著王安石的貢舉法、均輸法、青苗法等一系列新法的頒佈實施，從熙寧二年五月起，蘇軾連續上奏〈議學校貢舉狀〉、〈上神宗皇帝書〉、〈再上皇帝書〉，反對反對再反對。

就這樣，蘇軾成功地把王安石的反擊火力集中到了自己身上：「王安石恨怒蘇軾，欲害之，未有以發……景溫即劾軾向丁父憂歸蜀，往還多乘舟載物貨、賣私鹽等事。安石大喜。以三年八月五日奏上。」

公平地說，史上的王安石並非小人，但他此時居然著急到了要用無中生有的下作手段去誣陷蘇軾，可見蘇軾反對新法給他帶來的巨大壓力。蘇軾也是聰明人。自己直接得罪宰相間接得罪皇帝到了這個地步，而且對方已經露出了殺機。雖然暫時沒事，但如果再不抽身跳出戰團，恐怕就會有殺身之禍了。

此時蘇軾面臨的形勢及出路，他的親弟弟蘇轍後來在〈亡兄子瞻端明墓誌銘〉中論之甚詳：「論事愈力，介甫愈恨。御史知雜事者為誣奏公過失，窮治無所得。公未嘗以一言自辯，乞外任避之，通判杭州。」不用你們動手，我自請外任，這總行了吧？這才有了蘇軾與杭州的緣分，也才有了這年冬至日蘇軾與吉祥寺的緣分。

蘇軾這次雖然是自請外任，但實同貶謫。因爲是得罪了當朝宰相而外任的，萬一在杭州碰上一兩個拍王安石馬屁的上司，那蘇軾的日子，恐怕就會難過得很。還好，生活中的蘇軾爲人大氣，極有人緣兒。據宋人朱彧的《萍洲可談》記

載：「東坡倅杭，不勝杯酌，部使者知公頗有才望，朝夕聚首，疲於迎接，乃號杭倅為酒食地獄。」原來，同事們喜歡他的才氣，加之也喜歡他的脾氣，每有酒宴，必定要邀請他出席。蘇軾本來酒量就不大，連續飲酒之下，就有些疲於應付了；但又不好不出席駁了同事的面子，於是開玩笑地說杭州通判這一職務，簡直就是「酒食地獄」。

另外，蘇軾的運氣還眞是不錯。因爲連續三任杭州知州，都是反對新法的，都和他政見相同。所以，這三年的杭州通判，他過得很快活。

第一任知州，就是邀請他賞花和在頭上插花的沈立之。在共事的過程中，沈立之因爲欽慕蘇軾的才名，還專門請他爲自己編撰的十卷《牡丹記》作序。熙寧五年（西元一〇七二年）八月，沈立之調任離開杭州，蘇軾作詩送行，誇耀他的德政，表達自己的不舍：「而今父老千行淚，一似當時去越時」、「試問別來愁幾許？春江萬斛若為量。」

第二任知州，是年長蘇軾二十歲的陳襄。蘇軾寫〈冬至日獨遊吉祥寺〉的時候，頂頭上司正是陳襄。這位陳襄曾上書極論青苗法之害民，並要求罷免王安石以謝天下。這樣的人，蘇軾怎麼可能不引爲至交？更何況，直到熙寧七年六月陳襄才調任離杭，兩人共事長達兩年多時間。兩人政治上是同道，詩詞上是文友，生活中是朋友，達到了忘年交的地步。

等到陳襄離任，蘇軾給他送行的詞，就作了數首。比如〈菩薩蠻・述古席上〉、〈江城子・孤山竹閣送述古〉、〈菩薩蠻・西湖送述古〉、〈清平樂・送述古赴南都〉、〈南鄉子・送述古〉等。陳襄字述古，僅從送行的詞題來看，蘇軾爲了陳襄離任，就至少喝了五場送行酒。

第三任知州，是蘇軾的四川綿竹老鄉、長他十歲的楊繪。這又是一個反對王安石變法的「舊黨」。楊繪最反對的，是免役法，史稱「免役法行，繪陳十害」。但蘇軾與楊繪共事的時間不長，只有短短的三個月：楊繪是熙寧七年（西元一〇七四年）七月到杭，蘇軾則是當年十月離杭。

面對楊繪這樣一位同鄉加同道，蘇軾的感覺是一見如故。楊繪一到任，蘇軾就以桂花相贈；八月十八日，蘇軾又以地主身分，邀請楊繪觀錢塘秋潮，然後同遊靈隱寺，好好加深了一下感情。等到蘇軾離杭之時，楊繪也接到了京城任職的調令，於是兩個好朋友約定，同船離杭。正好趕上當時在詞壇有「張三中」、「張三影」美稱、曾官至都官郎中、此時退隱在杭的張先，又約上了蘇軾的好友、被蘇軾稱為「其學術才能兼百人之器」、曾任過山陰縣令的陳舜俞，也一起上船，給蘇軾送行。

蘇軾、楊繪、張先、陳舜俞，四個好友，以舟載酒，順風行船，飲酒賦詩。喝到高興之處，吟到高興之處，四人共同決定：乾脆乘著酒興和詩興，去拜訪另外一位大家共同的朋友——湖州知州李常。李常見有朋自遠方來，那是相當之「樂」。馬上又召來了另一位早就想見蘇軾的湖州人，曾任江州知州、現居「提舉崇禧觀」閒職的劉述，前來歡會。

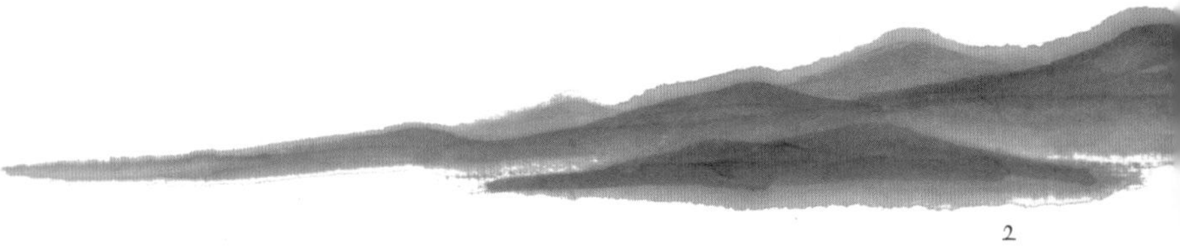

於是，蘇軾、楊繪、張先、陳舜俞、李常、劉述，這六位聞名當時的文人，而且在《宋史》中均有自己列傳的人物，就聚齊了。然後，他們六人就在湖州碧瀾堂，飲酒歡宴，賦詩填詞，一連樂了幾天，一連玩了幾天。

張先年紀最大，席間率先寫下一首〈定風波〉。蘇軾作了〈定風波．送元素〉贈楊繪，作了〈減字木蘭花．過吳興，李公擇生子，三日會客，作此詞戲之〉贈李常，蘇軾與張先各賦〈南鄉子〉，陳舜俞賦〈菩薩蠻〉，蘇軾又和〈菩薩蠻．席上和陳令舉〉等大量詞賦。

這次文人盛會，這次詩詞雅集，就是文學史上千古流傳的「六客詞」。就這樣，在「六客詞」的激情吟誦中，在朋友們的殷勤相送中，蘇軾離開了杭州。

他自己當然想不到，十五年之後，他還會以杭州知州的身分，第二次來到杭州，而且，還會留下一道深深打下他的烙印、讓杭州人時時想起他的「蘇堤」。

北方吃餃子，南方吃湯圓

「冬至，陰極之至，陽氣始生，日南至，日短之至，日影長之至。」在二十四節氣中，冬至位於農曆十一月。冬至這一天，對位於北半球的中國來說，太陽剛好直射在南回歸線（冬至線）之上，因此使得北半球的白天最短，黑夜最長。冬至過後，太陽又慢慢地向北回歸線轉移，北半球的白晝又慢慢加長，而夜晚漸漸縮短。

冬至日的到來，也意味著天氣更加寒冷。從冬至開始，進入「數九」，俗稱「交九」，每九天算是一個時段，即一個「九」，如此經過九個時段，即九個「九」，天氣就會慢慢轉暖。

冬至，不僅是農曆二十四節氣之一，也是中國具有影響力的傳統節日之一。在古代，「冬至」俗稱「數九」、「冬節」、「長至節」、「亞歲」等，還有「小年」之稱，甚至還有「冬至大如年」的說法。

把冬至當作節日來過，源於漢朝，盛於唐宋，相沿至今。直到今天，中國仍有不少地方有過冬至節的習俗。一般而言，北方吃餃子、南方吃湯圓。也有的地方，在這一天吃羊肉。因爲「冬至一陽生」，而「羊」、「陽」同音。

蘇軾所在的宋朝，尤其重視冬至。冬至在宋朝又稱「亞歲」、「冬除」、「二除夜」，有時乾脆直接稱爲「除夜」。冬至和寒食、元旦一起，並列爲宋朝的三大節日。之所以稱爲三大節日，是因爲這三個節日都有全國放假七天的「黃金周」假期。

在這一天，宋朝官方也會舉辦禮儀活動，營造節日氛圍，比如祭天、宮廷朝會、賞賜官員、免除賦稅、犒賞軍隊、特赦罪犯等。

宋人過冬至如過年。宋人呂原明《歲時雜記》中如此記錄：「冬至既號亞歲，俗人遂以冬至前之夜為冬除，大率多仿歲除故事而差略焉」。

宋人甚至還出現過爲了過好冬至而耗盡錢財，以致無錢過年的情況：「都城以寒食、冬、正為三大節，自寒食至冬至，中無節序，故人間多相問遺，至獻節，或財力不及。故諺語雲：『肥冬瘦年』。」寧願「瘦年」，也要先「肥冬」再說。

宋人在冬至日的盛況，孟元老在《東京夢華錄》中有記錄：「十一月冬至，京師最重此節，雖至貧者，一年之間，積累假借，至此日更易新衣，備辦飲食，享祀先祖，官放關撲，慶賀往來，一如年節。」

然而，在這樣一個舉國歡慶的喜慶節日，在這樣一個放假七天的假期伊始，蘇軾不是應該在「酒食地獄」之中，吃吃吃、喝喝喝嗎？

可他在這一天，居然一個人去了吉祥寺，還不是爲了看花。可以想像，蘇軾寫下〈冬至日獨遊吉祥寺〉時的心情，該有多落寞啊。

小寒

駐輿遣人尋訪後山陳德方家

江雨濛濛作小寒，
雪飄五老髮毛斑。
城中咫尺雲橫棧，
獨立前山望後山。

長江上的冷雨，下得煙雨濛濛

北宋元豐三年（西元一〇八〇年）十二月的小寒時節，三十六歲的黃庭堅在赴任太和（江西泰和）知縣的途中，路過廬山。

黃庭堅本是洪州分寧（江西省九江市修水縣）人，在此地故交甚多，所以停在這裡，到廬山一遊。到得山上，他特地遣人去後山尋訪自己老朋友陳德方的家。在等候消息之際，黃庭堅寫下〈駐輿遣人尋訪後山陳德方家〉。

江雨濛濛作小寒：正是小寒時節，長江上的冷雨下得煙雨濛濛。

雪飄五老髮毛斑：遠處白雪皚皚的廬山五老峰，就像是五個鬚髮斑白的老人一樣。

城中咫尺雲橫棧：沉沉烏雲低壓在九江城頭，感覺近在咫尺。

獨立前山望後山：我獨自站立在廬山的前山，遙望著後山，等待著前去尋訪老朋友的人帶來的消息。

陳德方，在清康熙十五年補刊本《南康府志》卷八有其小傳：「陳圓，字德方，星子人。飽學獨行，嘗應制科。尋隱後山。名輩多出其門。黃魯直訪之，賦詩有『城中咫尺雲橫棧，獨立前山望後山』之句，又名其堂曰『獨善』」。

看來，黃庭堅遣去的人很是得力，他不僅找到了老朋友陳德方，兩人見了面，黃庭堅還揮筆爲陳德方題了兩個字——「獨善」。

告別陳德方之後，黃庭堅繼續前行，於元豐四年春，到任太和知縣。

黃庭堅至今存詩一千九百五十六首，其中七言絕句五百九十首，〈駐輿遣人尋訪後山陳德方家〉就是其中的一首七絕。

他在太和縣任職這三年，總共作詩兩百二十一首，創造了自己人生中新的創作高潮，寫下了大量傳世名篇。比如〈流民歎〉、〈次韻奉送公定〉、〈勞坑入前城〉、〈丙辰仍宿清泉寺〉等。

宋人陳鵠在《耆舊續聞》中評價：「黃庭堅少有詩名，未入館時，在葉縣、大名、吉州、太和、德平，詩已卓絕。」因此，等到黃庭堅再次回到京師任職之時，他的詩歌風格已經定型，已經成爲當時詩壇知名的詩人了。他的詩歌風格，因他字魯直，所以蘇軾稱之爲「黃魯直體」，文學史上也稱「黃庭堅體」「黃山谷體」。在宋朝定名的「江西詩派」，是

中國文學史上第一個有正式名稱的詩文派別。歷來公認「江西詩派」有「一祖三宗」之說：杜甫爲「一祖」，黃庭堅、陳師道、陳與義爲「三宗」。

杜甫到了宋朝，早已作古。其實對「江西詩派」影響最大的活祖宗，首推黃庭堅。他才是「江西詩派」眞正的開山祖師。因爲，「江西詩派」詩人們崇尚的「點鐵成金、奪胎換骨」創作原則，就是黃庭堅提出的。所謂「點鐵成金、奪胎換骨」，就是指在詩歌創作上，或師承前人之辭，或師承前人之意，崇尚瘦硬奇拗的詩風，追求字字有出處。

黃庭堅的詩，與蘇軾齊名，人稱「蘇黃」；黃庭堅的詞，與秦觀齊名；黃庭堅的書法，與蘇軾、米芾和蔡襄齊名，人稱「宋四家」；此外，黃庭堅還與張耒、晁補之、秦觀一起，並稱「蘇門四學士」。

做人有骨氣，寫字就有骨架

黃庭堅一生，與蘇軾的關係，剪不斷，理還亂。「蘇黃」的第一次交往，是在元豐元年（西元一〇七八年）。這一年，蘇軾四十三歲，黃庭堅三十四歲。

這年二月，時任北宋北京（河北大名）國子監教授的黃庭堅，給時任徐州知州的蘇軾，寫去了一封名叫〈古風二首上蘇子瞻〉的信。不僅寫了書信，還呈詩二首。在書信中，黃庭堅如此表白：

「然固未嘗得望履幕下，以齒少且賤，又不肖，自知學以來，又為祿仕所縻，聞閣下之風，樂承教而未得也。今日竊食於魏，會閣下開幕府於彭門，傳音相聞。閣下又不以未嘗及門，過譽斗筲，使有黃鐘大呂之重。蓋心親則千里晤對，情異則連屋不相往來，是理之必然者也。」

概括起來就是一句話：蘇軾，我是你的崇拜者，我們做朋友吧。這是「蘇黃」的第一次交往，是「蘇黃」結交之始，也是黃庭堅加入「蘇門四學士」之始。

但是，跟反對王安石變法的「舊黨」中堅人物蘇軾做朋友，是有風險的，也是要付出代價的。這一次，黃庭堅付出的代價，是「銅二十斤」。怎麼就還跟銅扯上關係了呢？說起來，黃庭堅也是運氣不好。他受蘇軾之累，被捲進了北宋著名的文字獄「烏臺詩案」之中。

他剛剛跟蘇軾結交一年後，元豐二年四月二十日，蘇軾由徐州調任湖州知州。到任之後，要按照朝廷慣例，向皇帝上奏〈湖州謝上表〉。這本是例行公事，上謝表的未必認眞寫，看謝表的也未必認眞看。可是蘇軾的例行公事，就出了大事。

因爲他在〈湖州謝上表〉中，受文人習性影響，實在收不住筆，發了一句牢騷：「知其愚不適時，難以追陪新進；察其老不生事，或能牧養小民。」

這裡的「其」，指的是蘇軾自己。這句話的意思是說：皇帝知道我愚蠢，不適應當前的時代，很難留在朝中奉陪那些因變法而上臺的新進官員；皇帝又知道我老了不愛騷擾百姓，也許能夠做個地方官，這才派我來湖州。

「新進」、「生事」，這是當時「舊黨」用來攻擊「新黨」的兩個核心關鍵字。平時用一個，「舊黨」就已經火冒三丈了。現在蘇軾手一抖，居然兩個連用，這還了得？這下徹底惹毛了「新黨」：整死這個蘇大鬍子，必須的！

「新黨」中的御史臺官員首先出面，開始在蘇軾的詩文中尋章摘句，借題發揮。別說，小人們的攻擊還眞奏效：他們成功獲得了宋神宗的許可，由御史臺派員，直接將蘇軾由湖州鎖拿京師，開始立案審訊。

所謂「烏臺」，就是指御史臺。在漢朝時，因御史臺官署內遍植柏樹，所以稱「柏臺」；又因柏樹上常有烏鴉棲息築巢，又稱「烏臺」。此案先由監察御史告發，後又在御史臺獄受審，所以稱爲「烏臺詩案」。

蘇軾在僅到任湖州三個月之時，就被鎖拿進京。在御史臺獄坐牢一百三十天之後，給蘇軾的處理是「責授檢校水部員外郎、黃州團練副使，本州安置，不得簽書公事」。

其實，這個安排對蘇軾來說，已經算是很輕了。他在此案中，本來是要掉腦袋的。能夠從輕處理，全賴司馬光、黃庭堅等一幫朋友聯合申救，而他的死對頭王安石，竟然從中起到了關鍵作用。此時王安石已罷相三年，閒居金陵，爲了蘇軾一案，他專門上書宋神宗：「豈有盛世而殺才士者乎？」就此一錘定音。

黃庭堅牽連進入「烏臺詩案」之中，罪證就是元豐元年二月他要求跟蘇軾做朋友的〈古風二首上蘇子瞻〉，以及蘇軾的回信、和詩。蘇軾入獄之後的當年九月，「北京留守司至山谷處核驗元年二月蘇

軾寫寄山谷之書信及詩文」。看看，朋友間通個信，還驚動政府了。

這年十二月二十六日，黃庭堅的罪名下來了，是「收蘇軾有譏諷文字不申繳入司」；處罰也下來了——「罰銅二十斤」。與此同時，黃庭堅的國子監教授任滿，改任著作佐郎，因受蘇軾牽連，授官知太和縣。黃庭堅這才踏上了〈駐輿遣人尋訪後山陳德方家〉的長途跋涉之路。

其實，元豐三年（西元一〇八〇年），是黃庭堅生命中最重要的一年。因爲，就是從這一年開始，「黃庭堅」變成了名垂青史的「黃山谷」。

《宋史‧黃庭堅傳》記載：「初，遊潛皖山谷寺、石牛洞，樂其林泉之盛，因自號山谷道人云。」時間，是元豐三年十月，地點，是今天的安徽省潛山縣，「黃庭堅」變成了「黃山谷」，並從此以這個名號，名震天下。

此次赴任太和知縣，是黃山谷生平第一次出任地方行政長官。但他一上任，就遇到了推行榷鹽新法的難題。所謂榷鹽新法，就是指北宋史上有名的「熙豐鹽法」，即鹽由「官購、官運、官銷」，官方壟斷經營。在這一政策下，黃庭堅作爲知縣，負有推銷官鹽和打擊私鹽的責任。黃山谷是反對變法的「舊黨」，但他在地方行政長官任上，卻對包括鹽政在內的新法推行，以「與民方便」爲依歸，採取了難得的務實態度。

然而，和所有新法一樣，鹽政新法也在推行過程中，出現了嚴重弊端，加重了百姓的負擔與痛苦。推進鹽政新法時，黃山谷走遍了全縣大小村莊，在萬歲山、早禾渡、觀山、勞坑、刀坑口、雕陂等地，耳聞目睹了官鹽在倉庫堆積如山，老百姓卻無錢購買寧願淡食的種種景象，

> 無奈地寫下「窮鄉有米無食鹽，今日有鹽無食米。但願官清不愛錢，長養兒孫聽驅使」和「借問淡食民，祖孫甘哺糟？賴官得鹽食，正苦無錢刀」等詩句。

面對老百姓的痛苦，黃山谷冒著丟官罷職的風險，在自己的職責範圍內，採取了「槍口抬高一寸」的寬鬆政策。史稱「知太和縣，以平易為治。時課頒鹽筴，諸縣爭占多數，太和獨否，吏不悅，而民安之」。換句話說，黃山谷沒有優先考慮自己的政績和前途，而是優先考慮了老百姓的安危，所以「民安之」。可是上級不喜歡他，「吏不悅」。

公務履職之外，就在這個時候，黃山谷又做了一件鐵骨錚錚的事。他不僅一直與倒楣到了極點的蘇軾保持聯繫，居然還在元豐四年（西元一〇八一年）秋，給當時也受「烏臺詩案」貶謫外任，正在監筠州（江西高安）鹽酒稅任上的蘇轍，表示「誦執事之文章而願見二十餘年矣」，並作〈秋思寄子由〉、〈次韻奉寄子由〉、〈再次韻寄子由〉、〈再次韻奉答子由〉寄往筠州。還是那句一樣的話：蘇轍，我也是你的崇拜者，我們做朋友吧。

黃山谷、蘇轍，從此結交。誇黃山谷鐵骨錚錚就在於，他對於好友，無論相處時間長短，一旦結交，身陷牢獄不相棄，人遭貶謫不相忘。這一點，相對於如今社會上存在的眾多勢利小人，實在是難能可貴。

其實，稽諸史料，我們就可以發現，黃山谷於蘇氏兄弟，一開始並無太深的淵源與關係。既非同鄉，亦非同年，更未同事。從其中年以後方始訂交，就可以看出這一點。唯一促使他們走到一起的，無非是政見相同、文氣相通而已。按照當時的情況，黃山谷無端受其牽連，完全可以避而遠之，從此與蘇軾兄弟老死不相往來。黃山谷如果這樣做，無論當時還是現在，沒有人可以苛責他。但鐵骨錚錚的他，居然還就在蘇軾兄弟倒楣的時候，再次與蘇軾互通信問，再次首先寫信與蘇轍訂交。嘖嘖，難怪人家書法寫得好。原來做人有骨氣，寫字就有骨架。

與蘇轍訂交兩年後，黃山谷在太和縣的痛苦，得到了暫時解脫。元豐六年十二月，他的知縣任滿，奉命移監德州德平鎮。收到任命，三十九歲的他攜家帶口，再次踏上宦遊之旅。未來前路，還有更多的打擊和貶謫，在等著他。

春節得年味兒已經漸濃

《月令七十二候集解》載：「小寒，十二月節。月初寒尚小，故云。月半則大矣。」《二如亭群芳譜》載：「冷氣積久而為寒；小者，未至極也。」

小寒，是一年之中的第二十三個節氣，也是一個反映氣候變化的節氣。小寒的到來，就意味著一天中最寒冷的日子開始了。

到了小寒，春節的年味兒已經漸濃。人們陸續開始寫春聯、剪窗花、買年畫、買鞭炮，爲春節過年做準備。值得一提的是，在黃山谷所在的宋朝，小寒與大寒之間，還有一個今天我們早已消失、但在當時非常重要的節日——臘日節。據宋人吳自牧《夢粱錄》：臘日節在「季冬之月，居小寒、大寒之時。」而且，唐宋時期的臘日節，不是我們今天也已經接近消失的臘八節。宋朝的臘日節，朝廷要舉行臘祭百神的儀式，「臘日大臘祭百神」、「臘日祭太社、太稷」。官方祭祀之後，官員們就有福了，就會有時令的節日賜物。

唐宋時期，臘日節皇帝的時令節日賜物，主要是「口脂」、「面脂」、「紅雪」、「紫雪」、「澡豆」、「香藥」等物品，也就是冬季護膚品和保健品。特別一點的是，皇帝會在這時頒下「曆日」，也就是新一年的年曆，相當於我們現在的掛曆、桌曆。

「口脂」就是潤唇膏，「面脂」就是潤膚霜，「澡豆」就是洗面乳。在宋朝，這些高級冬季護膚品，由朝廷的醫藥機構和劑局、御藥院，根據配方精心製造，然後再由皇帝進行賞賜：

「臘日賜宰執、親王、三衙從官、內侍省官並外閫、前宰執等臘藥，系和劑局造進及御藥院特旨製造銀合，各一百兩以至五十兩、三十兩各有差」。

「紅雪」、「紫雪」，似乎也是護膚品，其實是藥品，或者說是當時人認為的保健品。唐人王燾所撰的《外台秘要》指出：「凡服石人當宜收貯藥等……紅雪、紫雪」。所謂「服石人」，就是指當時服用金石丹藥以強身健體的人。「紅雪」、「紫雪」是用來治療服用金石丹藥所產生的副作用毒性。

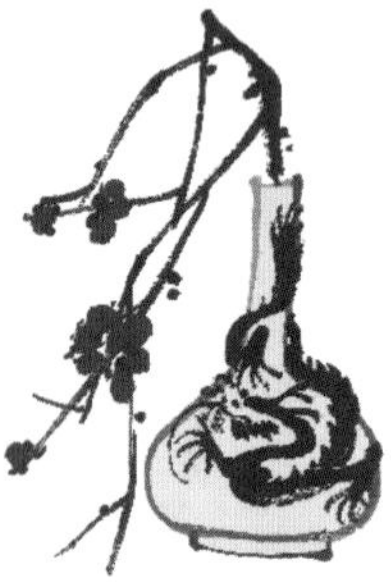

大寒

和仲蒙夜坐

宿鳥驚飛斷雁號，獨憑幽幾靜塵勞。
風鳴北戶霜威重，雲壓南山雪意高。
少睡始知茶效力，大寒須遣酒爭豪。
硯冰已合燈花老，猶對群書擁敝袍。

我一個人獨坐在書桌前，躲避塵世的煩勞

這首詩的作者文同，字與可，又稱文湖州、石室先生、丹淵先生、笑笑居士、笑笑先生。文同大家不熟，但他的「從表弟」兼「親家翁」大家都熟，蘇軾；而且，文同創造了一個成語，大家也肯定經常用——胸有成竹。

蘇軾是文同的「從表弟」，證據在蘇軾所作的〈文與可字說〉的落款之中：「熙寧八年四月二十三日從表弟蘇軾上」；至於「親家翁」則有點間接：蘇軾一生並無女兒，是弟弟蘇轍的女兒嫁給了文同的兒子文務光，從此就結了親家。

「胸有成竹」，則來自於蘇軾和晁補之對文同善於畫竹的讚譽：蘇軾在〈文與可畫篔簹谷偃竹記〉中說：「故畫竹，必先得成竹於胸中」；「蘇門四學士」之一晁補之在〈贈文潛甥楊克一學文與可畫竹求詩〉中說：「與可畫竹時，胸中有成竹」。

北宋嘉祐年間一個大寒之日的夜裡，身在邠州（今陝西彬縣）城中，時任靜難軍節度判官的文同，想起此前收到同事李仲蒙一首〈夜坐〉詩，自己還未有和詩，趕緊提筆，寫下了這首〈和仲蒙夜坐〉。

宿鳥驚飛斷雁號，獨憑幽幾靜塵勞：大寒之日的深夜，窗外北風驚飛了歸巢棲息的鳥，也引得失群的大雁悲號。此時，我一個人獨坐書桌之前，躲避塵世的煩勞。

風鳴北戶霜威重，雲壓南山雪意高：凜冽的寒風在北邊的窗戶呼嘯，沉重的烏雲直壓南山，看來馬上就要下雪了。

少睡始知茶效力，大寒須遣酒爭豪：已經夜深了，我仍然沒有睡意，這才知道是喝茶的效力；其實在這樣的大寒之夜，應該喝上幾杯酒取暖的。

硯冰已合燈花老，猶對群書擁敝袍：墨硯已經結冰，油燈燈芯也已快燒盡，我還裹著棉袍在讀書。詩題中的「仲蒙」，即李仲蒙。李仲蒙是文同的進士同年，現在李仲蒙又成了文同在靜難軍的同事。

才氣通天，最終也逃不過黨爭的迫害

北宋天禧二年（西元一〇一八年），文同生於梓州梓潼郡永泰縣（四川鹽亭）。文同自幼苦讀詩書，勤奮好學，「遂博通經史諸子，無所不究，未冠能文」。

初出茅廬的他，文章就得到了歷仕仁英神哲四朝、薦躋二府、七換節鉞、出將入相五十年的名臣文彥博的讚賞：「與可襟韻灑落，如晴雲秋月，塵埃不到。」

皇祐元年（西元一〇四九年）文同登進士第。進士榜中，文同在近五百考生中名列第五名。而〈和仲蒙夜坐〉中的那位李仲蒙則是第四名。中舉的第二年，他就被派往邛州（今四川邛崍）擔任判官，後又兼攝浦江、大邑政事。初次出任地方官職的他，「繩治豪放，或辨折欺偽，然後敦學政，勸邑之子弟，召其長才與語名教，使歸諭裡人」，很是稱職。

從登上官場的那天起，文同就似乎跟地方官職結了緣，而他本人也比較喜歡在地方而不是在中央任職。文同先後擔任陵州知州、洋州知州，一直宦遊四方。

除了在嘉祐四年（西元一〇五九年），「召試館職，判尚書職方兼編校史館書籍」；熙寧三年（西元一〇七〇年），「知太常禮院兼編修〈大宗正司條貫〉」；元豐元年（西元一〇七八年），「判登聞鼓院」等三次短暫進京任職，文同一直主動請求外任，出任地方官。

元豐二年正月二十一日，再一次主動請求外任的文同，奉命赴任湖州知州，不料出發不久，就在途中病逝於陳州的宛丘驛站（河南淮陽），年僅六十二歲。他在人生的最後一刻是這樣的：「至陳州宛丘驛，忽留不行，沐浴衣冠，正坐而卒。」他就這樣，有尊嚴地去了。

綜觀文同一生，最大的疑問就是，他爲什麼一而再、再而三地要求調離中央而到地方州縣去任職？千年之後，通過他的詩、他的詞、他的文，甚至通過他的畫，我們可以讀懂他：原來，他是在逃避朝廷「你方唱罷我登場」的黨爭。

到了文同登上官場的時候，北宋朝廷的黨爭正如火如荼。當時的黨爭，雖然殺人不多，但鬥爭起來，往往是黨同伐異，勢同水火，不論正確意見，只講個人意氣，動輒相互殘酷傾軋，對於官員個人的身心打擊，也是巨大的。史稱：「一唱百和，唯力是視，抑此伸彼，唯勝是求。天子無一定之衡，大臣無久安之計，或信或疑，或起或僕，旋加諸膝，旋墜諸淵，以成波流無定之宇。」說白了，那就是一個一旦捲入就身不由己的黨爭漩渦。

只要捲入了這個黨爭漩渦，無論你官高爵顯，無論你才氣通天，最終都只能是黨爭的犧牲品。在這方面，文同耳聞目睹的例子，太多了。他的長輩和同僚，包括司馬光、文彥博、范鎮、趙抃等人是這樣；他的親密好友蘇軾、蘇轍兄弟，也是這樣。

無論是出於政見還是感情，文同都是和蘇軾一樣的「舊黨」。但他和蘇軾不一樣的是，他不願意像蘇軾那樣站出來，旗幟鮮明地反對新法，他選擇了沉默和逃避。他的沉默，蘇軾和其他人也看出來了。蘇軾在〈黃州再祭文與可文〉一文中說他「再見京師，默無所云」。「默無所云」，就是文同面對新法的態度；而不斷請求外任地方官，就是文同面對新法的手段。

道理很簡單，長期留在中央任職，固然卿相有望，但也必然會捲入黨爭漩渦；而出任地方官，就會與黨爭漩渦相對保持距離，而且還可以盡己所能，爲老百姓做一點實事。在這樣的指導思想下，文同成爲了一名勤政的地方官員。在邛州、蒲江、大邑時，他懲治豪強，興學辦校；在陵州時，他整頓社會治安，懲治不法之徒；在興元府時，他提倡教育，懲治盜竊；在洋州時，他革除榷茶弊端。

「北客若來休問事，西湖雖好莫吟詩」這兩句詩，經學者考證，未必是文同所寫，這個故事也未必是眞。但是，以文同和蘇軾兄弟的親戚友好關係，相信文同肯定是通過多種方式，勸過蘇軾的。所以在文同逝後，「從表弟」蘇軾頓感痛失良友，哀傷不已，寢食皆廢數日之久：「余聞訃之三日，夜不眠而坐喟，夢相從而驚覺，滿茵席之濡淚」（〈祭文與可文〉）；「親家翁」蘇轍也傷心地爲他作〈祭文與可學士文〉：「與君結交，自我先人。舊好不忘，繼以新姻。鄉黨之歡，親友之恩。豈無它人，君則兼之。」

巧合的是，正是因爲文同未能正常就任湖州知州，吏部才緊急改派他的「從表弟」蘇軾前往就任。四月二十日，蘇軾由徐州調任湖州知州。然後，他寫下了那篇闖下滔天大禍的〈湖州謝上表〉，從而引爆了「烏臺詩案」。

我常常在想，要是文同這年沒有猝然離世，正常就任湖州知州，蘇軾就不會去湖州上任，就不會寫下〈湖州謝上表〉，也許就可以避免差點讓他殺頭的「烏臺詩案」了。後來，我又想明白了：正如文同不是蘇軾一樣，蘇軾也不是文同。蘇軾「寧鳴而死，不默而生」，他的「烏臺詩案」無法避免。因爲蘇軾這個惹禍的根苗還在，他那張惹禍的大嘴巴還在，他不在〈湖州謝上表〉中惹禍，就會在〈杭州謝上表〉中惹禍。

元豐三年（西元一〇八〇年）正月初一日，從「烏臺詩案」中死裡逃生的蘇軾在貶謫黃州途中，與同樣貶謫筠州的蘇轍相會於陳州，以好友兼親戚的身分，共同料理文同喪事。清人王文誥所編〈蘇文忠公詩編注集成總案〉如是

記錄：「元豐三年庚申正月一日公挈邁出京，四日至陳州吊文同之喪，撫視諸孤，止於其家，以待子由……十日，子由自南都來。」

此時，文同已經逝世整整一年了。文同，是北宋著名的能詩善賦、書畫全能的藝術大師。他的「從表弟」蘇軾評價他「有四絕：詩一，楚辭二，草書三，畫四」，《宋史．文同傳》也說他「善詩、文、篆、隸、行、草、飛白」，都認爲他的詩歌成就應該排在第一位。文同現存詩八百六十七首。其中，以反映百姓疾苦的現實詩，思想性最強；以描繪自然景物的寫景詩，藝術性最高。

文同是直接接觸老百姓的地方官。多年的地方官生涯，使得他有機會深入瞭解老百姓的疾苦，也使得他有機會師法「詩史」杜甫，創作出揭露社會矛盾、反映民生疾苦的現實詩。

文同的〈織婦怨〉、〈昝公溉〉、〈宿東山村舍〉，就像杜甫的「三吏」、「三別」系列詩歌一樣，憫農憐農、體恤民生，反映社會黑暗現實，反映下層農民生活的艱辛，體現了詩人對農民的同情和熱愛。作爲一名長期宦遊於官場的中高級官員，文同能夠創造出如此數量多、品質高，感情眞實細膩，富有強烈社會現實感的詩作，是非常可貴的，也是非常少有的。

正是這樣的詩作，奠定了文同在宋詩中的大師級地位。但在今天，文同的畫名高於他的詩名。蘇軾在他去世後不久，就意識到了這個情況，並且對此感到頗爲無奈：「與可之文，其德之糟粕；與可之詩，其文之毫末。詩不能盡，溢而為書，變而為畫，皆詩之餘。其詩與文，好者益寡。有好其德，如好其畫者乎？悲夫！」

可是，不管蘇軾如何「悲夫」，世人還是只愛文同的畫。現藏於臺北故宮博物院的〈墨竹圖〉，就是他爲數不多的傳世神品之一。畫作中文同所畫的墨竹，已成爲中國文人畫的標杆。

文同畫竹，是把中國書法的抽象美和佈局美引入到墨竹畫中，使墨竹畫脫離了工筆設色花鳥畫而自成一派，故其墨竹畫形神兼備。在他生前，就得到了同時代的蘇軾、蘇轍、晁補之等著名文人的認可，並且向他學習畫竹技法。文同、蘇軾以後，墨竹畫風大興，成爲單獨的畫科。不僅如此，由於他赴任湖州知州未至而卒，蘇軾又擔任過湖州知州，所以他們二人在畫史上被奉爲「湖州竹派」的開派始祖、一代宗師。

「湖州竹派」成爲中國畫史上的著名流派之後，代有才人，名家輩出：元朝有趙孟、高克恭、李衎、柯九思、吳鎮、倪瓚，明朝有宋克、王紱、夏昶，清朝有石濤、鄭板橋，民國時期還有吳昌碩。無論是誰，只要能夠把自己的任何東西，包括思想、言論、風格、技術，傳承到幾百上千年以上，他都將不朽。從這個意義上講，文同已不朽。

冬天已經來了，春天還會遠嗎

大寒，是全年二十四節氣中的最後一個節氣。《月令七十二候集解》載：「十二月中，月初寒尚小……月半則大矣。」《授時通考・天時》：「大寒為中者，上形於小寒，故謂之大……寒氣之逆極，故謂大寒。」

同小寒一樣，大寒也是表徵天氣寒冷程度的節氣。大寒時節，寒潮南下頻繁，是中國大部地區一年中的最冷時期。神州處處，冰天雪地，天寒地凍，嚴寒逼人。

大寒時節，有一個對中國人非常重要的日子，即農曆十二月初八的臘八節。臘八節的主要活動，就是吃一碗熱氣騰騰的臘八粥。

宋朝的臘八粥，宋人孟元老的《東京夢華錄》的記載是：「諸大寺作浴佛會，並送七寶五味粥與門徒，謂之『臘八粥』，都人是日各家亦以果子雜料煮粥而食也」；南宋周密《武林舊事》的記載是，「八日，則寺院及人家用胡桃、松子、乳蕈、柿、栗之類作粥，謂之『臘八粥』。」

看來，宋朝文同所吃的臘八粥，是以素粥爲主的。到了大寒節氣，已近歲末春節。我國的民間諺語說「大寒小寒又一年」、「大寒小寒，一年過完」，咱中國人的傳統就是，辛苦了一年，無論什麼事，都要放下，先好好過個年。

而我的這本小冊子，寫到大寒，也全部寫完了。一身輕鬆的我，雖然還在大寒時節的冬天，卻已經開始嚮往春天了。好在，春天已經不遠。

用英國詩人雪萊的話說，就是：「冬天已經來了，春天還會遠嗎？」

而用凝聚中國古代人民千年智慧的二十四節氣來解釋，那就是：大寒之後，就是立春。

後記

不再只有「清明時節雨紛紛」

大約兩年前的清明節假期，在爲逝去親人掃墓的間隙，在瀏覽微信朋友圈時，大家都會頻頻提及一首詩，一首人人耳熟能詳的詩。是的，就是杜牧的這首〈清明〉：「清明時節雨紛紛，路上行人欲斷魂。借問酒家何處有？牧童遙指杏花村。」「小杜」的詩誰敢說不好？可是，清明節的詩詞不止這一首好不好？在我的朋友圈裡，博士、碩士、學士比比皆是。也許他們還知道有關清明節的其他詩詞，也許只是因爲「小杜」這首詩最爲普及，反正我的朋友圈裡，被轉發、點讚或評論的，只有這一首詩。

瞬間動念：是時候跟大家聊聊另外一首有關清明的詩詞了。挑來挑去，才挑中了才名不亞於杜牧、也是唐朝大才子元稹的那首〈使東川．清明日〉：「常年寒食好風輕，觸處相隨取次行。今日清明漢江上，一身騎馬縣官迎。」在杜牧的詩裡，有「雨」有「魂」，好歹還有點清明的氣氛；而和杜牧那首詩相比，元稹這首詩裡就幾乎沒有清明祭奠逝去親人的氣氛，我們能看到的，竟都是歡欣的氣氛。原來，同樣是唐朝人，杜牧和元稹過的，也曾經是不一樣的清明，也曾經寫出了不一樣的清明詩。原來，在清明節氣，不僅可以有杜牧的詩，還可以有元稹的詩。這就是本書的創作緣起。可是，清明動念，等到構思結束，已是半個月過去了，穀雨節氣到了。那麼，乾脆打個提前量，在穀雨就開始構思立夏的文字，然後從立夏開始，一個節氣選定一首相關的詩詞，就叫「一個節氣讀首詩」吧。

所以，現在出版的紙本書《二十四節氣的詩詞密碼》，其最初的創意，是從微信朋友圈開始，從立夏開始的。

創意於微信朋友圈的文字，自然要首先出現在微信朋友圈裡。當〈立夏〉一篇第一次出現在我的朋友圈時，受到了朋友們的熱捧。大家紛紛點讚、評論，還有一些朋友自動地爲我轉發，給了我極大的鼓勵，堅定了我把二十四節氣寫完的信心。所以，此書得以出版，首先要感謝的，就是我微信朋友圈的朋友們。感謝你們的點讚，感謝你們的評論，感謝你們的轉發，感謝你們的鼓勵。感謝張福臣老師。我和福臣老師在今年夏天才剛剛結識，卻彼此感覺一見如故。

新知即如舊雨，我理解其中的原因，不僅僅在於我們二人的朋友圈高度趨同，還在於我們二人在寫作上、在精神上也是高度契合的。生活中的福臣老師，話語不多，但真誠待友。感謝他對我的幫助。

最應該感謝的，還是本書（編註：簡體版）的策劃編輯張璿老師。這位迄今只有一面之緣的美女，爲我這本書的出版，付出良多。是她，第一個向我表示有意出版這部書稿；是她，在

剛剛入職的單位就爲這本書奔走協調；是她，耐心打磨這本書的策劃角度、封面版式；還是她，耐心地對待我一次又一次的催促。感謝她，爲了她的敬業，爲了她的耐心。

感謝家人們支持。在夜以繼日趕寫此稿的那些日子裡，我生平第一次出現了腰疼症狀。是家人們的支持，特別是六歲兒子爲我捶腰的粉嫩小拳頭，讓我克服病痛，撐了過來，完成全書。

感謝北京聯合出版公司的編輯發行團隊。爲了一個不知名的草根作者的作品，他們的敬業精神和專業態度，已經足以感動我了。

最後需要說明的是，我個人在寫作中，一直追求讀者在閱讀拙作時的閱讀快感。我的想法很簡單：諸君閱讀本書後，受到多少啓發且不講，起碼要讀得順暢，起碼要覺得好讀。

但是，由於本人水準和能力有限，書中錯漏之處在所難免，本書可能距離我追求的目標還很遠。在此，先請諸君見諒。

是爲後記。

章雪峰

西元二〇一七年十一月六日

國家圖書館出版品預行編目資料

二十四節氣的詩詞密碼／章雪峰著．-- 初版．--
臺中市：好讀，2019.11　面；　公分．--（經典
智慧；68）

ISBN 978-986-178-505-9(平裝)

851.487　　　　108017947

好讀出版

經典智慧 68

二十四節氣的詩詞密碼

填寫線上讀者回函
獲得更多好讀資訊

作　　者／章雪峰
總 編 輯／鄧茵茵
文字編輯／莊銘桓
行銷企劃／劉恩綺
發 行 所／好讀出版有限公司
台中市 407 西屯區工業 30 路 1 號
台中市 407 西屯區大有街 13 號（編輯部）
TEL:04-23157795 FAX:04-23144188　http://howdo.morningstar.com.tw
（如對本書編輯或內容有意見，請來電或上網告訴我們）
法律顧問／陳思成律師

總經銷／知己圖書股份有限公司
106 台北市大安區辛亥路一段 30 號 9 樓
TEL：02-23672044　23672047 FAX：02-23635741
407 台中市西屯區工業 30 路 1 號 1 樓
TEL：04-23595819 FAX：04-23595493
E-mail：service@morningstar.com.tw
網路書店 http://www.morningstar.com.tw
讀者專線：04-23595819 # 230
郵政劃撥：15060393（知己圖書股份有限公司）
印刷／上好印刷股份有限公司

初版／西元 2019 年 11 月 15 日
初版二刷／西元 2020 年 12 月 1 日
定價：320 元
如有破損或裝訂錯誤，請寄回知己圖書更換

原著作名：《一個節氣一首詩》
作者：章雪峰
原出版社：北京聯合出版有限責任公司

Published by How-Do Publishing Co., Ltd.
2020 Printed in Taiwan

ISBN 978-986-178-505-9